U0048093

序

小時候常聽老人們說起南京大屠殺，但對其中的來龍去脈和具體情況並不清楚。來美國後，發現這裡的華人每年都要紀念這一歷史事件。我和太太也參加過數次集會。眞正開始對這件事瞭解是在張純如的《南京大屠殺》出版之後。我太太老家是江蘇南通，她看完張純如的書後每天嘮叨不停，說：「南京守軍中如果有二百個像你二爺那樣的軍官，南京就不會陷落。」我二爺是山東蓬萊人，是個小地主，爲人做事說一不二。有一回日軍進了村，把鄉親們圍捕起來，逼他們供出游擊隊在哪裡。二爺站出來說他知道，但不願告訴他們。不管他們怎麼打他，他仍舊罵個不停，直到他們把他砍頭了。其實他並不知道游擊隊在哪裡，但就是嚥不下這口氣。我奶奶在世時常對我說：「要是日本人不把他砍了，他也逃不過土改。」二爺脾氣實在太剛烈了。

後來我也讀了張純如的書，從中第一次知道有一些外國人士在南京幫助保護過難民。明妮．魏特林雖然做了那麼多好事，但在美國很少有人知道她，可能是因爲她自殺了，教會不鼓勵那樣做，不能把她當做楷模。我太太也常說起明妮的遭遇，覺得太不公平。久而久之，我便開始想寫一部有關南京大屠殺的小說，並以明妮．魏特林爲主人翁。這樣做如果寫得好的話，就會把民族經驗跟國際經驗融合起來。

中華民族是個健忘的民族，許多重大歷史事件都沒有在文學中有相應的表達。日本人就不是這樣，挨了兩顆原子彈，隨後就出現了《黑雨》之類的文學作品，使他們得到世界的同情。

我明白寫這部小說是一個將歷史變成文學的艱難過程，但這本書漸漸成了塊心病，再難也想做下去。由於是用英語來寫，一開始就覺得力不從心。直覺告訴我應該以明妮的口氣來敘述，但又很難把握住，這讓我苦惱。要是用中文來寫，這個問題就會容易解決得多，只要爲明妮創造一種可信的漢語就可以了，反正在現實中她基本上不說漢語（這是爲什麼在二〇〇八年我常對青年作家說一定要用第一語言來寫作，那樣才能得心應手）。我當時認爲自己只能用第三人稱有限角度來寫這部小說，就是從明妮的視角來寫。也就這樣動筆了。一路做下去，改到第三十二遍時已經做到了極致，不過故事仍不成個，細節很有意思，但整體依舊鬆散。我的編輯和他的同事們出了各種各樣的主意，但那些想法我都嘗試過，行不通。最後，情急之下我決定創造一個敘述人，一個中國女人做明妮的助手，讓她講明妮的故事，也順便講自己的故事。我告訴我的編輯還需要兩年才能做完，但寫起來四個月就基本完成了，因爲整個故事已經在心裡了，原來走的彎路其實只是應該做的功課。實際上，這個故事必須這樣講，因爲中國人是眞正的受害者，必須在他們的故事和明妮的故事之間找到一種平衡。這才是負責的態度。我終於明白過來，明妮並不需要什麼人給她一個聲音，她的聲音已經存在她厚厚的日記中。她只需要有人把她的故事講好，講完整。

她的故事前頭好講，日軍的兇殘和平民受到的殘害容易描述，但之後的數年裡就難講了。這幾年裡沒有重大的事件發生在明妮身上，我又不能虛構，因爲她是眞實的歷史人物。在這種情況下，可以用敘述人高安玲一家人的故事來幫助小說維持敘述的衝動力，直到明妮最後的結局。沿著這個結構我又改了十幾遍，也就是說前後共改了四十多遍。在三年多的寫作過程中，我曾經放棄過兩次，實在寫不動了，很灰心，覺得浪費了時間。後來又不甘心，感到自己受到藝術挑戰，就又回去接著寫。有一回我做了個夢，夢見我太太生了個女嬰，那孩子的臉是明妮．魏特林的臉。我認爲那是個啓示——這部小說死活也得寫出來。這樣，這本書就成了我個人的戰爭，在紙上的戰爭。

寫作的三年多裡，沉浸在七十年前的南京的氣氛中的確令人沮喪，但這是工作條件，無法迴避，常常哭完了還得寫下去。幸運的是這本書終於完成了，也將跟中文讀者見面了。不管寫得好壞，我可以問心無愧地說我盡心盡力了，能做的都做了。現在我只能祝願它好運——能找到會心的讀者並擁有長久的生命。

哈金於二〇一一年十月

CONTENTS

獻給麗莎，她也生育了這本書。

第一部
首都淪陷

本順總算開口說話了。我們聚在飯廳裡，聽那孩子講了整整一晚上。他說：「那天下午，魏特林院長要我把進咱們難民營隨便逮人的情況報告給拉貝先生，我就跑去了安全區國際委員會總部。我就要到那兒時，被兩個日本兵攔住，一個用刺刀對著我肚子，另一個把槍戳在我背上。他們把我的紅十字袖章扯下來，朝我臉上打了好幾拳。然後他們把我押到了白雲寺。廟裡邊有個池塘，水裡有不少鯉魚和鱸魚。和尚們早都跑得光光了，就剩兩個老的，已經被他們打死，屍首給扔在廁所裡。日本兵想捉魚，可又沒有網。有個當官的朝池塘裡把手槍子彈打光，也沒打中一條魚。另一個往水裡扔了幾顆手榴彈。轟隆隆一陣巨響之後，鱸魚鯉魚都被震昏了，肚皮朝上地漂在水面上。日本鬼子用刺刀戳著我們四個中國人，命令我們脫掉衣服下水，把魚都撈上來。我不會游泳，怕得要命，也只好跳進池塘去。那水冰冷刺骨，幸好只有齊腰深。我們把所有半死的魚都撈上岸，日本兵用槍托砸魚頭，把魚打死，拿麻繩穿了腮，串成串兒，繫在扁擔上，讓我們給抬到他們兵營去。那些魚都很大，每條至少十二三斤。

「日本兵晚飯吃炸魚，可什麼也不給我們吃。不僅不給吃的，還讓我們赤手去撿他們騎兵留下的馬糞。天快黑時，他們又把我們押到一個彈藥庫去裝卡車。加上已經在那邊的，我們共有十一個中國人在給他們幹活，把子彈箱都搬上卡車。裝完之後，他們又要我和另外三個人跟車去下關。那一帶那麼多房子都被燒了，看得怕人，很多房子的火還在燒著，火苗子劈哩叭啦，燒得呼呼響。一路上的電線杆都起火了，就像一根根大火把似的。沒毀的只剩下揚子旅館和一座教堂了。卡車在一個小斜坡停下，我們又從車上往下卸彈箱。岸邊不遠集中了好大一群人，上千都不止，裡邊有中國士兵，也混著很多老百姓，還有女人和孩子。有幾個人在人群裡舉著白旗，旁邊一棵樹上懸掛著一條白單子。離人群不遠的路堤上，停著三輛坦克，坦克上的炮塔就像倒扣的大盆子，炮口都對著人群。離我們不遠的地方，一些日本兵圍著插在地上的一面戰旗坐成一圈，從一個用稻草蓆子裹著的大桶往外舀出米酒喝著。一個當官的走過來，大吼了幾聲命令，可是機關槍旁邊那些當兵的，你看我我看你，都沒行動。那當官的發火了，一把拔出刀來，用刀背猛剁一個當兵的，啪，啪，啪！然後，他的眼光又落在我們幾個蹲在旁邊的中國苦力身上。他把刀一舉，發出一聲狂吼，衝著我們當中最高的一個撲過來，一刀劈掉了他的腦袋，兩股子鮮血噴向空中足有三尺高，那人一聲都沒來得及哼出來就倒了下去。我們全都跪倒在地，不停地磕頭，求他饒命。我嚇得尿了褲子。

「機關槍旁邊的士兵先是目瞪口呆，接著一挺機關槍先開了槍，然後是另外兩挺。其他地方的機關槍，緊跟著也都響了起來，坦克也跟著開了火。人群炸了窩，連喊帶躥，可是擠得太密，每一顆子彈都能射穿好幾個人。不到十分鐘，他們就全倒下了。一群士兵跑過去，看見沒有斷氣的就用刺刀刺死。我嚇壞了，止不住地發抖和叫喊。旁邊一個工友一把抓住我的頭髮狠命一搖，說：『不要出聲！別把他們引過來。』我才住了聲。

「我們跟著卡車回來，給日本兵搬運他們的戰利品，主要是家具。他們並不是什麼都留，把很多東西扔進他們營部前的火堆裡。火堆上，插在鋼條上烤著的有豬有羊，還有分成一塊塊的水牛，火上還燒著幾個滾開著的大鍋，到處飄著烤肉的味道。那天夜裡，他們把我們鎖在一間屋子裡，給了每人一個飯糰和一杯水。後來兩天，他們把我們押到中央大學那一帶，又是給他們搬運戰利品。他們把每一處房子裡值錢的東西搶光之後，就一把火把房子點著燒掉。有個日本兵還帶著撬開保險箱的工具，不過他們一般不用工具，就在保險箱底部鐵皮比較薄的地方安顆手榴彈把它炸開。他們很喜歡手錶和珠寶，所以專找那些東西。有個很年輕的傢伙還搶來一部嬰兒車。我弄不明白他要那個幹什麼用，他年紀輕輕不會有孩子的。

「後來，他們帶了我們六個人出了城，向東到了句容，我們在那邊幹了一天，運炮彈和彈殼。到了晚上，他們把我們幾個放了，說我們可以回家了。我們已經快累垮了，摸黑往回趕，也走不快，第一天夜裡只走了三十里。一路上，所有的水塘，所有的小河裡都有死屍，人的屍首，動物的屍首，水都變了顏色。渴極了的時候，我們只好喝那些臭水。天哪，我現在還忘不了那些腐爛屍體的惡臭。有的屍體，眼球都暴出眼眶好遠，可能是因爲他們身體裡有氣膨脹。我們還看見一個女人的屍體，一隻腳沒有了，黑色的血水還從傷口往外滲著，另一隻腳上穿著小小的花鞋——是個小腳。好些女人下半身光著，日本鬼子強姦完又把她們刺死了。每次經過一堆屍體，我的腿就抖得不聽使喚。

「我們不斷地被日本兵攔住。幸好，放了我們的那個當官的給我們寫了張字條，所以一路上那些哨兵沒有把我們逮起來，放我們回到了南京。有個同伴，拉肚子拉得脫了水，再也走不動了，我們什麼辦法也沒有，只能把他留在路邊，他現在一定沒命了。離他不遠的地方我們看見一個小孩子，也就兩三歲，坐在廢棄的汽車站旁邊，餓得哇哇大哭。我給了他一塊餅，可他還沒來得及吃，四個日本兵走過來，用皮靴在他身上踢來踢去。有一個鬼子掏出傢伙來，對著孩子嘴裡撒尿，聽那孩子哭聲越來越大，那幾個鬼子卻哈哈大笑。我們不敢再呆著看下去，趕快走開了。我想另外三個鬼子也會往孩子嘴裡撒尿的。他們不殺他就是他的運氣了。

「天哪，人命突然之間就變得不值錢了，死屍到處都是，有些屍體的肚子被切開，腸子都流出來，有的被汽油燒得半焦了。鬼子殺了那麼多人，把小河、池塘、水井都弄髒了，連他們自己也找不到乾淨的水喝了。就連他們吃的米飯都發紅了，因爲都是用帶血的水煮的。有個日本伙伕給了我們幾碗米飯，我吃完以後，好幾個鐘頭滿嘴血腥味兒。說老實話，我根本沒想到還能活著回來，還能再見到你們。到現在，半夜裡我的心還亂跳呢。」

一邊聽本順講，我一邊把他說的都記下來。

一

「早上好，安玲。」我走近主樓的時候碰上了明妮，她向我問好。主樓是金陵女子學院裡的幾座建築裡最大的一座。我倆接著一起朝吳校長在南山宿舍樓的寓所走去，我們三人已經定好在她那裡吃早飯。十一月底的空氣挺冷冽，我能看見周圍人們嘴邊呼出的白氣。一大群野鴨嘎嘎叫著向北飛去，一雙雙翅膀好像一對對小槳在划動，很快它們就消失在鉛灰色的天空中了。大塊大塊厚重的烏雲，蘊涵著濃濃的雨氣，這也意味著，日本轟炸機今天不會來了，所以，儘管天氣又陰又冷，人們見面卻會打招呼說：「多好的天哪。」一個陰霾天氣，讓所有的人都心情好些。

吳校長在收拾行李，挑出學校要緊的文件好隨身帶走。有幾個教師也在準備離開，可是很多職工無處可去，他們也在忙著，把食物和值錢的東西收藏好。明妮什麼東西也沒收拾。作爲學院的教務長，她想留下來。她對我說：「我不怕丟什麼，豁出去了。」

吳博士興致勃勃地在等我們。桌上擺著法式麵包片，一條黃油在小碟裡放著，還有一小瓶果醬和一小罐蛋黃醬。一看到西式早餐，明妮眼睛發亮了，嘆道：「呵，每天早上稀粥就鹽水花生我都吃了幾個星期了。你打哪兒弄來的這些好吃的？」

「蔣夫人昨天送我的。」吳校長答道，一邊用指尖正了正眼鏡。她經常去見第一夫人，因爲她們都受過美國教育——蔣夫人讀的是衛斯理學院，吳校長是在密西根大學得到的昆蟲學博士學位。她是蔣夫人當會長的戰時婦女救濟會中的一員，不斷地召集各種大小集會，爲國軍和孤兒院等籌集捐款。吳校長年紀不大，已經是名人，她是第一位在美國拿到博士學位的中國女性，又是金陵女子學院首屆五位畢業生之一。一九二八年，我國政府規定，外國人在華創辦的所有大學和學院，都必須由中國公民來擔任校長，於是她接替了丹尼森夫人，當上了金陵女子學院的校長。「請坐吧，咱們邊吃邊談。」吳校長招呼著我們。她身穿一件黑色絲綢衣服，領口那枚銅鈕扣很像一個大金幣。雖然將近四十歲了，她看上去還年輕得很，一雙明亮生動的眼睛，顴骨挺高，大概是因爲她一直沒嫁人，從來沒有小孩子和家務的負擔吧。

我用暖瓶裡的開水沖了三杯奶粉，遞給吳校長和明妮每人一杯。

「謝謝。」明妮邊說邊在麵包片上薄薄地抹上一層果醬和蛋黃醬，咬了一口。「嗯，眞好吃！要是能有加火腿、奶酪和蘑菇的黃油炒蛋就好了。」她的國語略帶口音。「眞想吃一頓中西部的豐盛早餐啊。」

「我也是，」吳校長說：「好想吃燻鹹肉。」

我們都笑了。我喝了一口熱奶，味道濃香，有點甜。眞想省下來給我那兩歲的外孫帆帆喝。

我們學校在紐約的董事會剛剛來了指示，要吳校長也跟著最近遷往成都的學校一起到西南大後方去，而明妮·魏特林，按照她自己要求的，作爲代理校長留守南京。吳校長要我也留在這裡，協助明妮管理學校，我答應了。我們三人需要好好商量一下保護校園的各種計畫。學校保險櫃裡的貴重物品都放進了一個大皮箱，回頭送到美國大使館去。我們擔心這些東西會遭到中國軍隊的搶劫，那些大兵軍紀很差，到了潰敗和急眼的時候，就更是無法無天了。

「我聽說，大使館馬上要撤退到班乃號上去。」明妮說的班乃號是美國的一艘炮艇。

「沒關係。」吳校長蕩了蕩她的奶，喝了一口，「我們的東西交給他們保管會比較安全。」

「咱們的現金藏在哪裡好呢？」我問她。

我們都明白，很快就沒有銀行會開門了，而且會發生全面的物資短缺。吳校長微微一笑，建議我們只留一百元在保險櫃裡，其餘的四千多元，藏在只有明妮和我知道的幾個不同地方。

明妮問我：「丹尼森夫人的銀器也在保險櫃裡嗎？」

「是的，我們把它們放哪兒呢？」我說。

「是很貴重的銀器嗎？」吳校長問。

「我不知道。」我搖搖頭。

「那是她嫁妝的一部分。」明妮回答說：「很精緻的一套，大概值四百元。」

「把它打進箱子裡。」校長說。

明妮簡要地對我們介紹了一下南京安全區國際委員會所進行的工作。這個難民救濟會，是由一些留在南京的外國人建立的，他們不顧自己國家大使館的催促，不肯撤離。位於南京市中心的安全區占地近四平方公里，曾是外國大使館、領事館和一些教會學校最密集的區域，現在這塊地方將變成一個中立區，爲非戰鬥人員提供庇護。中國政府支持這些外國人的努力，向他們提供了八萬元現款和四十五噸大米和麵粉，用以建立難民營。感謝老天，長江流域今年的大米收成很好，所以南京城裡大米充足。不過，車輛卻非常短缺，經常被軍隊隨便徵用，中立區雖有配給的糧食，卻沒有足夠的交通工具來運輸。如果不是委員會的干預，一些撤退的部隊還差點將儲存在下關江岸附近的數百噸大米付之一炬。蔣委員長自己也掏出十萬元給委員會，不過到這時剛送來四萬。委員會透過美國大使館向日本當局交涉過，但日本方面沒有直接對中立區做出承諾，只是說，皇軍將「在與其戰事需要不衝突的前提下，儘量尊重安全區的中立」。

安全區國際委員會由十五位來自美國和歐洲的人士組成，大多是傳教士，也有一些商人和大學教師。主席是五十五歲的約翰·拉貝，他是德國人，是西門子公司駐南京代表。西門子公司爲南京城市建造了全城電話系統，爲發電廠維護機器，並爲我們的幾家醫院提供了現代化設備。拉貝還辦了一個規模不大的德語學校，他把學校連同他的住宅，一起向難民敞開了大門。委員會裡沒有女性成員，因爲很顯然她們可能會碰上難以想像的危險，比如直接和日本兵面對面。不過，還是有兩名美國婦女實際上參與了救濟工作，一個就是我面前的明妮·魏特林，另一位是霍莉·桑頓——一個半職的英語播音員。我很喜歡霍莉，她四十歲，是個寡婦，已經入了中國籍。明妮和霍莉兩人都是約翰·馬吉牧師領導的南京國際紅十字會的成員。有好幾個美國人，既是安全區委員會的成員，又是紅十字會的成員。

聽了明妮介紹的救濟工作情況，還有金陵女子學院的校園將被用來收容婦女兒童難民的前景，吳校長低下了頭。她那一頭短髮剪得比平頭長不了多少，眼睛黯淡了，漸漸湧上淚水。她沉默了一會兒，對明妮說：「你覺得怎麼合適、怎麼必要，就怎麼做吧。我忍不住想起十年前，外國人在這裡的遭遇。現在，倒只有一群外國人可以幫助難民。真令人羞恥啊。」

吳校長想起的是中國軍隊對外國人的暴行。一九二七年三月，幾支中國軍隊對城裡的外國人大肆施暴，搶劫、放火，摧毀他們的學校和住宅。都說是共產黨煽動的，好嫁禍當時率領北伐軍的蔣介石，破壞他和西方的關係。有些士兵毆打外國人，還強暴婦女。有一小隊人闖進金陵學院，從生物實驗室搶走了幾臺顯微鏡，還搶了教員的私人用品。在南京大學，有六個外國人被槍殺。我還記得有幾個傳教士怎麼樣爬下城牆，投奔美國和英國的戰艦。那些戰艦向城裡開了炮，來阻擊中國軍隊，以避免中國軍隊接近一群被困在山頭上的外國人。所有的西方人都先後逃離了南京，明妮和我們學校其他外國教員逃到青島，不敢再回來教書。當時覺得他們來華的使命就此終結了，可是六個月以後，他們中間有些人又返回來了。明妮是第一個回來的，她要繼續完成一座宿舍樓和玫瑰園的修建。

二

明妮到美國大使館送皮箱去了。瑟爾．貝德士騎著自行車到我們學校來檢查救濟工作的準備情況，順便收集一下學校附近一些婦女們製作好的紅十字會旗子。他身著華達呢大衣，腳蹬一雙勞動靴，使他看上去帶幾分英氣。他身高一．七五米，體型偏瘦，是個近視眼。他告訴我，安全區內計畫一共設立十九個難民營，不過，除了我們學校，只有南京大學的宿舍樓是專門接收婦女和兒童的難民營。瑟爾還捎來了一些信件和一捆《字林西報》，這是我們學校教員訂閱的一份英國報紙。自從日本人八月裡進攻上海，報紙就總是晚到兩個星期，一來就是一捆。

瑟爾是南京大學歷史系教授，他們學校大多數教員已經跟著國民政府撤到內地去了。他在耶魯大學拿到中國歷史的博士學位，會說漢語、日語和俄語。我丈夫在戰前曾經和他共過事，所以我認識他已經好幾年了，很喜歡他這個人。我陪他察看了幾個大教室，裡邊的桌椅都搬走了，騰出地方來準備接收難民。我告訴他，按照一個人占地一．五平方米的估計，我們最多可以接收兩千七百人，不過，我們覺得只該接收兩千人，可以比較從容。他微笑著點點頭，稜角分明的臉上顯出些微皺紋。他在筆記本上飛快記下數字，派克水筆在他有勁的手中一閃一閃的。我們走過院子時，他頭歪向院子當中在地上鋪展開來的一面九米多長的美國國旗，那是給天上的轟炸機看的，告訴它們這裡是美國的財產。

「這辦法不錯呀。」他說。

「哎呀，花了我們一個多月才做好的。」我告訴他。「這種時候，找到一個能幹的裁縫可不容易。那個裁縫一開始把星星放到右上角去了，費了好大勁才把它們都換到左邊去。」

琵爾咯咯地笑了。他咂了咂舌頭，「你們這片小天地多麼漂亮啊。」金陵學院以它美麗的校園著稱，種植了各種各樣的林木花草，每年秋季，這裡都會舉辦花展，可是今年沒有花展了。

突然，防空警報響了起來，好像一大群人在哭喪。人們開始向防空洞跑去。「咱們去那裡躲躲吧。」我指著小教堂對他說，那座樓裡有個地下室。

琵爾搖搖頭。「我等看見炸彈掉下來再躲也不遲。」

我拉住他的袖子說：「快走吧，就當檢查工作了。你得看看我們的防空洞，對不對？」

「這是假警報。」

近來假警報太多了，所以人們都不把第一級警報當回事了。不過，就在這時，第二級警報響起來了——更短促，更急速，這是告訴你，必須躲進地下。更多的人跑起來。琵爾和我剛剛跨出學校的前門，就聽見我們東邊兩三里遠的住宅區一帶響起了爆炸聲，像是在西華門附近，那是滿族人的老城，現在是貧民區。沖天的白煙升起來，高射炮這時開火了，炮彈像一團團黑花朵在空中綻放。

「咱們就去那裡吧。」我邊說邊帶著琵爾走向最近的一個防空洞。一陣高射炮彈的碎片刷刷地從樹梢間落下來，砸到屋頂上，也有一些落在我們腳前，揚起一股塵土。

防空洞裡，一些婦女懷裡抱著嬰兒，身邊坐著大一點兒的孩子。一位母親喝叱著她的幾個孩子，不許他們在洞口朝外看。角落裡，兩位老人坐在馬札上，伴著豆油燈，對著一副棋盤廝殺正酣，彷彿他們常在這裡消磨時光，全神貫注地對弈已經好長時間了。空氣中瀰漫著一股像炸魚的味道。瑟爾和我坐下來後，我對他說起坐在周圍的那些婦女，「現在她們對空襲都習以爲常了。剛開始的時候，她們連大氣都不敢出，說是飛機上有一種儀器，能探聽到地上說話的聲音。」

瑟爾哈哈大笑。笑過之後，他說：「這麼轟炸住宅區，眞是太可惡了。我要向日本大使館提交抗議。」

「那些飛行員轟炸平民一定挺開心。」我說：「混帳東西，他們應該明白這是犯罪！」

「如果日本戰敗，我相信他們中有的人會被送上法庭的。」

我不知道這場戰爭會是什麼結果，沒再說話。我轉身去看一個正在用錐子和麻繩納鞋底的老太婆，她的食指尖上裹著膠布。

沒一會兒，瑟爾又說：「這裡只能看見老人、孩子和婦女。」

我沒吱聲，知道有些外國人對中國人表示懷疑，尤其對我們中間那些社會精英和受過教育的人，他們大多數都走掉了。可是，爲什麼會有那麼多人隨著國民政府逃往西南和內地？爲什麼他們沒有留下來，和軍人一起作戰？就算不上前線，至少幹些事給軍隊鼓鼓士氣，或者照顧照顧傷病員也好啊。怎麼這仗好像只是靠那些窮人和弱者在打？對於這種質疑，我丈夫和我都無法爭辯。這些天來，我腦海裡怎麼也擺脫不了那些在城裡看到的新兵，很多人還是十幾歲的孩子，一看就是鄉下來的，面有菜色，目不識丁，照料自己都不行。送他們上前線，除了當炮灰送死沒有別的。

警報解除之後，瑟爾騎車離去了，我便朝辦公樓走去。快到樓前的時候，看見明妮正在大門前跟大劉說話。大劉身高一米九，高大得好像一名很久前就退役了的籃球隊隊員。我走上前去和他們打招呼。

大劉正在請求明妮允許他們一家人搬進我們校園。明妮從去年春季以來一直在跟他學古文，對他十分信任，所以她答應了他的請求。我很高興，因爲大劉是個頭腦清醒、富於機智的人，又懂英文，給外國人教授中文已經好些年了。有他在旁邊，是件很不錯的事。

「謝謝你，魏特林小姐。」大劉聲音洪亮地說道。

「叫我明妮。」她提醒他說。

「明妮。」他一臉嚴肅地重複。

我們都笑了。這邊很多人管明妮叫「魏特林院長」，這一稱謂似乎讓她不大自在，當然，不熟的人這麼稱呼，她也不會反對。

這時明妮想起一個主意，她眨著褐色的大眼睛，對大劉說：「乾脆，你替我們工作吧。我們的祕書孔先生回鄉下老家了，現在我們有幾百封信都沒回呢。」

「你要僱我？」大劉問道。

「沒錯，做我們的中文祕書。」

「此話當眞？」

「她現在是校長啦。」我告訴他。

「對啦，我任命你啦。」我從明妮的聲調裡聽到一種激動。顯然，她對自己的新角色十分驕傲。

「好極了！我求之不得，求之不得。」大劉粗獷的面孔頓時發光。

大劉一直在找工作，有個十幾歲的女兒和一個更小的兒子需要他養活呢。他下個星期一就開始上班，薪水暫定每月二十五元。和大家相比，這可眞算不少了，因爲我們所有人的薪水都削減了百分之六十，明妮現在每個月五十元，我是三十元。她建議他們全家住到東院去，那是校園東南角的一個四合院，明妮十年前監工修建的，原來是爲傭人設計的住房，由於建造得太好，以致有些中國教員抱怨說，那裡比他們自己的房子都高級。我們家也住在東院，這樣一來，劉家就成了我們的鄰居。

我們三人正說著，就看見我們的商務經理白路海來了，朝著明妮招手。他那頭銜聽上去挺不得了，其實他主要是處理校外的生意，校園內的後勤大多由我管理。這位年輕人有點跛，快步走過來，有些上氣不接下氣。他說：「蔣夫人把她的鋼琴和留聲機給我們送來了。」

「哦？白送？」明妮問道。

「是的。」

「東西在哪兒？」我問。

「正在音樂樓門前往下卸呢。」

「咱們看看去。」明妮說。

我們四個人一起向音樂樓走去，小教堂也在那座樓裡。我感到蔣夫人一定是在撤離了，這感覺讓我心裡不是滋味，因爲這就證實了蔣家祕密撤離的傳言。不知道吳校長對他們要走的計畫知不知情。蔣委員長的撤離會不會影響守城的部隊？士兵們會不會覺得被拋棄了？再一細想，我知道沒有理由指望委員長留在作戰前線。如果他被打死了，或被俘了，那才是災難呢。

音樂樓門前停著一輛六輪卡車，五名士兵正抽著自製捲菸，他們的大衣都堆在地上。鋼琴是一架鮑德溫，已經被卸下卡車，看上去顏色已經發暗，用得很舊了，不過留聲機還很新，放在牛皮箱裡，配著亮閃閃的銅喇叭，還有兩箱唱片。明妮掀開鋼琴蓋子，隨意按了幾下琴鍵。「音色很好。我們教堂做禮拜的時候用得著這傢伙。」她說罷朝那幾個士兵抬手示意。「請把它搬進去，放在風琴旁邊。」

我們對這個餽贈感到挺高興，可是我想不起來學校裡有誰會彈鋼琴。我們中間沒有一個人會這個。我的朋友霍莉是個音樂家，不過廣播電臺的事就夠她忙活的。就連明妮也敲不出一段曲調來。她常說，她這一輩子都希望自己能會一樣樂器，最好是大提琴。還是孩子的時候，她多羨慕那些課後可以去學藝術和音樂的同學啊。她的老家在伊利諾州的塞科爾鎮，六歲時母親就死了，她十來歲就得替當鐵匠的父親管家了；少女時代的缺憾，她到現在似乎都還沒有解脫出來，彷彿那是一場她恢復不過來的大病。正因爲如此，只要一有機會，她就會給金陵學院周圍的窮孩子們上課，不僅教他們識字、算術和實用技能，還會教給他們一些娛樂，哪怕只是一支歌或球賽。爲這個我對她很欽佩，她的仁慈之心使她跟別的外國女教員不一樣。

我要路海給五位士兵每人一包紅屋香菸。這些年輕人隨時可能上前線，所以我想讓他們高興一下。

「我們剛好沒有香菸了。」路海說。

「到我家去，找耀平要五包來。」我跟他說。

明妮說：「對呀，跟高先生說，他的老闆有急用。」

他們都笑了，以爲我在家裡一定是說一不二的，其實哪是這樣啊，我愛我丈夫，也尊重他，從來不把我的意願強加給他。是我在學校裡的工作要求我指揮大家做很多事情，就給人留下個總要發號施令的印象。我告訴路海：「跟耀平說好，我們一買回菸來就還給他。」

路海樂顛顛地去取香菸了。

三

和往常一樣，耀平一起床就點上菸斗，泡上菊花茶，邊喝邊看當地的《紫金山晚報》。都十二月了，報上還盡是婚禮啓事——當爹媽的都急著要把女兒嫁出去，一旦日本兵打來，可以指望新郎和婆家保護新娘。我們的女兒麗雅，早上六點半就起來了，正在廚房忙活早飯，她的兒子帆帆還在床上睡著。她已經有了四個月的身孕，可是肚子還沒顯出來，動作依然敏捷。她爸爸想讓她給我們生個外孫女，可我還是想要個男孩子——我喜歡女孩子，但是在這個世界上，女孩子比男孩子要遭更多的罪，更需要別人的保護，當父母的得不斷地爲她們擔心。耀平是個話不多的人，一直在南京大學任歷史講師，可他沒有跟著學校撤往四川，不願意跟我們分開。再加上他患有低血壓、眩暈症，還有關節炎，需要有人照顧，所以他也無法長途跋涉去內地。除去這些，我們覺得全家在一起待在金陵女子學院裡會更安全，日本兵不大可能攻擊一所美國學校。可是我女婿，麗雅的丈夫，已經隨著國軍撤走了，他是軍隊裡的情報人員。

洗漱完畢我就去看吳校長，她今天動身離開南京。她和我都是湖北武昌人，從她當校長，我就爲她工作了。

校園裡看不見什麼人影。九月初該開學的時候，只回來兩個女生，一個月後連她們也離開了。接著，一些教員撤離去了武昌，他們在那邊又開始給一小部分學生復了課。一些外國教員暑假以後沒有從上海返回。吳校長馬上要和另外一些中國教職員工會合，加上二十來個學生，一起去四川，國民政府和很多大學都往那邊轉移了。她一看到我就說：「安玲，我把學校交給你了，幫著明妮照料好這裡的一切吧。」

「我會盡力的。」我回答說。

「有空就給我寫信。」她的臉上起了皺紋，像是努力要微笑，卻笑不出來。

可以理解我就是她在這裡非正式的代表了，因爲明妮是個外國人呀，有些事情她無法處理。我們正說話間，明妮來了，微微有些氣喘，兩頰桃紅，閃著健康的光澤。她擁抱了吳校長，還有嬌小的會計范小姐，說我們不久就會再見到他們。腳夫已經把行李裝上車了。我們沒再耽擱，就朝學校大門走去，卡車在那裡等著呢。

明妮和我沒隨他們一起去下關，知道開船之前他們得在那裡等上幾個小時。整個一上午我們都很焦急，直到下午下起了毛毛雨，我們才鬆了口氣，因爲雨天日本轟炸機就來不了了。船上還裝著四百多個故宮藝術珍品的箱子，吳校長和范小姐上了這條船，很可能是比較危險的。明天早上他們會經過蕪湖，過了那個小城市，敵人的飛機就不大可能轟炸他們了。

昨天晚上，范小姐把保險櫃的密碼告訴了明妮和我，我們把現金都拿出來，分別藏到幾個不同的地方了。

霍莉他們的電臺解散了，她就和我們一起工作，住到我們這裡來了，這讓我很高興。除了明妮，霍莉是校園裡僅有的外國人，而且她鋼琴風琴都會彈。這就是說，我們教堂可以照常做禮拜了。近日來，她時常在夜晚去下關幫助照料傷兵，有時候我會和她一起去，帶上一些新做的衣服和被褥。我在教會醫院裡接受過護理培訓，所以我學會了英語，學校的醫務室有時候需要，我也會去幫把手。

十二月七日晚上，霍莉開著她的迪索托小轎車帶明妮和我去了下關。和我們第一次來這個地方時一樣，看到三百多傷兵躺在火車站裡，明妮感到又震驚又難過。他們受的大多是槍傷，很多人缺胳臂斷腿。候車室讓人覺得像一個臨時太平間，只是不斷傳來呻吟聲，有些人在罵他們的長官。有個人亂甩著兩臂在說胡話：「殺呀，殺呀！」大多數傷兵都光著腳，我不明白誰把他們的鞋襪都剝走了。也許他們從一開始就沒有穿上真正的鞋子，因為很多來自南方的部隊，就是穿著草鞋上前線的。

我們三人開始分發今天帶來的幾條薄被子。對那些呻吟不止的人們，我們只能對他說，馬上就會送他去醫院，別的什麼也做不了。在一個角落裡，一個肩膀受傷的人躺在擔架上，直瞪瞪地看著明妮和我，微笑著用平靜的湖南口音說：「別讓他們把我帶走。」

「你想待在這裡？」明妮問他。

「我太累了，渾身還沒乾呢。他們在大雨裡抬我走了三天了，從丹陽一直過來的。好多人死在路上了。去醫院以前，我得歇一歇。」

我看見在他的擔架下面，水磨石地面上聚起一個小水窪，馬上意識到他身下的棉被一定尿濕了。

「我去去就來。」我起身走開，轉了一圈想找些乾的鋪蓋來，卻根本找不到。在一間裝滿了沒送出去的包裹的貯藏室外面，我看見兩條舊麻袋，於是不管它們是誰的，就帶回來了。明妮和我把那人的擔架拉開幾步遠，把麻袋在擔架旁鋪開，然後幫他挪到這個臨時拼湊的「床鋪」上來。

「謝謝，謝謝你們。」明妮把擔架上弄髒的被子攤開好晾乾，那人一個勁地道謝。「你們眞是太好心了。」他說完就閉上眼睛，好像就要睡著了。

明妮一聲不吭地把他的腿放舒服一些，我把擔架靠在他身旁，這樣等被子乾一些了，他自己可以再回到擔架上去。我們還沒轉身，他又睜開了眼睛。「我碰見過另一位好心的外國人。」他喘息著說，彷彿看不見我長著一張中國臉。接著他聲音提高了一點。「是個加拿大醫生，在丹陽，隔一天來給我傷口換一次藥。每次都疼得我發瘋一般地吼叫，可他從來不發脾氣，總是拍著我的額頭，讓我平靜下來。有一次，他還用一條暖和的毛巾給我擦臉。我跟他分手之前，對他說，如果我年輕一點，我會想要他做我的教父。多好的一個人啊。」

我意識到這個年輕人可能是個基督徒。明妮摸著他的前額說：「上帝會幫你儘快好起來的。」

而我什麼話也說不出來。起身離開時，我尋思如果不說假話，怎麼能夠安慰這些傷兵。他們身上盡是虱子和跳蚤，體力都耗盡了，很快就會化作中國的黃土。驟然而生的悲哀把我的心揪成一團，一下子使我眼淚盈眶，喉頭發哽，急忙衝出候車室，讓凜冽的風迫使自己平靜下來。上帝爲什麼讓我們這塊土地經受如此可怕的摧殘？這些無辜的人們爲什麼要遭這樣的罪？上帝什麼時候才會對殘暴的入侵者發怒？這些問題通常都盤桓在我的潛意識裡，此時此刻都冒了出來，讓我苦無答案。

明妮也出來了。「簡直太可怕了，太可怕了。」她的聲音當中帶著哭腔，臉上淚跡斑斑。「我從來沒想到會慘成這樣。」她頭髮淩亂，嘴唇扭曲，我沉默著拍了拍她的肩膀。

在外邊待了幾分鐘後我們又返身進去。看見一個年輕人，不過十幾歲，用孩子般的聲音喊著：「送我回家！死以前我要見我爹我娘！」他的眼睛受傷了，整個臉部除了嘴都裹著繃帶。

明妮拉著他的手說：「他們很快會送你回家的。」

「別騙人了！騙子，騙子，你們全是騙子！」

她轉過臉去。我去幫著霍莉往水壺裡灌涼開水。大廳的另一邊，好心腸的牧師約翰．馬吉正在禱告。他每天晚上都到這裡來，指揮一些年輕的志願者來幫著照料這些傷兵，也為那些將死的人做臨終祈禱。

「安玲。」明妮在一個候車長椅後邊喚我。我放下手裡的水壺，走過去一看，只見地上躺著一個人，右腿齊大腿根沒有了。他一動不動，傷口處發出惡臭。明妮悄聲問我：「你覺得他還活著嗎？」我正拿不準，忽見他的手像是被什麼叮了一般抽搐了一下。「他肯定還活著。」

我俯身去看他的傷口——肌肉已經有點腐爛，幸虧天冷，蒼蠅不多，可我仍看見四、五條小蛆在腐肉邊緣蠕動。殘肢上的惡臭太難聞了，我只好屏住呼吸。顯然，這些人已經很多天沒人照料了。

「他們有沒有這些人的名單呢？」明妮問道。

「我不知道。」我對她的問題感到意外。

「也不知道這些可憐的人死後有沒有一塊墓地，他們為中國犧牲了一切。」明妮的眼淚再一次湧了上來。

內心裡我知道也許根本就沒有什麼名單。一切都這麼混亂，他們的長官哪裡還會爲這些沒用的人們操心呢？他們死了以後，誰能說得上來他們的屍體丟在哪裡了？他們的父母也許會收到一紙「陣亡通知書」。這些鄉下孩子來到這個世界上，好像就是來受苦、來供人使喚的——他們生命的長短，完全取決於他們能夠忍耐和堅持多久。

越看這個只剩下一條腿的人，我們就越是傷心。明妮走到霍莉面前，指著椅子後邊，幾乎是蠻橫地質問：「他們爲什麼不給他清洗和包紮傷口？」

「他們沒有藥，連酒精和碘酒也沒有。」霍莉答道。

我擔心明妮會大發雷霆。果然，她朝著一個穿白大褂的年輕女子走過去，說：「喂，我知道那邊那個人可能沒什麼希望了，可是爲什麼不給他包紮一下，讓他死得像個人樣？」

「我們一點繃帶也沒有了。」那女子回答道。「我們只能給他們吃上飯，喝上水。」

「那麼你們的工作就是延長他們的痛苦了？」

「我也想能夠多做點什麼，魏特林院長。」那年輕人勉強擠出笑容，她的面孔憔悴又疲憊。

「明妮，這不是她的錯。」我說。

我把明妮拉開的時候，她也承認：「你說得對，她連護士都不是，一定是個像我們一樣的志願工。」

「她頂多是個護理員。」我回答說。

「要是我們的學生都在就好了，我們可以帶兩三個班過來。有錢的那些學生肯定會捐出些藥品繃帶來。」

「她們一定會的。」我說。

我盤算著要不要給那位傷員擦擦傷口——至少把那些蛆都弄掉，可是我拿不準那樣會不會讓他更疼。什麼藥也沒有，這樣去擦可能會使他的傷口感染得更厲害。最後我沒擦，而是找來一張報紙，過去把他的傷處遮蓋一下。

十點後，我們才離開火車站。回去的路上，明妮一言不發，霍莉和我談論著中國防線的失守。顯然，南京淪陷只是幾天的事情，城裡肯定會湧進更多的傷兵和難民。

快到學校時，明妮開口了：「我得沖個澡，洗掉一身的臭味。」

「我想你會一直惦記那些垂死傷兵的。」我說。

「你是我肚裡的蛔蟲嗎，安玲？」明妮問道，用了句中國人的比喻，「你怎麼能猜透我的心思？」

霍莉哈哈大笑，接著說：「我們也許沒有精力再去看他們了。」確實，在即將到來的日子裡我們會忙得再也顧不上去車站了。

四

安全區的四周都插上了紅十字會的會旗，中國軍隊卻在安全區範圍內的南邊架起了大炮，構築了防禦工事。結果約翰．拉貝不得不跟蔣委員長的一個副官黃中校吵了起來，要他們把部隊撤出中立區。那個年輕的副官堅信，看到這個安全區，會影響那些「必須死守南京直到流盡最後一滴血」的士兵的士氣。不管拉貝怎麼吵，說從軍事角度來看，在這裡設立防線是荒唐的，中校就是不聽——可是他沒過幾天就跟著委員長的參謀部一起撤退了。拉貝事後開玩笑說：「用別人的鮮血決心血戰到底，簡直太容易了。」

委員長臨撤退之前，又送來了答應提供給安全區的四萬元現金，還附上了一封信，感謝西方人的救濟工作。不少外國人覺得守衛首都的中國軍隊只是爲了臉面而裝裝樣子，可是拉貝不這麼看。那個唐生智將軍，蔣委員長的對頭，勉強承擔了南京保衛戰司令長官的使命，拉貝擔心他也許會不計一切代價，包括犧牲成千上萬平民百姓的性命。兩天前，唐將軍已經把長江上的幾十條船都燒掉了，以示他的部隊已經斷絕退路，只能背水一戰了。

拉貝再次對負責在安全區內架設大炮的軍官們提出了抗議，甚至揚言，如果軍事人員還不撤走的話，他就辭去安全區國際委員會主席一職，因爲軍事人員在這裡，會給日本藉口炮擊並消滅掉安全區。唐將軍派了龍上校來協助拉貝，他們一起總算是把部隊撤走了。聽到他們撤出去的消息，我們都鬆了一口氣——我們建立難民營的努力總算沒有白費。

十二月八日星期三下午，明妮召集這一帶的居民開了一個會，來了一百多人，主要是婦女。通常，這樣在禮拜堂裡的聚會會吸引來很多人，因爲我們在會後提供的吃食，主要是麵包和糕點。今天來開會的人，卻對「天食」都不感興趣，而是急於知道，一旦情況危險，他們最快什麼時候可以搬進金陵女子學院。對多數人而言，我們學院是他們唯一可以想像的庇護所了。婁小姐是爲福音派教會做事工的，也來參加會了。她是個中年女人，亮亮的眼睛，癟癟的嘴，前一天，明妮已經允許她搬進練習館，負責管理住進這裡的難民。婁小姐不是我們學校的正式職工，卻是我們很依賴的幾位當地人之一。這個嬌小女子很瞭解附近居民誰眞正貧苦，所以每當我們要救濟窮人，總是找她來協助。

「魏特林院長，我可不可以把我爸爸一起帶來？」一個削肩女子問道，「他已經臥床不起了，我不能把他扔下不管啊。」

「這個，我們的校園只爲婦女和兒童開放。」明妮回答。

幾個男人發出噓聲。其中一位抗議起來：「你們不能這樣把我們拒之門外，魏特林院長！這不公平。」

我生氣地轉臉一看，那些人中間有幾個遊手好閒的傢伙，沒黑沒夜地下棋、玩牌、打麻將，有幾個還溜進校園來偷東西。

明妮揮手讓他們住口。等到屋裡安靜下來，她又接著說下去：「我們學校是個女子學院，我們接納男人們來住，是不合適的。」她轉向一群婦女，「你們家男人可以去其他接受全家人的地方。」

「爲什麼把我們分開啊？」一個女人問道。

「你們不會分開太久的。」明妮說：「我們談的是生與死的問題，可你還在想著怎麼和你男人舒舒服服待在一起。」

人群哄堂大笑。我們都知道那女人沒有孩子，她的外號叫「懷不上」。她垂下眼睛，臉變得通紅。

「哪裡有同時接納男人的難民營？」另一個女人問道。

明妮回答說：「五臺山小學、交通部、南京大學的圖書館、軍事化學辦事處——事實上，除了南京大學宿舍樓，所有其他難民點都接納男人。」

「那些地方離我們太遠了！」一個老女人嚷道。

我的怒火快忍不住了，正想著要不要對這些自私的傢伙說上幾句，只見婁小姐站起身來，轉身面對他們，眼鏡後邊一對深陷的眼睛目光堅定。「咱們要知道自己是誰。」她說：「金陵學院無論如何沒有接納我們任何人的義務，可是在東洋鬼子面前，它爲我們提供了庇護所。我們應該感激魏特林院長和她的同事們爲我們所做的一切。」

「閉嘴，你這馬屁精！」一個男人在後邊喊道。

我站起來說話了。「這裡是禮拜堂，不是你想罵就罵的下等小酒館。不許你再罵人，否則就請出去。至於這裡的男人，你們和婦女孩子爭地方，不覺得羞恥嗎？就算你們不能和敵人打仗，不能用武器保護自己的家人，至少你們應該把他們留給更能保護他們的人，而你們自己，應該另外給自己找避難的地方去。」

人群不出聲了，大廳裡一時異常安靜，使得遠方的炮聲突然顯得更近、更響了。婁小姐和我坐下以後，明妮繼續說道：「我們歡迎所有婦女和孩子，不過我們首先要盡力保護年輕婦女和女孩子們。也就是說，如果居住在安全區內，我們建議年齡稍大的婦女還是留在自己家中。」

「小男孩們怎麼辦呢？」一個女人從後排問道。

「問得好。」明妮說。「十三歲以下的男孩我們可以接納。」

「我家孩子十四歲，長得很小。」一個母親叫著。

「可是有些十四歲的男孩幾乎是成年人了。我們得省出地方來給女孩子們和年輕婦女。至於你兒子嘛，你應該說他只有十三歲。」

這話引來一陣大笑。

「我們什麼時候可以進來？」還是那個女人接著問。

「到了留在家裡不再安全的時候。只可以帶著你們的鋪蓋、幾件換洗的衣服，和少量的錢，箱子什麼的都不要帶。」

會議結束之前，熱情的婁小姐大聲朗讀了《舊約．詩篇》第七十章。她用高亢的聲音念道：「主啊，求你速速來幫助我。」我們都站起來，一起唱了讚美詩〈萬古磐石〉。我敢說，只有少數人背得下來那歌詞，有人雙手捧著大本的讚美詩集；然而我們人人都放聲歌唱，歌聲眞切而有力。

那天晚上，我們迎進了第一批難民。他們大多來自鄉下，有的人是從東邊三、四百里遠的無錫一路跋涉而來的。日本人不僅搶掠了他們的村子鎮子，而且還抓走了青年男女，人們只好棄家而逃，跑到南京來，或是跨過長江跑到浦口去，完全不知道日本人已經占領了那個南京外區，切斷了中國軍隊在那邊撤退的路線。日本兵沿路把大部分房屋付之一炬，用不著的東西看見什麼毀什麼，把鐵路兩側一里多寬的灌木叢和樹林悉數砍倒，以防他們運輸補給品的火車遭到埋伏。爲了保衛首都，中國軍隊也摧毀了一些民房，尤其在句容一帶；並命令居民離開自己的村莊，然後把他們的住房燒掉，好爲大炮掃清所有可能的障礙，這就造成南京各個城門前都聚集了大批難民，希望能進城來。

一位花白頭髮的婦女在我們面前癱倒，坐在一塊石頭上邊哭邊訴說她的遭遇。「我女兒和我進城來賣芋頭，」她嗚咽道：「可是光華門前那麼多人，我把她給弄丟了。我以爲她總可以進城門來，可以在城牆邊上碰上她，可是我進來以後，日本鬼子開始轟炸，城門就突然關上了。我在裡邊等了整整一個下午，也沒法出去找她。我們的家已經沒了，她不知道上哪兒去呀……我那苦命的孩子，剛滿十一歲呀……」

有些人家倒還沒有走散，可是男人們得去另外的地方找避難所。他們大多都很願意另外去找，有些人甚至感激不盡，只要老婆孩子安全了就行。一個睡眼惺忪的男人走到明妮跟前，乞求她給家人一點吃的東西，因爲他們沒有錢。她對他說：「不用擔心。我們不會讓他們挨餓的。」

聽說，那些也接收男人的難民營，都在迅速爆滿。我們沒有預料到難民來得這麼快，此刻，十二月八日的晚上，已經到來一百多人了。明妮讓紅臉膛的路海趕快把廚房建起來，第二天早上好開始給難民分粥。

五

第二天早上安靜得出奇，幾個鐘頭都沒有聽到什麼槍聲。東邊、西邊和南邊的炮擊聲都停止了。我們禁不住懷疑，日本兵是不是已經進入南京了？可那似乎又不大可能，因爲中國軍隊都還守在陣地上。明妮和我正在商量安排湧入的難民，我們的園藝工老廖來了，遞給明妮一張傳單。他是她多年的朋友了，合肥來的。十八年前，明妮來到金陵，接替返回美國一年去籌錢的丹尼森夫人，當了這裡的代理校長，從那時候起，她就僱了老廖，因爲她想創建一所美麗的校園。「今天早上我在西山撿到的。」他指著那張紙，微笑著用粗啞的聲音說著，彷彿今天對他來說不過是平常的一天。「灌木叢裡有好些呢，一定是日本飛機撒下來的。我不知道上面說些什麼，不過我覺得你也許很想看看。」

明妮大略掃了一遍，就遞給了我。傳單上印著日軍華中方面軍總司令松井石根的勸降書。他要求中國軍隊立即投降，宣稱「這是保護無辜平民和古都文物的最佳選擇」，所以我們必須全部放下武器，打開城門，歡迎皇軍進城。命令中還說：「日軍對抵抗者雖極爲峻烈而弗寬恕，然於無辜民眾及無敵意之中國軍人，則以寬大處之，不加侵害。因此，我命令你們在二十四小時之內，也就是在十二月九日下午六點以前，必須全部投降，苟欲繼續交戰，一切戰爭之恐怖將盡現於南京。」

此時離最後期限只有不到十個小時了。明妮告訴老廖說：「這是日本最高長官松井石根下達的一道命令。」

「從來沒聽說過他。他想怎麼樣？」

「他要求中國人投降，把南京城交給他。你覺得我們應該怎麼辦？」

「這個嘛，」老廖抓了抓後腦勺，「我可不知道。我希望他讓大家過安生日子。」

他的回答倒把明妮逗樂了。老廖不像別人，他對日本人的逼近沒什麼恐慌，儘管連他女兒都帶著外孫們撤走了。我們知道他是一個謹小愼微的人，他關心的只是種花種菜，戰爭不戰爭的，根本不在他的視野裡。可明妮還是深深地喜歡這個老花匠，他總帶著一身青草氣息，是個非同凡響的「綠手指」——不管是什麼，他碰過之後，沒過幾天就變得漂亮又茂盛。等他慢吞吞地走開之後，我把他的回答仔細回味了一番。也許，在某種程度上他是對的——普通民眾總得活下去，所以，不管是什麼人來統治，只要他沒有破壞人們的生計，大家就可以接受他。不過，我把這個念頭打消了，因爲日本人近來犯下的暴行都跟這樣一種可能性截然相反。

松井石根將軍的傳單可能解釋了今天早上的這般安靜——入侵的部隊一定是在等待我方對最後通牒作出反應。我把這個分析對明妮一說，她也表示同意。那天早上，路易斯．斯邁思到我們這裡來檢查醫療設施，他證實了我們的直覺。我們的電話線當時已經不通，所以他本人只好親自跑來。金陵學院到這時候只接受了三百難民，這讓路易斯很意外，不過他稱讚了我們謹愼的計畫，還告訴我們說，安全區國際委員會裡的四個英國人和一個丹麥人剛剛離開了南京。不過他讓我們不必擔心，因爲更多的人，尤其是當地人，已經開始加入救濟工作的隊伍了。

路易斯來自芝加哥，在南京大學教授社會學，也是一個傳教士。他相當敏感，有些虛弱，但說起話來總是很富於表現力。即使在平時和大家說話，他也像在發表演說似的，大幅度地打著手勢。這些天裡，路易斯的情緒似乎十分高昂，彷彿迫在眉睫的圍城給他輸入了活力和體力；他甚至對明妮承認，他很享受「所有這些活動」。我想，他大概從來沒發現自己的人生這麼積極，這麼富有意義——尤其是這麼緊張熱烈。明妮邀請他到宿舍主樓去吃午飯，我也去了。伙食很簡單，米飯、清炒雪裡蕻、鹹鯖魚。路易斯和明妮一樣，是爲數不多喜歡中國飯的外國人。這是一件好事，因爲城裡所有店鋪都關門了，外國食品店更沒影兒了；而且，常吃當地食物，據說是有助於增強人體對痢疾、瘧疾等疾病的免疫力。路易斯告訴我們，他組建急救體系的努力終告失敗，因爲軍隊對所有汽車都任意徵用。到目前爲止，他手上只有兩輛還能跑的帶篷貨車。作爲安全區國際委員會的祕書長，他現在忙得不可開交，東奔西跑，要確保每個難民營都可以提供基本的醫療服務。

我們一邊吃著飯，路易斯又談起他和安全區委員會其他成員曾經試圖促成停戰協定的事兒。前一天，他們建議停火三天，在這三天裡，日本皇軍停止進攻，而中國軍隊撤出南京城，這樣可以讓日本部隊和平進城。儘管唐將軍公開的態度是「決戰到底」，實際上他非常希望實現停火。他請安全區委員會致電蔣委員長，並透過現在班乃號上的美國大使館同時致電東京。瑟爾·貝德士和美國長老會在南京的牧師普萊默·米爾士，帶著唐將軍的一位副官前往停泊在下關一帶的美國炮艦。關於停火的電報發出去以後，唐將軍和國際安全區委員會便焦急不安地等待回覆，然而蔣介石今天早上回覆了：「絕無可能」。

「真是愚蠢和荒唐。」路易斯評價蔣先生的拒絕，「他簡直不考慮停火會拯救多少人的生命。現在南京城是在劫難逃了。」路易斯嘆道，小鬍子隨著他的咀嚼顫動不已。他戴著一副金絲眼鏡，小小的鏡片幾乎蓋不住他暗淡的眼睛。

「他一定是爲了保全臉面。」明妮說。我知道她喜歡蔣委員長，蔣委員長是個基督徒，有一次來參加過金陵學院的畢業典禮。我記得那一次，他說他皈依了基督教，因爲他肩上的擔子太重了，需要上帝的幫助。我端起瓷茶壺，給每個人的杯子都加滿。

「謝謝。」路易斯說。

「在一座城市和成千上萬人的性命都危在旦夕的時候，還去擔心什麼個人的臉面，太荒唐了。」

「可憐的士兵們，他們都像老鼠一樣給困在城裡了。」明妮說。

「蔣介石從一開始就不應該打算守城。這種愚蠢行爲唯一的解釋就是，他想從軍事上除掉異己。」我們都知道蔣介石想削弱唐生智將軍的勢力。他的德國顧問曾經勸告他，不要做保衛首都的打算。南京城周圍的地形就像個大口袋，袋口就在通達長江南岸的下關。如果人數有十萬之眾的日本軍隊，沿著長江從東西兩頭進攻，他們可能首先占領下關碼頭，從而徹底切斷南京防區十三個師和十五個團總共十五萬人的撤退路線，並把這些兵團全部擠進以城牆爲界的大口袋裡。從軍事觀點來看，守衛這樣一個地方，簡直如同自殺。

明妮問路易斯：「這麼說，今天早上的安靜，只是颶風中心的平靜了？」

「日本人隨時可能重新開始進攻。」

當天晚上，對南京城內的炮擊又開始了。巨大的炮彈落在城中心的新街口一帶，爆炸聲此起彼伏。炸彈無數次落在市民聚集的安全區內，每一條通向中立區的街道上都擠滿了人群，人們把家當裝在所有能找到的車子上——獨輪車、人力車，甚至嬰兒車，任何帶轂轆的傢伙。很多男人用扁擔挑著擔子，很多人背著鋪蓋捲。女人們抱著孩子，或手提衣裳包裹和熱水瓶。已經走不動路的老人，坐在大竹筐裡，被兩個人用長扁擔抬著走。我們聽說，可以容納一千五百人的聖經教師培訓學校難民營已經滿員，可他們還在不停地接到新難民。比較之下，金陵學院只接收了近七百人。很多個家庭湧來，但我們堅持只接收婦女和兒童。很多婦女不願意和家裡男眷分開，就另外去找可以接收全家的難民營了。有些男人在我們大門前開口咒罵大劉、婁小姐、霍莉，和我，有一個人甚至向我們學校的牌子和柵欄門上扔泥巴。

整整一夜，湧入難民營的難民源源不斷。隨著其他難民營的爆滿，現在所有男人都願意把家人留在金陵學院，然後自己到別的地方去尋找庇護所。據說我們學校對婦女和兒童來說是最安全的地方，越來越多的婦女兒童就都擁來了。我們自己的工作人員個個應接不暇，於是難民中有不少人主動來幫我們的忙。由於到來的人太多，第二天中午時分，教師樓已經滿員，中心樓和練習館也都滿了。有些人我們收下來後，他們哪個樓也去不了，就從附近一塊工地上搬來磚頭，在操場上自己搭住處了——長方形的窩棚，活像一個個大爐灶，上邊蓋一塊竹蓆，用樹枝削出的細棍支著。

南邊傳來的機關槍噠噠聲，從一大清早就沒有停息過，東北方向的紫金山燃起大火，那一帶戰鬥正激烈，濃煙時常遮天蔽日。炸彈無數次在安全區外的什麼地方爆炸。日軍轟炸機沒有任何警報聲就出現了，儘管偶爾會有一兩門高射炮還在朝它們射擊。一有飛機飛過我們的校園，大多數人都趕快找地方躲避起來，可有些從鄉下來的人，卻以爲安全區裡是可以防彈的，所以他們就待在原地，眼看著飛機轟炸或掃射。路海和大劉只好朝他們大喊大叫，要他們趕快藏到隱蔽的地方和防空洞裡去。

那個兩天前跟十一歲女兒失散的母親，整整一天都站在我們學校的大門外邊，兩眼盯著人群，希望可以找見她的孩子。她不斷地問人，有誰看見一個短頭髮、臉上有酒窩的小女孩沒有。誰都沒看見。婁小姐端給她一碗米粥，那母親一言不發地吃了。我想過把她帶進門來，但又轉念，還是讓她待在那裡，繼續傷心吧。

六

第二天，日軍猛烈的炮火一刻不停地轟擊著南京城。校園裡，我們人人心神不安，但還是繼續幹著活兒。北校園的兩座宿舍樓中間，搭建起一些竹蓆窩棚，我們讓小販在窩棚裡向難民賣吃的，蒸米飯五分錢一碗，不帶芝麻的燒餅，一個也是五分錢，不過，每人一次限買兩個或兩碗，不得買雙份。當地的紅十字會已經答應在這裡開設粥場，只是到現在還沒設立起來。有些難民既沒食物，身上又沒錢，就只好挨餓了。到十二月十一日中午為止，我們已經接納了大約兩千難民，總算還能把他們都安排住下。

我正在用木頭水舀子給疲憊不堪的新來的難民分發熱水，約翰·馬吉牧師來了。我讓手下的一個人替我接著分發，自己起身去迎他。「我剛從城裡來，」他對明妮和我說：「那邊情況可怕極了，福昌飯店和首都劇場門前躺了幾十具屍體。有家茶館被打中了，胳臂腿被炸得滿天飛，掛在電線上和樹梢上。日本人隨時會開進城來。」

「你是說，中國軍隊放棄抵抗了？」明妮一下子憤怒了，兩眼噴火。

「我說不準，」馬吉回答，「我在安全區裡看到些軍人，在搶商店裡的食品和生活用品呢。」

「他們就這麼散夥了？」我也火了，想起他們以「保衛南京城」為名，在郊區燒毀的那些農舍。

「現在還很難說。」馬吉回答說：「還在作戰的也有。」

他告訴我們，下關一大片地區都在火海之中。南京城最漂亮的建築、斥資兩百萬元建造的交通部大樓，連同它那富麗堂皇的禮儀廳，都被付之一炬。凡是帶不走的，中國軍隊一律將之毀掉，把很多房屋都燒了，包括蔣委員長的夏宮、軍事學院、現代生化戰爭學校、農業研究實驗室、鐵道部、警官培訓學校——全都燒了。也可能這是他們發洩憤怒的方式吧，因爲他們現在才知道，蔣介石和所有當官的都撤走了。

約翰·馬吉正說著，一個戴著一頂護耳毛氈帽、拄著手杖的駝背男人走過來，另一隻手裡牽著一個小女孩。

「能收我們進來嗎？」那人聲音微弱地問道。

「這裡只接收婦女和孩子。」明妮說。

那男人微笑了，兩眼一亮。他站直了身子，用沙啞的女聲說：「我是女人，請看。」她摘掉帽子，從口袋裡扯出一條印花大手帕，把臉上的塵土和煙灰擦去。原來她相當年輕，二十多歲，瘦削的臉上仍留著一道一道的黑灰。不過她的脖子現在伸長了，柔軟的後背顯出她的楊柳腰。

我們讓她和小女孩進來。

「你叫什麼名字？」我問。

「燕英，」她說：「這是我小妹妹燕萍。」她伸出胳臂摟住女孩。

燕英告訴我們：「我們鎮子被日本鬼子燒了，他們抓走了好多女人和男人。我家鄰居龔阿姨和她的兒媳在家裡被折磨死了。我爹叫我們趕快跑，我弟弟不敢在大白天裡出來，所以我沒帶他，自己就和妹妹來了。」

明妮把她們送到霍莉管理的中心樓。這時喬治・費奇來了，他穿了件燈芯絨大衣，香菸插在個小菸嘴兒上，看上去很像支彎曲的小菸斗。他一臉倦容，頭髮稀疏，琥珀色的瞳仁濕濕的。費奇是美國基督教青年會南京分會的負責人，也是安全區國際委員會的行政主任；他出生在蘇州，蘇州話講得地道，以致有人把他當成了維吾爾人。他告訴我們，有好幾百名中國士兵來到南京大學醫院難民營，要投降，很多人扔下了武器，請求讓他們進入難民營；不然的話他們就要破門衝進來。他可以斷定，更多的士兵，會有上千吧，都會進入安全區來請求保護，這樣一來，國際委員會在與日本戰勝者打交道時，就陷入很大的麻煩。馬吉和費奇一刻也沒敢耽誤，就一起動身去醫院了。從後邊看，瘦弱的費奇今天似乎背更駝了，馬吉則強壯結實，虎背熊腰。明妮對我說：「我希望中國士兵別來金陵學院避難。」

「反正我們也沒地方給他們了。」我說。

那天晚上，校園裡的三座樓都已經滿了，其他幾座還在接收著新難民。最後保留的藝術樓，剛剛也開放了。紅十字會還沒有把粥場建立起來。我們兩天以前建起來的臨時廚房，連一小半人的肚子都沒法應付。明妮提議，由我們自己來開設一個粥場，可是，粥場的工作人員，還有大部分的定額的分配，都是當地紅十字會的人掌控，他們堅持說，粥站要由他們來開設。很顯然，這裡邊有個賺錢的問題。他們在這種局面下還在考慮贏利，讓明妮大為惱火，派了路海再去找紅十字會總部，申請辦粥場的許可。

第二天早上，四周安靜得好像仗已經打完了。我們感到日本人也許已經攻破城門，控制了南京城。有傳言說，日本攻城部隊爬上城牆，用炸藥炸開了幾個口子，中國守軍潰敗，日軍高喊著「天皇萬歲」，揮舞著戰旗蜂擁而入，卻幾乎未遇任何抵抗。大劉說，他看見愛惠中學一帶的街道上到處是屍體，大多是老百姓還有孩子，除此之外，鬧市區已經成了死城。

整整一上午，明妮不停地抓撓她的後脖頸，覺得渾身又癢又黏。她和衣而臥已經連續好幾天了，自從五天前到車站看望傷兵回來，就再沒顧上沖過一次澡。她都無法連續睡上兩個小時，就會被槍聲吵醒，或是不得不起身去親自處理一些緊急情況。什麼時候實在太累，不歇一下不行了，她就打個盹，所幸她總是可以一沾枕頭就睡著。要是今天仗眞打完了，她說要好好泡個熱水澡，再一覺睡上十個小時。

我是個覺很輕的人，夜裡一多半時候都是在學校門房和不同的樓裡值班。謝天謝地，我身體很好，一天睡三、四個小時就可以應付，但就算這樣，我還是感到睡眠不足。有時候，累得沒法繼續幹下去，我就在體育樓裡找間貯藏室，在裡邊小瞇一會兒。這些天來，我頭都是木的，眼球疼痛，步履不穩，可我必須在校園裡巡查，必須處理太多的事情。我丈夫和女兒開玩笑說，我已經成了「流浪漢」了，不過，家裡沒我他們還可以應付。

快到傍晚，明妮想到江邊去看看情況。大劉要陪她去，可她對他說：「不用，你還是留在家裡吧。」霍莉也要跟她一起去，明妮卻說：「你應該守在這裡，萬一有什麼緊急情況你好處理。安玲跟我去就行了，哪國部隊也不會傷害兩個老女人的。」其實，我五十歲，比明妮還小一歲，可她看上去也就是四十出頭，而我都有不少灰頭髮了，幸好體型還沒發胖。於是我和她一起坐進吉普，那是馬吉牧師給我們的一輛舊車。明妮開起車來，讓我們每個人都驚訝不已，因為她似乎笨手笨腳，不是霍莉那類對開車十分嫻熟的女人。

「希望這車不會半道抛錨。」明妮說。確實，這輛車響動得太厲害，像是不大牢靠。

「我要是會開車就好了。」我說。

「等戰爭結束了，我就教你學開車。」

「但願到那時候我還沒老得學不成。」

「什麼話，別那麼悲觀嘛。」

「好吧，希望這話能實現。」

我們先到安全區國際委員會總部去了一下，看到約翰·拉貝、瑟爾·貝德士和愛德華·施佩林都在。他們一臉憂鬱，告訴我們說，中國軍隊已經開始撤退了。德國保險公司經紀人施佩林，其實在三個小時前剛從日本人的前線回來，他受中國軍隊委託去交涉，希望就停火進行談判。但是，裕仁天皇的叔叔朝香宮將軍，拒絕了他的建議，說要給中國一個血的教訓，打算「血洗南京」，好讓中國人看看，蔣介石是多麼無能的領袖。

拉貝告訴我們的情況更加令人震驚。昨天，唐將軍接到蔣委員長的命令，要他立刻組織撤退。可是唐的部隊激戰正酣，把他們撤出來已經不可能了。如果他執行這一命令，就意味著將抛棄他的部隊。他跟委員長的總部聯絡，探探虛實，看蔣會不會收回成命；蔣卻決心已定，再次電告唐司令，指令他必須實施撤退，保存部隊，即刻跨過長江。唐甚至無法把命令送達到所有部隊，有幾個師不僅失去通訊設備，而且官兵來自各邊遠地區，諸如廣東、四川，還有貴州，彼此方言不通，互相交流都很困難，以致無法傳遞命令。更糟糕的是，那天早上，日本艦隊已經駛進長江，正向上游而來，我們沒有戰艦抗擊敵人的海軍，所以中國軍隊的撤退路線很快就會被全部切斷。唐將軍萬般無奈，緊急求助於安全區國際委員會，懇求外國人代表中國出面干預，實現三天的停火。愛德華·施佩林今天過午時分出城，向西跋涉，到日本前沿陣地，揮著一塊白單子，白旗上用日語寫著「休戰，和平！」是那個黃眼睛的年輕俄國人寇拉寫上去的。施佩林滾圓的肩膀上擔負著我們首都的重量，希望避免更多的流血。

親王朝香宮將軍長著蒜頭鼻子，留著八字鬍，讓他看上去像是兔唇。他接見了施佩林，一口啐在他臉上，又抽出刀來厲聲喊道：「去告訴中國人，是他們自己找死。現在才偃來你這麼個和平掮客，晚啦！他們眞的想要和平，就先把唐生智交出來。」

「請把我們的請求轉告松井將軍。」施佩林再次懇求。

「我是這裡的指揮官。告訴唐生智，我們要將南京城殺個雞狗不留！」

施佩林只好趕回來，如實向唐將軍轉告。這位使者急得把腳脖子都扭傷了，走路只好拄著根棍子。現在，部分守城部隊一定已經得到了撤退的命令，開始向城外撤退了，但是很多部隊卻還蒙在鼓裡，還在盲目地作戰，全不知兩翼已經空虛，注定會被殲滅。

聽完拉貝關於停火斡旋失敗的陳述，幾個人好長一陣沉默。我很想哭，但還是克制住，用手遮住了臉，幾乎喘不過氣來。

「兵敗如山倒啊。」瑟爾對明妮說，用了句中國成語。

「蔣介石應該對這場災難負責。」她氣憤地說。

「對，他應該被送上軍事法庭。」瑟爾說。

「問題是，他就是自己法庭上的法官。」拉貝用玩笑的口氣加了一句，擺弄著掛在脖子上的望遠鏡帶子。儘管是在調侃，他的聲音卻很沉重。

瑟爾要動身去一個星期前在外交部設立的臨時醫院了。市政府已經交給國際紅十字會五萬元——瑟爾和明妮都是國際紅十字會的成員——用來建立醫院，可是即使有這筆不小的資金，他們也沒有足夠的人手。瑟爾無法找到醫護人員，不停地抱怨中國醫生全跑光了。到目前爲止，留在城裡的只有一個外科醫生——羅伯特．威爾森，他剛從哈佛醫學院畢業不久，眼下在南京大學醫院裡，忙得不可開交。明妮和我跟著瑟爾一起出門，上了我們的吉普。我倆開上了上海路，向城東北駛去。

我們左轉上了中山路，這條路通向挹江門，出了挹江門可以到達下關碼頭。我們剛轉上來，就被眼前恐怖的場面驚呆了。整個城市都在逃命，人流都朝著江邊湧去。我們經過的每一條街上，到處都是我們的士兵脫下扔掉的軍服。道路兩邊排滿了正在燃燒的車輛，火炮旁邊摞著成箱的炮彈，重機槍還捆在死驢子身上。一群騾子站在那裡，身上馱著高射炮的部件和彈藥，不知所措地動不了窩。一匹帶著馬鞍的雜色馬，對著雲彩高聲嘶叫，彷彿遭到什麼看不見的猛獸的襲擊。大批的士兵向北蜂擁而去，大多數人兩手空空，但有一些人皮帶上還掛著搪瓷飯碗。滿地的鋼盔、步槍、手槍、水壺、捷克式輕機槍、背包、軍刀、手榴彈、大衣、靴子、迫擊炮、火焰噴射器、短把鐵鍬、鎬頭等等。一支黃銅軍號旁邊，放著一隻生豬的腦袋，牠的大鼻子朝天，可兩隻耳朵都不見了。我們快到國際俱樂部時，路面上塞滿了翻倒的車輛、三輪摩托車、牲口拉的馬車、電線杆和亂糟糟的電線，弄得車子不可能再往前開了，於是我們決定步行。我們拐向右邊，把車開進德國大使館的院子，徵得脾氣急躁的喬治・羅森的許可，我們把吉普停在他那裡。羅森是政治事務祕書，是留下沒走的三個德國外交官之一。跟他的同事不一樣，羅森是半個猶太人，不能佩戴納粹黨的卍字徽記。

明妮和我徒步向北走去，只想看看我們的部隊是不是還控制著撤退的路線。大都會飯店出現在眼前，已經被濃煙和火焰包圍了。我們經過的那一刻，一隊仍然荷槍實彈的士兵朝我們跑過來。一共九個人，都穿著草鞋，在我們面前停了下來，扔掉步槍，兩手抱在胸前，請求明妮接受他們的投降，好像她也是個占領者。他們的班長一臉淚花，向明妮懇求道：「大嬸，救救我們吧！」

這一舉動使明妮慌亂不安，我對她說：「他們一定以為所有外國人都有辦法替他們找到避難所。這些當兵的真可憐，被當官的拋棄了。」我一邊說著，眼淚就嘩嘩地流下來。我太傷心了，俯下身去痛哭起來。

明妮拍著我的頭，用中文對那幾個人說：「我們沒有資格接受你們的武器。如果你們想留在城裡，到安全區去吧，你們在那裡可以得到保護。」

那幾個人搖著頭，彷彿被嚇得再也不敢返回那個方向了。他們向後一轉，跑掉了，槍也丟掉不要了。明妮撿起一支步槍，還很新，槍托上印著這樣四個字：「人民血汗」。這些字來自委員長的教誨，刻在國民黨軍隊的很多武器上。明妮兩道濃眉擰成了結，深深嘆息著扔下了槍。

我一邊擦眼淚一邊告訴她：「在我們國家裡，一個農民幹一輩子才能買得起一支步槍。想想他們扔掉的那些裝備——天大的糟蹋啊。」

「是啊。路易斯說，他看見一些嶄新的大炮被丟棄在郊外，一次都還沒有放過呢。」

我們繼續向城門走去。看到四周的一切都被摧毀，眞讓人難過萬分，大半樓房和平房都被燒毀了，有些還在冒著煙。走過英國大使館之後，遠遠便可以看見挹江門，可我們已經太累，再往前就走不動了，而且我們意識到，想出城門去看看江邊是什麼情況是不可能的，於是我們停下了腳步。從這裡遙望，城門前堵著沙包，架著機關槍，成串的士兵用繩子、消防水管和雲梯，在攀登十五米多高的城牆。逆著煙霧瀰漫的落日，可以朦朦朧朧看見城牆頂上，還有兩層的樓閣邊上，都趴滿了人。從人群移動的樣子，我們看得出碼頭一定還在中國部隊手裡。我們轉身返回，朝德國大使館走去。

暮色降臨了，幾隻蝙蝠掠來掠去，像是鬼頭鬼腦的蝴蝶。往回走我們得逆流而行，明妮走在我前邊，一邊推搡一邊喊：「讓我們過去！讓我們過去！」人們都在不顧一切地急於往外逃，遇到我們擋道礙事，就罵起來。突然響起汽車鳴笛聲，身穿便裝的衛兵們揮著盒子槍，大聲吼叫：「閃開道！閃開道！」

那些來不及讓開的人，便被衛兵連推帶搡推到一旁。只見衛兵身後開過來兩輛長轎車。「看！唐將軍！」明妮對我說，指著坐在第二輛別克後排座位上那個瘦臉男人。將軍垂著腦袋，好像正在打盹。我們注視著這位南京守軍總指揮，這時半塊磚頭打在他的車上，一個聲音大喊道：「王八蛋，我操你祖宗八代！」磚頭只在車窗上留下一個白點兒，衛兵什麼也沒說，瞪了叫罵的那人一眼，就只管往前繼續清道去了。幾分鐘以後，轎車向左轉彎，看不見了。天黑後唐將軍一定有他自己的辦法過江。

七

十二月十二日，南京的城南和城西，炮聲響了整整一夜。凌晨兩點後，我回到校長辦公室的裡屋，忙裡偷閒打個盹。外邊不時傳來機槍的射擊聲。我和衣在一把扶手椅子裡睡著了。朦朦朧朧間，我看見中國士兵們在長江裡爬上帆船、小木船、木筏子，日本人的飛機在頭頂上朝他們掃射。有的船起火了，有的翻了，成百成千的士兵掉進混濁的江水。有人在水裡撲騰著，有人抱住船板、桅杆，很多人沉了下去，嘶聲呼救。

一聲爆炸把我驚醒。「大災大難啊。」我搖著頭，自言自語道。我坐起身來，伸出腳去摸索我的鞋。又去摸檯燈，馬上意識到早就停電了——我們學校有一臺發電機，不過還沒開始發電。我站起身，向門口摸去，淚水糊住了我的雙眼。

我磕磕絆絆朝大門走去時，東邊天空已經出現緋紅的雲彩，微微發亮了，校園裡靜悄悄的。路海迎上我，說有幾批中國軍人過去了，有些大兵還向正在門房裡值班的他們討要老百姓的衣服。幾個人傾其所有，把能給的都給了他們。

大門外沿牆，士兵們丟下了一大堆軍服，還有一些步槍、匕首和子彈袋。我們把衣服收集攏來，一把火燒了。至於武器，我叫路海都沉到圖書館大樓後邊的水塘裡去了。

天亮以後，附近的一大群居民出現在大門口，懇求門衛讓他們躲進來。明妮走過去，隔著鐵柵欄門告訴大家，他們的住所已經就在安全區以內，所以他們都是安全的，應該把地方省給沒地方住的難民。大家又發洩了一些不滿之後，憤憤地離開了。有幾個表示要給我們幹活的男人還罵了起來，因爲我們只能僱兩個送水工。金陵學院有自己的水井和水龍頭，不過，給住在室外的人提供飲用水，需要有人運送。現在校園裡共安置了二千五百多難民，已經飽和。

十二月十三日，日本完全控制了南京城的那天，粥場終於在操場旁邊搭建起來了，是一個沒有門的棚子，大約二十多米長。粥場的粥，三分錢一碗，賣給身上有錢的人，但是對於沒錢的人，這裡也免費提供粥飯。來粥場領飯的難民，按照各個住宿樓的順序，一個樓的人領完，下一個樓的再來。即使是這樣，到開飯的時間，手拿飯碗和飯盒的人群還是蜂擁而上。我一看到這情景就很生氣，忍不住地訓斥他們。早飯時間長達三個多小時，十點半才能收攤。在這之後，伙房的人可以休息兩個小時，到下午再開第二餐。校園裡一天提供這樣兩餐。

早飯時間裡，很多婦女便在校園的四個池塘裡洗衣服和刷馬桶，母親們不時呼喚著孩子們。一群男孩子到處亂跑，好像急於把這個新地方看個遍，幾個小女孩子也跟著他們。早飯以後，校園裡安靜下來，可是大約正午時，大門口忽然傳來一陣喧嘩。「鬼子，日本鬼子來了！」一個孩子喊道。明妮和我趕快過去，只見一個日本軍官正在抽路海的嘴巴，一個當兵的手裡拿著繩子，要把他捆起來。「住手！住手！」明妮大聲喊道，衝到他們跟前。「他是我們的僱員。」

矮胖的中尉驚愕地轉過臉看她，說了幾句我們誰也聽不懂的話。然後輕蔑地示意身後那個當兵的，那人把路海放開了。

一隊日本兵經過之際，忽聽一聲叫喊：「救救我啊！」

我們衝過去，認出是給圖書館看門的老胡，他的胳臂被兩個日本兵抓著，其中一個胳臂肘上掛著老胡的新嗶嘰大衣。明妮一把在老胡背後抓住他的背帶，迫使那兩個日本兵停下腳步。「他是給我們幹活的。」她對那個矮粗的軍官喊道：「苦力，苦力，你懂不懂？」她的褐色眼睛氣得要噴出火來，「你們不能無緣無故就抓人。」

那軍官看了看她胸前的紅十字標記，彷彿一時摸不著頭腦。然後他衝兩個日本兵揮揮手，把老胡放了，帶著其他人走開了。

「也救救我，魏特林院長！」另一個聲音哭叫道。那是一個叫范樹的孩子，他正被日本兵拖著走。他奮力掙扎想要掙脫，胳臂裡還夾著個籃球。

我們都朝范樹跑去，可是一個日本兵猛地轉回身，端起了步槍，刺刀正對著明妮。她毫無辦法，只能呆在原地，眼睜睜看著他們把孩子連同其他三個我們不認識的中國人一起拉走了，其中只有一個人看上去比較強壯，像個當兵的。范樹是給一對美國老夫婦幹活的，他們剛剛離開南京，想必他是留下來幫他們看房子的，可他悄悄跑到這裡來打籃球。他剛十四歲，個子和塊頭要比他的實際年齡高大，所以日本人把他當個軍人抓了。

「謝謝您把我救下來，院長。」老胡說著，朝明妮鞠了個躬，現出他已經斑白的頭頂。「我攢了整整一年的錢才買了那件大衣，被他們搶走了。」「這幫該死的！」明妮頓足恨道，揚起兩腳周圍的灰土，「本順，本順，你在哪兒呢？」

「在這兒，我在這兒。」本順跑過來了，他是個骨瘦如柴的十五歲孩子，我們的送信員。

「去告訴拉貝先生，日本人在我們學校逮人。」

「我不會說外國話呀，院長。」

「他的祕書韓先生會說英語，讓他給你翻譯。請他們過來幫我們制止那些日本兵亂抓人。」

本順小跑著去了，兩隻胳臂肘一擺一擺的，腳上一雙警靴他穿著太大。他比實際年齡顯得個子更矮小，只有一米五的樣子。我感到派他去送這個口信未必明智，不過我沒把這個疑慮說出口。就算拉貝先生知道了，他又能怎麼樣？這種任意的抓捕，在整個南京城一定到處都有。

下午兩點左右，茹蓮來了。她的外號叫「佛勒小姐」，因爲她酷愛英國女作家艾米莉．勃朗特，也因爲「佛勒」這個英文單詞有雞鴨的意思——她是家禽飼養員。她氣喘吁吁地說：「山坡上有幾個鬼子。」她指著西邊，她掌管的家禽實驗中心在校園後邊的小山坡上。

「你覺得他們會闖進養雞場嗎？」明妮問她。

「肯定會的。」

「咱們過去看看。」我說。

明妮得留在大門口，於是，路海、霍莉和我跟著茹蓮趕快朝西邊走去。我側眼看看年輕的茹蓮，她穿了件鄉下女人的深藍色褂子，一張光滑的臉上抹著煙灰。她現年三十一歲，面容姣好，卻故意把自己弄得邋裡邋遢、病懨懨的。走起路來，她甚至顯得有點外八字，好顯得矮一點。然而她的漂亮是沒辦法完全掩蓋的。我想逗她一下，說她不可能這麼快就把自己變成鄉下人，但還是沒張口。

家禽中心的雞、鴨、鵝都像瘋了一樣嘎嘎大叫。我們走進飼養院，看見兩個日本兵在裡邊，一個抓著一隻鵝的脖子，那鵝的兩腳無聲地在空中蹬著，另一個正在追逐一隻長尾巴公雞，那公雞飛到一個架子的頂上，歪頭瞪著那日本兵，身上的紅黑羽毛一抖一抖的。那人嘴裡罵著公雞，還朝地上啐著。

「嘿，嘿，」霍莉大喊道：「牠們可不是吃的！」

日本兵停下手，朝我們走過來。那個高個子指著一隻母雞，狠歹歹地說了幾句我們誰也聽不懂的日本話。矮個子用中國話說：「吃……雞……肉。」

「不行，不行。」我很高興他懂點中文。「這些都是做實驗用的，不是你媽媽養的那種雞鴨。不要吃有毒的東西，懂不懂？要是吃了這些雞鴨，你會七竅流血的。」

「有毒？」那人問道，又對同伴咕噥了幾句。兩人都一副不解的模樣。

「是啊。」茹蓮指著牆邊一排棕色瓶子，裡邊裝著給家禽治病的各種中西藥。

那矮個子又對同伴說了幾句，高個子把鵝鬆開了，又朝一個陶瓦水盆踢了一腳。他兩人大步走了出去，恨聲恨氣地好像是在詛咒自己的壞運氣。

我們四個人在裡邊相視而笑，因為所有雞鴨都很健康。「我的老天，『你會七竅流血的』。」霍莉對我說。「你一定把他們的膽都嚇破了。」

茹蓮咯咯笑了。我們趕快又返回校園，下午飯時間到了，又該給難民放粥了。

本順一去不返，明妮著急起來。安全區國際委員會總部沒有多遠，他早就該回來了。我們不禁擔心他可能出事了。那孩子是個孤兒，由我們學校出錢，一直住在附近一家孤兒院裡，直到我們僱他來做事，所以他對於我們，不僅只是個僱員而已。

等難民吃完飯，我們都去飯廳吃晚飯。很多人從早上到現在都沒吃東西。明妮和霍莉癱在椅子上，說她們更想睡一覺，然後閉上眼，打算睡了。

「你們應該吃點東西，好有力氣。」我說著，把一碗粥放在明妮面前，又把一碟炸黃豆挪近一點兒。我正給霍莉盛粥，路海衝進來了。

「明妮，」他說：「幾個日本兵闖進我們存糧食的屋子了。」

「他們拿大米了嗎？」她問。

「不清楚。」

「他們跟你怎麼說的？」

「他們只給了我幾拳。」一邊說，他一邊揉著受傷的臉頰。

我們三人跟著路海去了。有麻煩的那個房子在大門外對面。大米其實不是我們的，是紅十字會配給粥場的糧食，九十麻袋放在那裡，大約有一萬八千多斤。可要是日本人把糧食拿走的話，這裡的難民就要餓肚子了。快走到房子時，我們看見門口一盞燈晃晃悠悠。一個日本兵攔住了我們的路，用生硬的中國話喊道：「站住，不許過來！」

「這是我們學校的房子！」明妮也衝他嚷回去，一邊往裡闖。這時一個留著短鬍子的年輕軍官從放著糧食的屋裡走出來。明妮朝他揮著一小面美國國旗，說：「大米是美國的財產，你們不能動！讓你們的人出來。你是負責的嗎？」

那軍官聽不懂她的話，轉身朝身後的幾個人說了句什麼。其中兩個人走過來，把我們四個人向後猛推。接著，那當官的抽出他的大和軍刀，在空中左劈右砍，一邊尖聲嚎叫，好像在舞臺上表演。只聽得軍刀被他舞得颼颼作響，我們都嚇壞了，誰也沒敢再上前一步。

我們當即轉身去了離這裡不遠、位於寧海路的安全區國際委員會總部。約翰・拉貝一個人守在那裡，像個軍官一樣戴著一頂鋼盔。他的辦公桌上放著過期的《德文新報》，那是一份在上海出版的德語小報。明妮問他，本順是不是來過，向他報告日本人到我們學校裡任意捕人的事兒。「我沒看見他。」拉貝迷惑不解，胖乎乎的兩手絞在一起。

「老天，他可不要落到日本兵手裡了！」明妮說。

「他根本沒有到這裡來嗎？」我問拉貝。

「沒有。我從早上九點就一直在這裡。」

「我眞不該把他派出校門。」明妮說。

霍莉說了大米的事。拉貝回答說：「也許我該去跟他們談談。希望我們還能夠跟這幫暴徒講講道理。」

拉貝站起身，正準備出門，電話響了，他拿起了聽筒。他的電話竟然還是通的，讓我吃驚不小。電話是德國大使館的羅森打來的，他說，有一隊日本兵正在拉貝家和他的德語學校門口，馬上要衝進院子。有幾個揮著火把，揚言說，如果大門再不打開，就把火把扔進去。拉貝家裡和學校裡住進了幾百人，除了難民，還有他的中國朋友、鄰居、僕人及家人，所以他得趕快過去。

臨走前，他叫來了寇拉，那個懂點日語的俄國小伙子。寇拉替我們寫了一封簡短的公函帶回來，這樣，明天早上我們第一件事情就是把信交給住進存大米屋子裡的日本兵。

寇拉從小在西伯利亞長大，他的祖先們祖祖輩輩都在和中國人、朝鮮人、日本人做生意。他在南京住了快十年了，這裡的孩子們都叫他黃毛子。他告訴我們，日本人已經抓了好幾千他們懷疑是中國軍隊掉隊和逃跑的軍人，強姦了幾百個婦女，城南和城東的大街上到處是死屍。還有日本「放火隊」，在好幾個地區燒房子、燒大樓。更可怕的是，有些日本兵強姦婦女之後還要把她們殺掉，因爲怕事後被她們告到憲兵隊；其實，這時候城裡根本沒有幾個憲兵。安全區內這類暴行的報告一整天都沒有斷過，可是拉貝他們一直無法和入侵部隊的最高指揮官取得聯繫，只能希望軍方能夠很快控制住已經喪心病狂的士兵。

「可是我覺得，如果不是得到長官的默許，那些畜生怎麼會這麼姦淫燒殺？」霍莉說。

「起碼是軍方懶得管束他們。」寇拉表示同意。

「誰能想像這樣的暴虐行爲？」明妮說。

「我們該怎麼辦呢？」霍莉問道。

「我什麼辦法也想不出來。」寇拉聳了聳肩。

我們回到校園時，看見幾十個婦女沿著柏樹樹籬，背靠背坐在前院裡。所有的樓內已經擠滿，再也住不進更多的人了，可還是不斷地有人湧進校園。明妮爲本順的失蹤焦慮不安，說她必須去爲他祈禱，道過晚安她就回自己房間去了。

八

第二天早上，天氣溫暖，陽光和煦。看著院子裡的難民，我對如同十月一般溫和的天氣感激不盡，那些失去家園、露宿風餐的人們可以少遭些罪，因爲他們在露天裡無遮無蓋。我從來沒有想到，我們設防的首都，就像挨了一棒的陶瓷盆子，這麼輕易地就被敲破了。在北邊，炮火聲時起時落，隆隆之聲伴隨著濃煙和氣浪。下關一帶仍在激戰，日本戰艦正在炮擊殘存的中國軍隊，擊沉那些試圖渡河的船隻和木筏。金陵學院周圍，不時傳來啪啪的槍聲。

中午一過，霍莉和我出了校園，向東北方向的朝鼓樓一帶走去。她已經連續三天沒有回家，擔心她的房子可能已經被搶劫，儘管她在前門釘了一面美國國旗，用美國大使館的海報把門封上了。我們沿著上海路走過去，看見很多房子和樓房都掛出了日本旗，呼呼噠噠地像開了洗衣店。有幾面白布單子做的旗子上還寫著「天皇萬歲！」

「爲了保全自己，那些人眞是什麼都幹得出來。」霍莉嘀咕著。

「他們一定是被嚇壞了。」我說。

「我也是個中國公民，可我對日本畜生就不會說一句好話。」

「你長了一張西方人的臉呀，霍莉。跟你說實話，沒有你陪著，我是不敢走出校園一步的。」

我們拐彎，轉進作爲安全區東側界線的一條巷子。這條街上有七八所房屋已經被夷爲平地，在被搶劫之後又被放了火，霍莉的家也是其中一幢，她的車也沒影兒了。一個年輕人，胸上被刺刀戳了兩刀，死了，側臥在她家院牆底下，他的後背裸著，頭髮都燒焦了，露在外邊的一側臉被狗啃過。霍莉不認識他。「野蠻，禽獸不如！」她咒罵著日本兵，流下了眼淚，拉起圍巾的一角去擦臉。

「霍莉，太慘了。」我低聲說著，一手摟住她。

四周鄰居安靜得你聽不到任何聲音，連很多房頂上那些麻雀的叫聲都沒有了。一隻波斯貓從隔壁鄰居院子裡的煤棚子裡跳出來，淒涼地喵喵叫著，好像是餓了。霍莉一把抹去眼淚，說：「我想，就是這樣了。現在我沒有地方可住了。」

「你什麼時候都可以和我們住在一起。」我說。那簡直不叫邀請，因爲她已經是我們學校不可缺少的一員了。她不僅是校園裡又一個外國人，而且還是一個音樂家，教堂做禮拜的時候少不了她。另外，她還幫助我們的護士照顧那些生病的、懷孕的、或是臨產的婦女們。

我們回到校園時，大門口聚集了大約四百個男男女女，還有孩子，懇求路海和婁小姐讓他們進去。所有女人的頭上都包著白毛巾，顯然他們都是從鄉下來的。幾個老人叼著長菸袋。我略有幾分驚訝，因爲現在大家都知道我們這裡只收婦女和兒童，男人們大多不會再來尋求庇護了。明妮對那些村民說：「我們只接受婦女和孩子。」

「求求您，我們沒別的地方可去。」一個三十歲左右的男人懇求道。

「別的難民營接受整個家庭，你們應該去那裡找地方。」我對他說。

「我們一步也不敢走了。」一位戴著瓜皮帽的老人說。「要是被日本鬼子看見了，他們會殺了我們，再搶我們的老婆和女兒。」

一個十幾歲的女孩慢慢走過來，她前額上貼著兩塊繃帶，就像兩個立在一起的小型十字架，一個比另一個高一些。她朝著還站在門外的霍莉和我哀求道：「大媽，放我進去吧。我們全家就剩下我一個人了。」她的眼淚一下子湧了出來，流了滿臉。

「怎麼回事？」我問她。

「昨天晚上，幾個日本鬼子闖進我們藏身的破屋子，把我爹和哥哥都砍死了。他們剝光了娘和我的衣服，開始折磨我們。我大聲尖叫，他們就一次又一次地用拳頭打我，直到我叫不出聲兒來，昏死過去。等我醒過來，看見屋裡娘的屍體。她是再也受不了了，自己撞到門框上尋了死。」

明妮這時候走出門來。我聽明白，女孩子是被強姦了，就對她說：「你得讓醫生給你看看。我叫人帶你去醫院。」

「我一步也走不動了。要不是這些好心人，我連這裡也走不來。」

「那你可以進來。」我說。

明妮讓人帶女孩去我們的醫務室，然後她決定帶著這群人到南京大學的難民營去。霍莉也要陪他們去，可明妮讓她留在學校裡，因爲約翰．馬吉剛剛走了，我們需要至少有一個外國人留在校園裡，好阻止日本兵進來。

從我們學校走過去南京大學要大約十五分鐘，明妮手裡拿著美國國旗，在前邊帶著這群人走，我壓後，舉著紅十字會的旗子。路過已經關門的美國大使館時，我們看見兩個日本兵從對面走過來，一邊吆喝一邊用槍托推搡著前邊一個瘦弱的男孩子。那孩子推著輛鋼圈箍著大木輪子的獨輪車，車上裝的是些搶來的戰利品——一堆乾鹹魚、一捆粉條、一罐正滷著的鴨蛋、一座掛鐘，一隻懷了羊羔的綿羊被捆著，還在咩咩叫著。兩個日本兵每人皮帶上都掛著十幾個銀手鐲、手錶和金戒指。隊伍中的所有女人都把頭埋下了，直到日本兵走過去才敢抬起來。

我們來到了南京大學，看見喬治．費奇正蹲在一棵粗大的菩提樹下，兩手抱著腦袋。他和瑟爾一起管理這裡龐大的難民營。「喂，喬治，怎麼啦？」明妮問道。

他抬起瘦瘦的臉，眼裡有淚，還布滿血絲。「日本人剛剛從我們這裡抓走了兩百人。」他告訴她說。

「那些人是投降的士兵嗎？」

「不是，很多人都是老百姓。」

「他們想抓誰就抓誰嗎？」

「他們命令大家脫掉衣服，檢查他們的肩膀和手。誰的肩膀上有像是揹過背包或是扛過槍的印子，他們就抓誰。可是很多窮人都是苦力，要用工具幹活，要用肩膀扛東西，他們肩膀上當然會有印子，手上當然會有繭子。日本人把所有年輕男人都抓走了。根本沒有辦法跟他們講理。明妮啊，這太可怕了，我們好像還生活在黑暗的中世紀。」

「他們打算把那些人怎麼辦？」

「肯定是都殺掉。」

「我想他們就是要殺給中國人看。」

「也想把所有強壯男人都殺光。」他哽咽了，拿張草紙擤了把鼻子。

明妮說：「也許我們從一開始就不該爲那些士兵提供保護。他們有的人並不願意把武器交出來，可是我們有多傻，竟然對他們保證了我們做不到的事情。」

他們正說著話，一隊日本兵出現了，兩個人在草地上拖著一個瘦骨嶙峋的人。我認出那是張先生，曾經是南京大學的圖書館館員，現在難民營裡負責管理檔案。他們要把他帶走，可他不肯跟他們走。

我們都站了起來。只見這隊日本兵領頭的中尉，命令一個新兵拿刺刀去刺張先生。那年輕的士兵有些猶豫，可是中尉高聲地再次下了命令。年輕人朝張先生刺了過去，他的棉大衣很厚，刺刀沒能刺穿。明妮和喬治看到他們這是要殺死張先生，趕快衝過去阻止。我跟著他們一起衝過去，但我們都被日本兵攔住了。接著，讓我們震驚的是，張先生自己解開扣子，把大衣丟到地上，身上只剩下一件薄薄的上衣，他就這樣面對刺刀，稀疏的鬍鬚上掛著鼻涕。那中尉再一次衝著年輕士兵高喊一聲，那士兵猛地朝張先生衝去，伴隨著狂叫，他一刀將張先生刺穿。張先生的雙腿一軟，可他的眼睛仍然死盯著殺人的兇手。他倒了下去，倒在自己的血泊裡。

我們震驚得一時沒人能夠動一動，或說出一句話。那隊日本兵列隊走了，人們圍住了張先生，他已經不行了。「報仇，報仇……」他的嘴唇顫動著，已經發不出聲音。

沒過幾分鐘他就死去了。我認識這個瘦小圖書館員的圓臉，聽說他的脾氣暴躁，不過我心裡從來沒多想過他。

明妮和我把四百難民交給喬治·費奇之後，就返身回學校。她一路走得有些氣喘，腳步沉重卻堅定。

「我不明白為什麼上帝讓我們中國人承受這些暴行。」我說。「我們做了什麼，要遭受這樣的報應？上帝為什麼不懲罰那些毫無人性的人？」就在那天早上，我聽說我的一個侄子，我堂兄弟十七歲的兒子，昨天晚上被日本兵抓走了。他的父母心急如焚，但是不敢走出去找他。

「上帝用他自己的方式做事，而我們難以理解。」明妮說著，但並不是信心十足。

我們古老的城市，以她的美麗和燦爛文化著稱，一夜之間變成了地獄，彷彿被上帝拋棄了一般。我禁不住要想，會有什麼樣的報應在等著那些殘酷無情的日本兵乃至他們的家人。我可以肯定，沒有人可以像他們這樣殘忍地對待他人，而永遠不會遭到懲罰的。

那天夜裡，瑟爾·貝德士和普萊默·米爾士分別住在我們的宿舍主樓和藝術樓，而路易斯·斯邁思和路海一起待在門房裡。臨睡覺時，個子高大的普萊默又一次流淚和詛咒起來，他那下巴寬寬的臉扭曲著，頭髮都被汗水打濕了。今天早上，美國傳教士們接受了一千三百名中國士兵的繳械，答應保證他們的人身安全；普萊默徒勞地阻止日本兵從警察局裡把這些士兵抓走，兩次被槍托打在胸上，這會兒胸疼得厲害。那些可憐的人全部被拖走，下午就全部處決了。五十名保衛安全區的警察也被抓起來，也被槍斃了，因為他們讓中國士兵進入了中立區。校園裡住進來三個美國人，讓我們多了些安全感。明妮和婁小姐一起，住在練習館，那座樓離最近的一座樓有將近二百米遠，在校園東南角上。我負責主樓。學校的兩名警察仍在巡邏，但是都改穿了便裝。還有一位打更老人，手提著燈籠，也會整夜巡視。

第二天，日本人繼續在城中搶劫、放火、亂逮男人、強姦婦女。所幸金陵學院裡還算平安無事，只是一大早從街對面那房子來了一個日本兵，帶著四個苦力，砰砰地丟下兩麻袋大米。我們很高興，日本人總算讓我們這個難民營食用那屋裡的糧食，而不是要我們花錢去買。馬吉負責的難民營，就被一群日本兵扣住配額糧食，然後「以折扣價」賣給他們的粥場——兩元錢買五十斤一袋的麵粉，五元錢買一百八十斤一袋的大米。

天亮以後，更多的難民來到金陵學院。儘管所有樓內都已經住滿，我們還是收下了他們，現在，新來的人除了一個安身之地，再別無所求。他們大多就躺在草地上或操場上。明妮看著她周圍的難民說，她更加確信我倆留守金陵的決定是正確的。我也這麼感覺。腦海裡再一次響起主的話：「權力和榮耀全是你的。」這話現在對我似乎有了新的涵義，就像一個承諾。

我背誦了那一句，明妮嚴肅地點點頭，表示同意。

下午茹蓮來報告，說有日本兵進了南山宿舍樓。明妮、大劉和我立刻趕往那裡，我們穿過一片竹林，抄了條近路。我們剛走進樓，就聽見從左側餐廳裡傳來大笑聲。三個日本兵正坐在一張桌子前喝蘋果汁，從一個七斤大桶裡直接往外舀蜜餞吃。他們身邊的食品室，掛鎖給砸壞了，門大敞著。明妮上前大聲喝斥：「你們不可以這樣！」

不知怎的，他們全都站起來，向門外逃去，手裡還拿著果汁瓶子和兩個花布包袱，好像是受到了驚嚇。一出大門，他們就轉身向東，匆忙逃走了，他們小腿上都裹著綁腿。

我正納悶那兩個包袱裡裹著什麼，明妮說：「他們好像還是孩子，知道自己做錯事了。」

「有些日本兵確實很年輕。」大劉說，用指頭把眼鏡往上推了推。他看上去十分疲憊，這些天來都失眠，經常喊頭疼。

「你們覺得他們是肚子餓嗎？」我問他倆。

「可能是的。」他回答。

「我不介意他們來吃點喝點東西，但是他們必須事先告訴我們。」明妮說。

大劉搖了搖頭髮濃密的腦袋，好像是對自己說：「他們是眞的喜歡美國人的聚餐食品。」

明妮咯咯笑了。我喜歡大劉，因爲除了穩健冷靜，他還有幽默感。有時候，他說出來好笑的話，自己並不覺得——這就更有冷面幽默的效果了。我們上樓去，發現一間小儲藏室的門半開著。裡邊有幾個箱子被割破或拉開了，箱裡的東西都被翻過，女人衣服扔得到處都是。其中有一個箱子是丹尼森夫人的，還有一個是生物老師唐娜．塞耶的，她現在人在上海。根本沒辦法弄清楚什麼東西被偷了。我們合上箱子，都放在放手紙的大書架後邊，四個沒被翻過的箱子旁邊。我們在那裡看見吳校長的塗漆豬皮箱子也被打開，裡邊東西都翻出來了，但我們同樣弄不清什麼東西被拿走了。

我們回到前院時，明妮看見約翰．馬吉正在跟路海說話。突然，一陣槍聲從西南方向傳來，所有人都安靜下來，側耳靜聽，直到射擊的聲音平息下來。

我們朝馬吉和路海走去。馬吉牧師對明妮說：「我剛聽說班乃號被日本飛機炸沉了。」

「我的老天！船上的人怎麼樣了？」她問。

「死了三個，傷了四十多個——傷亡的大多是船員。」

「大使館的人都平安嗎？」

「看來沒事。他們都被救上來了。」

我腦子裡頓時亂了，因爲金陵學院裝著文件、外幣、還有丹尼森夫人結婚銀器的箱子就存放在那條船上。我希望那箱子平安，還在大使館人員的照管之下。要是銀器給弄丟了，丹尼森夫人可能會發狂的。她不喜歡明妮，對我倒是還算禮貌，主要因爲吳校長一直護著我。自從到了金陵學院，明妮就知道，創建了學校的老校長把她當作競爭對手，也許因爲明妮比較敢說敢做，承擔了這裡沒人敢承擔的代理校長一職，還有，她的領導能力或許會對那個年事已高的女人構成了威脅，丹尼森夫人要求所有教員、職工、甚至學生，都忠於她自己一個人。不過，明妮和我都承認老校長把金陵學院當成了自己的家，把自己的一切都奉獻給學校了。讓她們兩人團結在一起的正是這種獻身精神。

第二天上午大約十點鐘，超過一個連的日本兵到我們這裡來搜查中國士兵。爲首的長官是個高個子，嘬腮，看那架式是個中佐，身旁有兩個衛兵和一個副官。明妮告訴他，這個難民營只接收婦女和兒童，可他聽也不聽，聲稱安全區國際委員會違反了只給非戰鬥人員提供庇護的承諾，所以現在皇軍有權將所有敵方殘餘部分予以清除。的確，在最初的計畫中，安全區國際委員會向日本有關當局宣稱過，這一中立地區將是「武裝人員不得進入、任何數量的士兵不得通過」的，然而在起草這封信件時，委員會中的任何人都無法預料整個事情的發展，數以千計的中國士兵會來到這裡，懇求中立區救他們一命。外國人在收繳了他們的武器之後也收留了他們，以為日本人會遵守戰爭公約，以基本人道對待已經投降的軍人。現在，憑著清除殘餘士兵的名義，入侵者開始對任何他們懷疑是潛在敵人者任意抓捕了。

搜查是從科學樓開始的，日本兵打算搜查每一間屋子。如果哪道門上有鎖，而鑰匙一時沒能拿來的話，一個扛著大斧頭的士兵就當即把鎖砸開。跟在他們後邊，我心裡七上八下的。在二樓的地理系辦公室裡，存放著鄰里的婦女們在上一個秋季給中國軍隊縫製的六百套棉衣。明妮和我決定留下這些棉衣，因為我們估計難民可能會需要一些冬衣。現在，這些棉衣棉褲就可能成為罪證。如果他們發現了，我們該怎麼解釋呢？我們能說是中國軍隊強迫我們給他們做的嗎？如果日本人發現了衣服，我就得在明妮回話之前，搶先跟他們撒個謊了。明妮不善說假話，會被他們看穿的。

還好，明妮說帶他們直接去頂樓，那當官的沒有堅持先搜查放衣服的那間屋子。頂樓上收容了兩百多名婦女兒童，那裡的難民似乎分散了日本兵的注意力，到他們下樓來時，他們忘記了拐向左邊搜查二樓的那些辦公室。

我們走出大樓時，一個日本兵抓住了我們剛僱的一個送水工。那可憐的人嚇得楞住，一時連呼救都不會了；水桶翻倒在地，扁擔上都沾滿了泥。那日本兵連抽他幾個耳光，冷笑著用中國話問：「當兵的吧，嗯？」

「不是，不是。」明妮上前阻止。「他是個苦力，我們的送水工。胡鬧，他都四十多歲了，怎麼可能是當兵的？」

一個班長模樣的日本兵上前撕開那人的衣領，查看他的左肩。幸虧他左肩上沒有印記，他們這才放了他。那人嚇得一聲沒吭就跑開了，水桶、扁擔都不要了，還有兩個被撕掉的扣子，都掉進濕泥裡。

明妮和我跟著日本兵離開。快走到大門口時，看見一小隊日本兵正拖著一個男孩子，那是修理工老童的侄子，他經常到校園裡來幹些零活。明妮快步上前，攔住他們。「他是給我們跑差的童僕，不是當兵的。」她喊道，情急之下臨時給他編造了這麼一個頭銜。

翻譯官是個面善的中國人，穿了一件厚風衣，他把明妮的話告訴日本軍官。一個日本兵走上來，用拳頭朝明妮當胸一推。高個子中佐衝他喊了句什麼，那人「哈咿！」一聲，立正站得筆直。於是那孩子趕快跑掉，和叔叔到一起去了。那中佐匆匆寫了一個字條，遞給明妮。翻譯告訴她：「如果再有人來搜查，你可以把紙條給他們看。」她謝過那當官的，然後突然一震，轉身對我悄聲說：「到處都是機關槍。」她用下巴指了指大門口。

我抬頭一看，看見院牆的兩側支起了六挺機槍。我意識到，一旦這裡出現騷動，他們是會掃射的，想到這裡我不禁戰慄起來。

中佐帶著他的隨從走出大門時，我們看見一隊日本兵押著四個中國男人從這裡經過。四個人被鐵絲捆住胳臂串在一起，其中一個沒穿褲子，兩條腿上滿是血跡。我們走到門前，去看個仔細，可是看不出那幾個人是不是軍人，那個最年輕的不會超過十六歲。他們一路縱隊，朝西邊的山坡去了，十分鐘之後，傳來一陣槍響——他們全被處決了。

「他們就那麼開槍殺人——沒有審判，沒有任何犯罪的證據？」明妮說。

我意識到，日本人覺得他們願意用什麼方式對待我們都是合理的。很多人一定知道會是這樣，那就是爲什麼他們搶在日本人到來之前就趕快逃跑了。

更多的難民湧來了。現在，金陵學院已經收容了四千多人。新來的人描述了很多可怕的故事——在過去三天裡，城裡和郊區到處發生著搶劫、強姦、虐殺和縱火。有些女孩子還不過十幾歲，就被從父母身邊搶走。東邊和南邊，黑煙在不斷升起——數千所房屋和商店被放火燒毀，以掩蓋搶劫的罪行。有些日本兵對路人看見什麼搶什麼：錢、食物、香菸、外衣、圓珠筆，甚至帽子和手套。一個老婦人告訴我們：「一個日本鬼子把我的銅頂針一把扯走了。他一定以爲那是個戒指什麼的。那個笨蛋，差點把我手指頭弄斷了！」我們的門衛王建定，長著一張貓臉，癱坐在自己腳上，不管大家怎麼安慰他，就是止不住地痛哭，因爲他那十五歲的兒子那天早上被帶走了。

那天晚上，在去安全區國際委員會總部的路上，明妮和我看見一輛雙輪大卡車隆隆駛過，上面載著十幾個年輕女孩，只聽見她們大喊著：「救命啊，救救我們！」有一個女孩還戴著眼罩。她們有的把臉塗黑了，把頭髮剪短了，可這些僞裝還是沒能逃過日本兵的眼睛。

我們呆立在路邊，一直看著那輛卡車，直到它消失不見了。我合上兩眼，眼珠直跳，明妮則把兩手按在脖子兩邊，呻吟道：「上帝啊，你什麼時候才會顯出你的憤怒？」

我們去見拉貝，想看看他聽到本順的下落沒有。他沒有得到任何消息。

九

十二月十七日早上，一小隊日本兵突然出現在校園裡好幾個地方，大抓婦女和女孩子。我們這個難民營裡，已經發生了三十多起強姦案件。緊急情況不停地發生，迫使明妮和我一起，疲於奔命地應對日本兵。我們已經接收了六千多難民。所有樓房都已經塞滿，很多教室都讓人聯想起擠滿了滯留旅客的火車站，在外之人都是吵鬧的，尤其是孩子們，四處閒逛，像在趕廟會。我們擔心怎麼保持衛生，怎麼給這麼多人提供伙食。光靠粥場遠遠不夠。

明妮說動瑟爾，在南京大學爲新來的難民再開放一個宿舍樓，並確保夜裡一定要有一個外國人住在裡邊。那天的下午四點到六點，她和我送去了兩大批婦女和兒童；我們還安排把一個十七歲的女孩送到了威爾森醫生那裡——這個年輕的媳婦，懷著五個月的身孕，被一群日本兵輪姦，流了產。一輛驢車拉她去了醫院，後邊跟著她呼天搶地的婆婆。

我們第二次從瑟爾新建的難民營回來時，看見霍莉正和婁小姐在宿舍主樓門口聊著，我們和她倆一起走進宿舍樓內的餐廳。晚餐是黃豆芽疙瘩湯。大多數工作人員從早飯到現在什麼都沒吃過，因爲白天裡經常顧不上吃飯。桌上的佐料瓶子裡有醬油、米醋，和泡著很多辣椒的辣油。我們正吃著，一個男孩子衝進來，氣喘吁吁地說：「魏特林院長，學校裡進來好多日本鬼子，在打人呢。」

「他們在什麼地方？」明妮問。

「正朝北宿舍樓那面去了。」

我們碗一放就往外走。天快黑了，空氣中一股煙味——一定是附近有房子起火了。一群烏鴉在樹梢上精力充沛地呱呱叫著，婦女和孩子們的尖叫聲從西邊和北邊傳來。砰砰砰砰！三個日本兵用拳頭在猛擂中心樓的前門。明妮和我走上前去，不等她開口，一個戴眼鏡的日本兵用生硬的漢語對我們說：「把這個打開。」

「我沒有鑰匙。」明妮告訴他。

「裡邊有軍人，大日本的敵人。」

「沒有軍人，只有婦女和孩子。」

明妮出示了昨天那個中佐寫的紙條，可是那人掃了一眼之後，三兩下子撕碎了扔到地上。他轉臉對其他兩個人說了句什麼，其中一個上來就打明妮、霍莉和我的耳光，一邊還大喊著什麼我們聽不懂的話。又猛推婁小姐，幾乎把她推倒在地。霍莉兩眼是淚，大鼻子抽搐著，用英語低聲罵道：「狗雜種！」左頰上隨即現出了紅手印。

「打開門！」近視眼那傢伙毫不放鬆。

這時候，商務副經理、國字臉的老容來了。我的耳朵被搧得還在嗡嗡作響，火辣辣的，我問他：

「你有鑰匙嗎？」

他一腦門皺紋，搖了搖頭。「我沒有。我們通常不從外邊鎖這道門。」

明妮對那幾個日本兵說：「我們眞的是沒有鑰匙。」近視眼日本兵在鏡片後邊眨了眨眼，狂吼著對老容命令道：「打開門！」

「我沒法打開。」

這個日本兵朝著老容的臉上打去，另外兩個也對他連踢帶打，有一個還一邊打他耳光一邊笑，好像在耍弄他。接著，日本兵舉起了步槍，用刺刀對著老容的喉嚨。

「住手，住手！」明妮說：「好吧，從別的門進去。」她指著大樓側面，然後帶著他們去側門了。我們也跟著他們一起。我看了老容一眼，他渾身發抖，忍氣吞聲，兩眼腫得幾乎睜不開。

讓我們迷惑的是，三個日本兵進了大樓，馬馬虎虎地檢查了幾間屋子，連樓上都懶得去。五分鐘不到，搜查就結束了。我們從側門走出來時，看見另外兩個日本兵拉著三個中國人過來，三個人被雙手反剪捆在背後。我認出了他們，三人都是我們的職工。明妮衝上去說：「他們是爲我們工作的。」

「中國軍人，大日本的敵人。」一個日本兵斷言。

「不是，不是，他們都是園丁和苦力。」她反駁說，然後指著王建定，「他是我們的鍋爐工，他十五歲的兒子剛被皇軍帶走了。」

那也無濟於事，日本兵還是把人拉走了。建定毫不抗爭，好像根本不在乎他們把他帶到哪裡去。

近視眼日本兵示意我們跟著他們，我們一起向大門口走去，只見門口那邊人影幢幢。

大門外邊，我看見四十多個中國人跪在馬路邊上，有幾個人在哭泣。茹蓮和路海也在當中，路海倒是站著的，正在對一個日本兵連說帶比畫。兩個班的日本兵站在周圍，大多揹著步槍，有一個還牽著一條吐著紅舌頭的德國狼狗。一個中士走過來問道：「誰是這裡管事的？」他的翻譯官把他的問題告訴我們。

「我是負責人。」明妮站了出來。

他們說話間，更多的教職員工被帶到這裡，被喝令跪在地上。三個日本兵走上前來，抓住老容、婁小姐和我，把我們拖到人群中，強迫我們跪下。他們為什麼把我們集中到一起？我想不出來。他們要接管學校嗎？他們要拿我們怎麼樣，要拿難民們怎麼樣？耀平、麗雅、帆帆在哪裡？我一陣頭昏眼花，幾乎癱倒；忙一把抓住婁小姐的胳臂穩住自己。

中士讓明妮從人群中把僱員們一一認出來。她點了幾個人的名字，告訴中士他們是幹什麼的。在她繼續往下指認時，屢次顯得遲疑；顯然，她不可能記得所有這些人的名字，尤其是前幾天剛僱來的臨時工。有一個年輕的僱工，腰板筆直，相當魁梧。明妮走到他面前，一時想不起他的名字。如果那人已經把自己名字報給了日本兵，她可不能隨便給他再安個名字。她正在猶豫不決之間，他們就把他帶到馬路另一邊去，命令他跪下。

「他叫本順！」明妮對那鬥雞眼中士喊道。這是個聰明的辦法——我們當中肯定沒有人起那個名字。

路海說：「他是我們的運煤工。」

「閉嘴！」中士一拳打在他前胸。兩個日本兵抓住路海的胳臂，把他拉走了，強迫他跪在「運煤工」

旁邊。

這時候，一輛吉普車開過來，停在路邊。從車上跳下三個美國人，路易斯・斯邁思，喬治・費奇，和安全區國際委員會副主席普萊默・米爾士。日本兵立刻把他們圍住，讓他們排成一行，搜查他們身上有沒有手槍，他們誰也沒槍。搜查完畢，喬治用德語說：「我們是傳教士。」那中士沒有反應，喬治改用法語說：「我們都是美國人。」

「是的，我知道。」那中士哈哈大笑，鬥雞眼眨了眨。

他們兩人繼續用生硬的法語對了一陣子話，可喬治的臉色卻很不好看。與此同時，一對手電筒的光一直照在另外兩個外國人的臉上，照得他們睜不開眼。喬治告訴他倆：「他們叫咱們幾個立即離開。」

接著，十幾個日本兵衝上來，把三個美國人推上吉普車。兩個日本兵抓著明妮的胳膊，硬把她塞進駕駛員旁邊的座位裡，但她掙扎著下了車，揚手對那中士喊道：「該死的！這兒是我的家！我沒別的地方可去。」

「我也一樣！」霍莉喊道，緊抓著後擋板，堅決不肯上車。「我的房子被你們皇軍給燒了，我變成難民了，還等著你們給我賠償損失呢。」她怒目圓睜，臉氣得通紅。

喬治把她們的話大聲翻譯給中士聽，於是中士命令他們三個外國男人立即離開。

在步槍的瞄準下，三個外國男人上了吉普車。路易斯朝我們揮揮手，向我們示意一切都會平安的。然後他們慢慢開走了。

中士兩手圈在嘴上，衝著喬治的背影用法語喊道：「再見啦！」他手下的兩個人也快活地叫喊起來。

吉普車剛一消失，就聽見牆裡邊傳來女人的哭聲和被捂住的尖叫聲。透過大門，我看見一些日本兵，趕著一群人朝我們學校的側門去了，那扇小鐵門平時總是鎖著，現在一定是撬開了。我看了一眼周圍，只見街對面窗戶裡伸出機槍。不知何故，大門口的日本兵突然撤走了，只帶走了路海和那個健壯的「運煤工」，接著，卡車在南牆外也開始發動引擎。我意識到，日本兵把這裡所有的工作人員都扣在這裡，而另一夥人就在校園裡邊抓人。從眼角我看見一挺機槍仍然支在那邊，我全身一動也不敢動，心都快跳到喉嚨口了。

我們仍然跪在地上，有幾個還在哭著。很長時間都沒人動一動。我看了一眼明妮和霍莉，她們的頭低垂著，兩眼死釘在地上。

大劉跑過來，大喊：「明妮、明妮，他們從東院抓走了一些人。」

「抓走了些什麼人？」她從地上站起來。

「我說不準。」

我一聽，跳起來就跑，腦子裡一片混亂。我跑啊跑啊，有人跟在我的後邊，我的腳步不穩，好像踩在雲上。我只求我的家人沒事。

我家裡一片狼藉，桌子和椅子都翻了個兒，滿地都是器皿、書本、鞋子、餐具、洗過的衣裳。牆上所有的畫都不見了，家裡一個人也沒有。「天哪，安玲，我眞爲你難過。」明妮說。她的口氣聽上去是覺得我們全家都被抓走了。

儘管我一陣陣地哭著，還是勸著自己，麗雅是個冷靜的人，他們也許還在校園裡的什麼地方，不應該還沒弄清楚就先亂了陣腳。家裡沒有任何搏鬥的痕跡，所以，我那一家還是有可能已經逃脫了的。可是，他們在哪裡呢？

這時，我丈夫，還有摟著帆帆的麗雅，出現在門口。麗雅只叫出了一聲「媽」，她的鵝蛋臉蒼白得嚇人，兩眼在燃燒，劉海和眉毛都被汗水打濕了。

「他們差點抓住我們。」耀平告訴我，搖著頭髮斑白的腦袋。

「感謝上帝，你們都平安。」明妮說。

麗雅告訴我們，他們一聽到校園裡的騷亂，就趕快離開了東院，跑到沒有完工的公寓房後邊的一條水溝裡，躲在一堆難民中間。我合上了眼睛，兩手握在一起，說：「主啊，萬分感謝你保佑我的全家平安回來了！」這時，大劉的太太來了，痛哭著說：「他們把我們女兒美燕抓走了！」這女人個子很小，一張圓圓的臉，手按在身體右側，好像疼得厲害。她的丈夫跟在她身後，極度震驚，說不出話來，臉上全是眼淚和汗水。

那女孩十五歲，是幼兒園裡的好幫手。我們都不知道怎麼安慰他們兩口子。要是我們沒有被日本兵扣住，能留在校園裡制止他們抓人就好了。現在我們能對大劉和他太太說什麼呢？我看了明妮一眼，她似乎也在努力想說點什麼，卻找不到合適的話。但不管怎麼樣，她必須說點什麼。

終於，她發話了：「明天一早我就去日本大使館。他們必須立刻把我們的人還回來。」

誰也沒答腔。

我和明妮一起離開我家，去察看校園裡其他地方，把小南門重新鎖好。走到中心樓時，我們碰見了茹蓮和另外兩個女同事，她們告訴我們，被抓走的女孩共有十二個，樓裡的所有難民都嚇壞了。我看見燕英——那個化裝成一個老男人，一個星期以前來的年輕女子——正拍著她的小妹妹燕萍的後背，低聲對她說著什麼。那孩子止不住地哭著，可能因爲剛才發生的事情，讓她想起了自己被毀的老家。我們的周圍有罵聲，也有哭聲。明妮和我也忍不住眼淚了。更糟的是，大多數被抓走的女孩子，我們連她們叫什麼都不知道。

半個小時以後我們來到練習館。讓人驚訝的是我們看見婁小姐正在跟路海說話。「感謝上帝你回來了，路海！」明妮驚呼道。「你是怎麼逃回來的？」

「我對一個老翻譯官說，我太太馬上要生孩子了，我還給他看了我跛的這條腿。他們見我走路一瘸一拐的，所以那個翻譯跟一個當官的說了之後，他們看了看我的膝蓋，就讓我走了。我這條命都是那個大好人老翻譯官給的。」

「別的人怎麼樣了，那個『運煤工』呢？」

「他們沒放他。」

儘管路海聲調鎮定，我還是看得出來他在發抖。他的兩頰青腫，嘴唇烏青。我們四人一起去了校門門房，再一起去了旁邊不遠他家住的小屋。他太太一見他就高興得哭了起來，說：「我還以爲他們會把你殺了。謝天謝地你回來了！」

婁小姐離開之前，我們一起爲那十二個女孩的安全、爲運煤工的性命做了禱告。我們的聲音多麼誠懇，我們多麼渴望奇蹟會發生。

禱告之後，明妮和我去了校門口。那一夜，我們是在門房過的，就在藤椅裡打打盹，以防日本兵再來。我腦海裡不停地響起一個聲音：「主啊，你什麼時候才會傾聽我們禱告？你什麼時候才會顯示你的憤怒？」我不時地醒過來，聽見明妮喃喃詛咒：「禽獸！禽獸！」

第二天天剛破曉，一陣汽車喇叭聲把我驚醒。我一下子坐起來，心頭突突直跳，聽見卡車呼嘯而去的聲音。明妮也起來了。我們走出房門，看見路海急奔過來。我們一起奔向大門口。幾個女子正搖撼著大門，喊著：「開門哪，讓我們進去！」

我們吃驚地看見六個女孩子站在那裡，都是頭天晚上被日本兵帶走的，她們頭髮蓬亂，臉上全是淚痕。路海立刻把小門插梢拔開。「快進來！」明妮邊說邊朝她們招手。她抱住大劉的女兒美燕的肩膀，對她說：「你父母發現你被抓走了，急得活不下去。謝天謝地你回來了。」

那戴眼鏡的姑娘點了點頭，沒有說話。明妮又問她們，受到了怎樣的虐待。她們都說，日本兵打她們的耳光，掐她們的臉，扯她們的頭髮，不過除了這些，並沒有糟蹋她們。那就是說，她們沒有遭到強姦，因爲大多數本地姑娘不會直截了當地用「強姦」這個詞。明妮得知後很高興。「眞是個奇蹟！」她說，而且一定在心裡把這歸功於我們昨天晚上熱切的禱告。

我不敢置信，日本兵什麼壞事都沒做，就放這些年輕姑娘回來，不過我保持了沉默，不想打破明妮的欣喜。這些天來令人心碎的事情發生得太多，她也該高興一下了。

美燕在父母的宿舍裡，告訴來看望的人們，日本人把其他六個比較漂亮一些的姑娘送到一家旅館去了，那裡住著一些當官的，剩下她們六個人，又被卡車送回來了。我們已經聽說，昨天有很多高級軍官到這裡來，參加勝利慶典。

十

那天早上，麗雅沒有像往常一樣早早起來；她說肚子疼得厲害。我摸了摸她的前額和身體——她渾身燒得滾燙。我給她倒了杯茶來，聽她說睡褲都濕了，我一看，只見鮮血和內膜在流出來。她流產了！我叫耀平趕快燒一壺開水，我則幫著麗雅脫下衣褲。

「什麼時候開始疼的？」我問她。

「昨天夜裡。」

「你怎麼沒跟你爸爸說呢？」

「我以爲睡上一夜就會好的。媽，孩子掉了嗎？」

「看這樣子是掉了。你昨天晚上不該跑得太急，弄傷了身子。」

「我好難受。」她哭起來，眼睛閉上了。「日本鬼子殺了我的孩子，我要跟他們算這筆帳。」

「噓，咱們先把你身子儘快養好了再說。」我覺得自己也要哭出來了，但我盡力眨眼，把眼淚忍了回去。

「我不想活了。」

「別說傻話。全家人都指靠著你呢。」

麗雅在疼痛中囈語和掙扎，我在她身邊給她收拾著。我用舊布把流出來的血污接下來，捲走扔掉，又給她洗淨，用手巾擦乾。我不知道死掉的胎兒是不是全部流出來了，她需要不需要做刮宮，或其他什麼治療。在正常環境下，我們可以去請個專門的護士來，可是現在，所有的產科診所都關門了。我叫耀平把帆帆交給鄰居，然後把麗雅放在他的飛馬自行車後座，馱著她去了我們學校的醫務室。他們父女倆出門向北，我在後面跟著，一手扶著麗雅的肩膀，幫她坐穩。

護士給她做了檢查，說看樣子流產是流乾淨了。即使麗雅需要做刮宮，護士也做不了，她以前從來沒做過。麗雅一定要臥床休息至少兩個星期，因爲一般都認爲流產比生孩子還要傷元氣。麗雅不能吃辛辣、醃製和生冷的東西，一個月不能跟丈夫同房。我幾乎要叫護士閉嘴了，她不知道我女婿根本不在家。麗雅需要吃些有營養的東西，比如雞蛋、牛奶、老母雞、魚類、豬肚豬肝、新鮮水果。可是現在我們上哪裡去弄這些東西呀？

不過我在辦公室裡存了一小袋小米和一瓶紅糖。我把這些交給耀平，讓他給麗雅熬些小米粥，再加些紅糖。他還會給她烤一些乾魚，保證她吃下去些飯食。把她在床上安置好以後，我就返回難民營了。

明妮要大劉陪她一起到日本大使館，去抗議他們亂抓女孩子。一開始他不願意去，兩眼在眼鏡後面噴出火來。我催促他陪著去，他才答應了。他有君子風度，善於同人打交道，如果他陪著去，她會覺得心裡更有底。

校門外邊聚集了不少上了歲數的婦女，請求放她們進難民營裡來。明妮和大劉一露面，人群就安靜了一些。明妮走到霍莉和我跟前，我倆一直在勸說這些四鄰八舍的婦女，要她們回家去，好把地方省出來——如果還能有任何地方的話——讓給年輕的婦女和孩子們。

「可是我沒有地方可去了。」一位六十歲左右的女人對我哭訴。

「他媽的！」另一個聲音叫喊道，「日本鬼子連老女人也不放過！醜老婆子也是人。」

明妮對我們說：「讓她們進來吧。但要說清楚，她們只能待在室外了。」

「我們已經收了七千多難民。」霍莉說。「如果再讓她們都進來，校園裡就一塊空地也剩不下了。」

「我們現在沒有別的選擇。」

我們開始接收新來者的時候，明妮和大劉出門去了日本大使館，步行需要二十分鐘。我在四年前陪著兒子浩文去過一次日本大使館，那是座兩層的舊樓，那次浩文是爲了在日本讀書，去申請長期居住簽證。他兩年前進了大和醫學院學習，打算當一名醫生。他現在還在東京，我們有七個多月沒有聽到他的消息了。自從戰爭爆發，他的來信就斷了，他爸爸和我都爲他擔著心，可我們不能對別人說這個，特別是不能對我們中國同事說。我們只求他健康、安全。我丈夫曾經在日本學習亞洲歷史，會講日語，不過他很少使用這種語言。除了吳校長，金陵學院裡沒有人知道我們一家與日本的糾葛，但我知道，只要我忠實於她，她是會替我們保密的。

快到中午時，明妮和大劉坐著一輛凱迪拉克回來了。路上他們先去了美國大使館，那裡的一位留守的中國祕書派了這輛車，送他們去日本大使館，這樣去會顯得很鄭重——祕書說，日本人很注重儀式，所以，作為一所美國大學的負責人，明妮去應該排場一些，好引起他們的重視，這樣看來，開輛大型轎車去就是完全必要的。看見那輛深藍色的轎車徐徐開來，停在了大門外邊，我把準備拿給飢餓孩子們分的半桶煮紅薯遞給另一個工作人員，自己走到門前，看著明妮和大劉走下車來。

明妮給了那個中國司機一塊銀元，可那人把錢推了回來，說：「我不能要您的錢，魏特林院長。」

「為什麼不能？」

「我們都蒙了您的大恩。要不是你們外國人留下來，建立了難民區，這裡所有的中國人都沒命了，就是沒被日本人殺死，很多人也得被餓死。華小姐，千萬別再給我錢了。」他叫她「華小姐」，是明妮的中國名字「華群」——魏特林的音譯。他動了動鴨舌帽，遮住自己含淚的眼睛，低頭離去了，一邊還揮著手，像是要護住自己扭歪的臉。他登上車子開走了，那車篷上插著美國國旗。

他們走進校門，明妮對大劉說：「我沒想到今天見到了一個富有同情心的日本官員。」

「我還是對他們恨之入骨。」他嘟囔著。

聽上去都不像他了，因為大劉是個好心腸的人，有一次甚至跟我們辯論，說亞伯拉罕不應該把兒子伊薩卡祭獻給上帝，說至少他大劉本人，是絕不會傷害一個孩子的，更不要說屠宰孩子了。我意識到他女兒一定遭到了什麼不測，也許被日本兵禍害了。明妮問他：「你為什麼這麼仇恨日本人？上帝不是教導我們，要愛我們的敵人，甚至對他們行善嗎？」

「那是我做不到的。」

「你們中國人不是有句話，『以德報怨』嗎？」

「那麼我們用什麼來報德呢?善良和邪惡必須區別對待。」

明妮沒有回答，對他的論點似乎感到驚訝。我反覆體會著他的說法，覺得他可能有道理。後來，明妮給我講了他們去日本大使館的經過。她說：「田中副領事答應派一些憲兵來保衛我們學校。他似乎挺有同情心的。」

「除此之外他還怎麼樣了?」我問。

「他一邊聽我講校園裡強姦和抓人的情況，一邊又是嘆氣又是搖頭。顯然他很生氣，說東京方面可能很快會發布命令，制止那些士兵的暴行。他告訴我們，松井將軍爲了士兵的軍紀敗壞而訓斥了有關軍官，不過對此田中並沒有談到任何細節。」

「那是機密情報，嘁!」我鼻子一哼。

「看樣子是吧。」

我突發的怒火似乎讓明妮糊塗了，但我沒有告訴她麗雅流產了，不想再給她報壞消息了。

第二天早上，路易斯・斯邁思到我們學校來了，更詳細地講了松井將軍的惱怒。路易斯和田中現在很熟悉了。安全區委員會每日一次，有時候兩次，向日本大使館報告日軍的那些暴行；一開始，田中副領事還無法相信，然而一天下午，他親眼看見一名日本兵朝一個賣布的老人開槍，因爲老人不肯讓他拿走一個銀菸盒。田中向路易斯透露，在一次有二十幾位高級軍官和三位大使館人員參加的小型歡迎會上，松井將軍落了淚。這位司令官責罵幾位將軍和校官，說他們毀壞了皇軍的名譽。「會遭報應的，可怕的報應，你們懂不懂？」他大喊道，邊把拳頭往桌上砸。「我發布過命令，南京城裡，任何強姦、縱火、屠殺平民都是不能容忍的，可你們卻沒有控制住你們的士兵。只此一舉，一切都完了。」

會議之後，田中在廁所裡聽見幾個軍官議論他們司令官，「這個老守舊！」還說：「他太老了，太蠢了。退了休就不該再回來。」一站在小便池前的一個大佐又說：「他當菩薩倒容易。要是不許當兵的幹中國人，那我們拿什麼犒賞他們？」

田中還告訴路易斯，軍方處決中國戰俘，部分原因是因爲他們沒有糧食養活這麼多人，他們也不願意費那個事看管戰俘。如果是爲這個理由，那爲什麼一開始要逮捕他們？爲什麼槍斃那麼多從來沒當過兵的人？爲什麼殺了那麼多年輕男孩子？他們這是要消滅中國潛在的抵抗力量，要把我們嚇倒，乖乖地臣服於他們。

十二月二十日早上，日本兵的卑鄙行徑仍在繼續。路海在校長辦公室裡找到明妮和我，說有兩個日本兵剛剛進了教工樓。教工樓在中心樓北邊，相隔只有幾步。明妮和我一起跑去。正在上樓梯，就聽見一個女聲在尖叫。二一八號房間門前站著一個瘦長的日本兵，抱著胳臂，步槍靠在他身邊。叫聲是從屋裡傳出來的，明妮把那日本兵一推就衝了進去，我和另外三個比較結實的年長女難民也跟在她後邊。一個日本兵在地板上壓著一個女孩，正在那裡扭動和呻吟，女孩的腦袋扭過來又扭過去，鼻子裡流出血來。

「放開她！」明妮衝上去一把拉住他的衣領。他大吃一驚，慢慢地爬起來，噴著難聞的酒氣，蠟黃的兩頰鬆垮垮的。他忘了把褲子拉上去；陰莖晃晃蕩蕩，還在滴著精液。那女孩閉著眼睛，開始呻吟喊疼，脖子上一根青筋直跳。

我把那日本兵的皮帶用力一扯，這讓他清醒了一些。他提起褲子，朝外走去，不過，還沒到門口，他又一個轉身，朝明妮伸出手去，咧嘴一笑，咕噥著「謝謝，謝謝」，弄得她摸不著頭腦，我也奇怪他謝她什麼。她噴火的眼睛瞪著他，他卻面無愧色，彷彿強姦一個姑娘只是一點小小的失禮。接著他又向我伸出了手，我也沒碰他。這時候，他的同伴進屋來，把他連人帶槍拖出屋去了，丟下一個銀酒壺在地板上。

「另外那個畜生也強姦了她。」一個女人告訴我們。

「給她打盆水來。」明妮說著，她的眉毛在跳。

「你們今天要守著她，不要讓她一個人待著。」我說。

幾個女人點頭答應。我撿起地上的銀酒壺，作爲一個證據，我們會把它交到日本大使館去的。

兩個女難民幫著那女孩穿上衣服。這時，茹蓮走進來，對我們說：「幾個日本兵闖進了西北樓。」

「該死的！霍莉在哪兒？」明妮問道。

「她在圖書館樓。那邊也闖來幾個日本兵。」

西北宿舍樓在教工樓後邊，我們趕到那裡時，看見兩個日本兵坐在飯廳裡，正就著一罐煉乳，大吃巧克力餅乾，他們是用刺刀開的罐頭。廚房的門躺在地上，門上的鉸鏈被弄斷了。一看到我們，那兩個日本兵趕快起身，飛快地跑出門去，一個人手裡抱著餅乾盒子，另一個拿著煉乳罐。他們的皮帶上都串著繩子，是捆人或捆牲口用的。

整個過程誰也沒說一句話。這事讓我們覺得，會不會是日本兵配給不足，面臨飢餓了。不然的話，他們怎麼會從老百姓這裡明搶暗偷所有吃的東西，甚至是烤白薯和一把花生米？我們在大街上已經好幾次碰上日本兵槍上繫著鵝、鴨子、雞，甚至小豬，有些小豬肚皮裂著，內臟都掏乾淨了。我希望西方記者們會把那些野蠻行徑和到處是平民屍體的街道都拍下照片，屍體的臉已經變黑了。滯留在南京的記者有五、六個，他們設法把這些暴行的文章發給了《紐約時報》、《芝加哥每日新聞》，以及美聯社。

第二天下午大約三點鐘，一位留著又硬又粗短鬍子、身量瘦長的少佐，帶著六個人，到難民營來檢查。明妮帶他們慢慢走遍了幾座樓，我知道她在盼著看到幾個日本兵，好讓當官的親眼看看日本部隊的士兵多麼無法無天。我們走過了藝術樓，那裡住著八百多難民，然後進了中心樓，這裡是霍莉負責的，住了一千多人。我們剛離開中心樓，正要穿過院子，路海一瘸一拐地過來了（這些天裡他經常故意瘸得更厲害），說有幾個日本兵正在南宿舍樓騷擾婦女。明妮邀請那少佐和我們一起過去，他同意了。我們動身往南樓走，他帶著手下跟著我們，兩手背在後背。

在宿舍樓的進門處，就聽見樓上傳來日本兵的叫聲和笑聲。我們加快腳步，在樓梯的平臺上撞見一群人。一看到明妮和我們身後的軍官，兩個日本兵放開了他們正從樓梯往下拖著的四位婦女，急忙逃出樓去了。一位婦女，兩手仍緊緊抓著光滑的欄杆，懇求說：「魏特林院長，救救我們！他們打我們，強迫我們當著孩子們的面脫衣服。上邊還有兩個，正禍害人呢。」

「這個我們回頭再談。」明妮說著，快步上了二樓，一個男聲正在上邊叫著。

進了走廊，我們看見一個日本兵，像個哨兵一樣站在一間宿舍的門口，一手攥著步槍，槍托戳在地上。那人想攔住我們，但一眼看見那軍官和隨從，就改了主意。我們從他身邊衝過去，進了房間，看見一個年輕婦女赤身裸體，躺在一塊綠色雨布上，一邊哭叫一邊掙扎，一個落腮鬍子日本兵，一手狠插在她兩腿之間，發出歡快的聲音。一把刺刀就立在她腦袋旁邊。我們衝過去，目瞪口呆地看到那日本兵的整個手都插進了那婦女的陰道，她身下是一汪血水尿水。明妮喊道：「放開她，你這畜生！你沒有母親和姊妹嗎？」

那日本兵嚇了一跳，抽出手來，站起了身，嘴唇顫抖著還帶著笑意。那女子痛楚地呻吟著，合上眼睛把頭轉向牆壁，只見她右耳下邊有一塊胎記。如果不是兩三秒鐘一次的抽搐，她的身子讓我想起正待宰切的一大片肉。少佐走進屋來，明妮對他吼道：「看看你的人對她幹了什麼！」她指著地板上的女子。巨大的憤怒使我的視線一時都模糊了。

那軍官跨步上前，看了一下她被嚴重殘害的身體。然後他轉向那肇事的日本兵，劈頭蓋臉一通耳光，一邊大喊著什麼。落腮鬍子日本兵站得筆直，滿臉是汗也不敢用手去擦，一隻手上還在往地上滴著血水。接著，讓我們大惑不解的是，他懷著歉意低聲咕噥著什麼，側身走開，去抓起他靠在牆上的步槍，慢慢向門口走去。不等他出門，隨行的一個低階軍官叫住他，把他的刺刀遞給他。這時候，一個中年婦人用一條破毯子把受害的女子蓋了起來。

這就完了？我不解。他們就讓他這麼走了？

「你們爲什麼放他走了？」明妮質問他們。

翻譯也是個軍官，對她說：「我們長官已經訓斥了他。你看，他也懲罰他了。」

「就沒有別的懲罰了？」她說。「你怎麼連他的名字都不記下來？」

「當然會有多多的懲戒。」

「可你們怎麼找到那人呢？」

「我們認識他。像他那樣長落腮鬍子的人不多。他外號叫『產科大夫』。」翻譯色迷迷地對我們咧嘴一笑，露出了他的齙牙。我克制住啐他一臉的衝動，移開目光，藏起我的眼淚和厭惡。被殘害的女子再次呻吟起來，兩手抱住肚子。明妮要另外三個婦女送她去醫務室。然後她憤怒地對少佐說：「我要向你們大使館去提抗議。」我們都知道，他們放掉了那個罪犯。

那少佐點了點頭，什麼也沒說，他的臉膛發黑，有點歪斜。他朝手下揮揮手，他們跟著他走出了房間。

那天晚上，日本大使館派來了二十五名憲兵。他們的頭目把田中副領事的信交給明妮，信上說，金陵學院必須好好招待這些憲兵，徹夜給他們提供炭火、熱茶和點心。明妮嘆了口氣。我們上哪裡去弄那些東西啊？另外，我們也不需要這麼多憲兵，四個就足夠讓那些強盜日本兵不敢來了。這些憲兵看上去有幾個很粗魯，會把女人孩子們嚇著的，我們都懷疑他們是不是真正的憲兵。也許他們不過是一般部隊裡被派到大使館當保安的一群人。我們沒有選擇，只能把他們接受下來。

目前，校園裡已經住進了八千多難民，看樣子還會有更多的人要來的。

十一

十二月二十二日一大早，婁小姐向我們報告，日本大使館派來的憲兵昨天夜裡在練習館強暴了兩個女孩。他們五個人把兩個女孩拖出樓去，在磚頭圈起來的橢圓形花壇旁，把她們強姦了。我們震驚又忿怒，可是我們陷入了兩難，找不到萬全之策：爲了阻止那些當兵的，我們需要憲兵的守衛，處理這個問題就很棘手。不管怎麼說，明妮還是要去向田中提抗議的。到目前爲止，光是我們這個難民營就已經有七十多名婦女和姑娘遭到強暴，明妮已經把這些案件向日本大使館和安全區委員會都提交了一份報告。

上午十點左右，明妮和大劉再次去了美國大使館，請求出車，到日本大使館去提交抗議。可是他們在那裡沒有見到田中，就求總領事岡崎轉告他，說我們不需要這麼多憲兵，六個就足夠了。岡崎也是松井將軍的外交顧問，儘管他此刻正要趕火車到上海去——他從去年秋天起就居住在上海了——他還是答應明妮會把口信和抗議書都轉給副領事。

這一次，凱迪拉克沒有再送明妮和大劉回我們學校，因爲司機害怕日本人會把汽車搶走。任何中國人開的車，只要裡邊沒坐外國人，都可能會被沒收。所以明妮和大劉是從美國大使館走回來的，那裡離金陵學院大概有二里路。

明妮和大劉回來的時候，我正在大門外邊給一位婦女包紮脖子，她被兩個日本兵扎了七刀，但是還有一口氣。我在馬車上插了杆紅十字旗，她躺在馬車上，被送到南京大學的醫院去了。明妮告訴我，他們在城裡看到更多的建築被毀，美國大使館王廚師的父親被一夥日本兵殺害了，就是為了搶奪老人收藏的古錢幣。明妮說：「誰能想像這等暴行啊！我都不知道這座城裡還有沒有哪一家沒被搶過。」

「總有一天我們會跟他們算帳的。」大劉咬牙切齒地說。

我從來沒見過他這麼怒火滿腔。我不知道怎麼接話。

明妮提出，我們是不是應該去趟安全區委員會去見見約翰．拉貝，看看有沒有本順的消息，還有五天前被帶走的那六個女孩子的下落。我們就去了寧海路五號，那裡離我們不遠，是一棟廟宇般的建築，寬大的窗戶，琉璃瓦的房頂，曾經是前外交部長張群的官邸，現在是安全區委員會的總部。

我們看見拉貝正坐在桌前流淚，兩手抱著全禿的腦袋。他本來是一個快樂的人，喜歡開玩笑和說俏皮話，我從來沒有見到他這麼憂心如焚過。

「出了什麼事，約翰？」明妮問道，坐了下來。

「哦，該死的日本鬼子，他們殺了我的工人。他們騙我，說付給他們好工錢，所以我去找了五十四個人給他們。」

「他們殺了多少？」

「四十三個。」

我們都很震驚，知道拉貝同意幫助日本人恢復南京市裡的電力供應，而且已經為他們招募來了電工和工程師。那些人日夜加班，修理機器，讓設備重新開始運轉。一旦電力恢復，日本人就把他們捆起來，拖到江邊槍殺了，說他們曾經爲中國政府工作過。

「難道他們就不需要熟手來維修電力供應設備嗎？」明妮問拉貝。

「我也是這麼想的，所以我才向我的工人們保證了他們的人身安全，還有很好的工錢。現在我哪還有臉去見他們的父母、妻子和孩子？人家會認爲我爲了從日本人那裡得好處，把他們出賣了。該死的日本佬，他們簡直是瘋了，要不就是殺得住不了手了。」

拉貝沒有聽到任何關於本順和那六個女孩子的消息。在他辦公桌上，打字機旁邊放著一面納粹的萬字旗，打字機上有一封尙未寫完的信。不論何時出去面對日本兵，拉貝都會帶上這面旗子，有時候他會衝著正在犯罪的日本兵揮旗。他會叫著「德國人」或是「希特勒」，可是就連這樣也沒能起到多大的威懾作用。南京陷落前，拉貝曾經給他的元首發過電報，懇求他爲中國人出面干預。他甚至對美國人誇下海口，說「只要希特勒一句話，日本人就會老實了」。可是到現在爲止，最高元首還沒回應。

「我最擔心的是，」拉貝對我們說：「安全區裡假如有一個中國人，爲了自己的妻子或女兒遭到強姦，而殺了一個日本兵，整個中立區就會遭到血洗。那樣，我們的救濟工作就全部泡湯了。」

「我擔心的也是這個。」明妮表示同意。

感謝上帝，這裡還沒有一個中國人大膽到殺日本兵。這也是因爲日本兵從來不單獨一人強姦婦女，而總是至少另外有一個人來做掩護。搶劫的時候，也是成群結隊地幹。

返回金陵學院的路上，大劉對明妮說：「日本鬼子燒殺姦淫，全因爲沒人能夠阻止他們。」他的眼睛裡再一次燃起火來，彷彿他人已經瘋狂。

我知道，他的女兒美燕一定是受到了傷害，可是當著明妮我什麼也沒說。她依然相信我們的禱告使奇蹟發生了——六個女孩平安回來，沒有受到傷害。

那天晚上，那二十五名憲兵又到我們學校來了。我們不知道總領事是不是把我們的口信轉告給田中了。明妮同霍莉和我交換了意見，我們都覺得，讓憲兵住進學校來還是明智的，有他們在這兒，至少可以使日本兵不能闖進來。明妮努力說服了那些憲兵，就守在校園外邊。從今天起，馬路對面對著校門的一間房子裡，會爲他們生一個大爐子，那裡還備好了茶、葵花籽，還有學校伙房給做的豆沙餡餅。這些東西似乎讓憲兵們高興了一些，也許他們就不會再溜進校園來糟蹋婦女了。明妮相信田中訓斥過他們。

到十二月二十三日爲止，校園裡已經接收了一萬難民。事實上，我們已經沒有數了，再也無法對人流保持記錄，所以實際數字可能還不止一萬。單是藝術樓，就住進了一千多人。茹蓮說頂樓上住了大約三百人，明妮感到有些擔心，但她沒堅持要統計人數，因爲也有人並沒有通知我們就離開。

每當下雨或下雪，所有難民都擠進室內，很多人夜裡沒有地方躺下，只能坐在樓梯上和走廊裡。白天裡，很多人就在室外閒逛，只要在那兒有一小塊地方就知足。明妮曾經住著三間一套的公寓，可現在她只剩下了一間房，其他兩間都騰給帶小孩子的媽媽們了。她告訴我說，有時候半夜裡她會被嬰兒的哭聲吵醒，覺得很煩，可是我看到她每次早上起來，總是愉快地和那些媽媽打招呼。

我們最大的難題，是讓這麼多難民能吃上飯。大米從來都是不夠的。更糟糕的是有些人得了雙份，另外有的人一整天都沒得吃。粥場開門時，大群的婦女蜂擁而來，對別人連推帶擠，很多人懶得排好隊。一連幾天，霍莉、婁小姐、我，還有另外幾個年輕職工，爲了讓難民在吃飯時間排好隊伍而費了不少勁。幾天後我們取得了一些進步，分派了很多年輕難民，負責讓大家在粥場外邊站好隊。

對於那些身無分文的難民，我們發了食品券，超過百分之六十的難民都是免費吃飯。可還是有些人沒力氣排到粥桶邊上。我們的工作人員便在她們的袖子上縫上紅標籤，下午飯開飯的時候，她們就可以走到隊伍頭上——用這樣的辦法，她們至少能一天裡吃上一頓飯。

十二

眞讓所有人驚喜：十二月二十四日一大早，那個送信的孩子本順回來了。我把他送回他在東院的住處，明妮和我都想知道這些天他出了什麼事。可是，本順待在房間裡，坐在那張和其他三個同屋共用的桌子邊，一句話也不說。他瘦了好多，看上去瘦得剩下把骨頭，目光渙散，鼻子阻塞，裹在一件破舊的大衣裡，腰上繫著根草繩，他更像是個稻草人，時不時發出一陣劇烈的咳嗽。「給我點乾的吃！」他再次懇求，「我還餓。」

我們只給了他一點粥喝，怕傷了他的胃。我說：「你必須吃一天的流食，然後才能吃乾的。」

雖然他很確定地認出了我，可他好像認不出其他一些人了，只是用一雙茫然的大眼睛看著大家。明妮摸了摸他汗津津的前額。「他一定在發高燒。」她說。

「他肯定遭了不少罪。」我也說。

「讓他好好休息一下，暫時不要給他分派任何工作。」明妮囑咐我，然後轉身對本順說：「你現在回到家了。需要什麼就告訴我們，好不好？」

孩子咧嘴一笑，什麼也沒說，然而在明妮和我離開的時候，他抬起手揮了揮。他以前從來沒有這樣做過。

我們回到辦公室，計畫聖誕節怎麼過。我們一邊說著，明妮一邊把兩人的想法記在便箋紙上，這時，一個中佐帶領著一夥日本軍人來了。明妮讓他們進了辦公室，叫僕人倒了茶。臨時僱來的送信員，一個瘦骨嶙峋的十幾歲男孩，向我報告說，大門外邊至少有一百多日本兵。我悄聲告訴明妮：「校園裡現在有他們很多人。」

他們今天爲什麼來了這麼多人？我把那個送信的孩子拉到一邊，叫他跑步去中心樓和各宿舍樓，把日本兵到來的消息通知我們的工作人員——要他們確保年輕婦女和女孩們都儘量少露面、少喧嘩。那孩子立刻就去了。

這些軍人一坐下，胖臉的中佐就自我介紹說，他是谷壽夫指揮的第六師團後勤部副部長——谷壽夫以凶悍著稱，綽號「九州虎」。中佐說，他們需要我們的合作。那個中國翻譯是個四十多歲的胖子，幫他翻譯著，其他三個軍官喝著茶。明妮說：「如果你們的要求合理，我願意幫助你們。」

那軍官哼哼一笑，繼續說：「我們打算在士兵當中加強紀律。自從攻下南京，我們的部隊在不長的一段時間裡變得不太守規矩，主要是因爲皇軍在紫金山戰鬥中失去了很多弟兄，所以無法控制復仇的行動。現在，他們平靜下來了，是建立秩序、實現城內和平的時候了。我們將恢復娛樂業，這樣就需要一些女人。」

翻譯把他的話一翻譯完，明妮就堅決地說：「我們這裡沒有那種女人。」

「根據我們的情報，」中佐繼續說：「你們難民營裡邊有一些妓女。我們是來徵召她們的，還會給她們發執照，這樣她們在娛樂男人的同時又可以掙錢養活自己。」

「我沒發現難民中間有任何妓女。」

「我們可以輕易地認出她們，這個不必擔心。另外，你不覺得這是保護像這位一樣的良家婦女最有效的方式嗎？」他對我一指。我被他指得心頭怦怦直跳。「說實話，」他繼續說：「我們的士兵都是年輕力壯的傢伙，需要女人幫他們放鬆放鬆，所以，建立起職業服務才是終極的解決辦法。你不覺得嗎？」他的貓眼睛擠出一團笑容。

讓我吃驚的是，那腫眼泡的翻譯在把他的話翻譯完後，停頓了一下，便補充說：「魏特林小姐，這是命令，爭辯是徒勞的。」他咳嗽起來，用手背堵住了嘴。

我很擔心，不過一句話也沒說。他們真的打算招募些婦女來開妓院嗎？我聽說過日本軍隊裡有那種服務，可是他們怎麼能知道誰是妓女？再一想，我想起來，在難民中間看到過幾張化過妝的臉，尤其是在粥場總是搶前或插隊的那兩個女人，到了這裡她們還每天抹口紅、畫眉毛、在臉上撲粉。更糟的是，她們的香水發出一股爛菜葉子的味兒。那兩個穿著艷麗緞子長袍的，如果能掙到錢，說不定還願意幹她們的老本行呢。

中佐在等著。明妮該說什麼？她徵詢地看看我，但我垂下了眼睛，不知道如何是好。那些日本人果真能看出一個妓女和一個良家婦女的區別嗎？他們要是選錯了人可怎麼辦？他們可能會故意選中一些純潔的女人。

明妮終於說：「我不知道你們怎麼能看出來誰從前幹那種工作。」

那中佐發出一陣狂笑。「不必擔那個心。我們在這方面有經驗，可以看出她們來，非常準確。」

「你們計畫爲你們的娛樂事業要多少女人？」

「很多，越多越好，但是從你們這裡要一百人。」

「這裡根本沒有那麼多妓女。」

「一定有的，因爲我們知道怎麼找出她們來。」

「不過，有一個條件，那些女人一定得是自願重操舊業的。」

「當然，除此之外，她們還可以得到很好的報酬。」

「如果是這樣，你們可以找她們。」

突然，外邊傳來一個女聲的尖叫，接著，四處響起了叫聲和喊聲。我們在說話的時候，日本兵已經闖進校園來抓婦女了！明妮和我都驚恐地意識到，那中佐是把她拖在這裡，而他的手下就去行動了。我們怎麼能制止他們？門被兩名軍官堵著，其中一個臉上有一片彈片留下的疤。

明妮站了起來，走到窗戶邊朝外張望，我也跨步上前和她一起看。只見外邊的日本兵正在拖走一些年輕婦女，被拖走的，似乎都是身材不錯和相對比較漂亮的。有些在哭叫，拚命要掙脫出來，一個臉蛋挺清秀的女子在藝術樓前抱住了石獅子的前腿，尖叫著不肯放手。一個日本兵在她肚子上猛擊了兩拳，把她打得鬆開了石獅子，被拖走了。一個梳著兩把刷子辮的小女孩追著他們，瘋狂地呼喊著，可是兩個年歲大些的女人把她拉住了。我認出了，那個年輕女子是燕英，和她那小妹妹燕萍。

明妮猛一轉身，氣急地衝那中佐說：「這是綁架！我要到你們上司那裡去抗議。」

他輕蔑地一笑，一邊嘴角翹上去。他說：「隨你的便。」說著把頭一擺，羊皮手套一揮，趾高氣揚地走出辦公室，手下的人都跟著他離開了。翻譯官朝明妮揮揮手，搖了搖他那雙下巴的臉，什麼也說不出來，朝門口走去。

明妮跌坐在椅子裡，哭了起來。「我們該怎麼辦，安玲？」我不知道該怎麼回答。她繼續說：「哦，我根本就不該讓他們去挑女人。這太可怕了，太可怕了！」

「你還沒答應之前，他們就已經開始抓人了。」我說。

「那不是藉口。我怎麼會這麼蠢？」

「你允許不允許，他們都是會抓女人的。所有人都看見了。」

「哦，我該怎麼辦？」

「這不是你的錯。好啦，你現在別這麼說了。我們必須看看校園裡的情況去。」不等她回答，我就衝出門去，向各個樓裡的員工去打聽情況。

這一次，我們失去了二十一名年輕婦女。

儘管明妮參加了路易斯、瑟爾、普萊默他們的聖誕晚餐，她對節日卻一點也沒興致。老廖帶來一株冷杉，布置在她房裡。明妮喜歡園丁安排的這棵樹、樹下的蠟燭，和基督誕生場景的裝飾，可是這些都沒法使她高興起來。她說自己筋疲力竭，四肢無力。一看到她，一群姑娘問道，日本兵會不會再闖進來，再抓走七十九個「妓女」，去湊夠一百個。她高喊道：「除非他們踩著我的屍體進來！」可她們還是一副不敢相信、驚恐萬狀的樣子，人們也不斷地談論那些被日本兵抓走的婦女。

聖誕節後，明妮在床上躺了三天，喉嚨疼痛，眼睛發炎，身心極度疲憊。她虛弱得連筆都拿不住了。可她還是想代表一些難民給日本大使館寫封信，她們的家人被日本兵抓走了。她答應過要替她們去說情，儘管她對我說，這無濟於事。

十三

聖誕節過後五天，明妮去日本大使館遞交了那封信。她剛剛回來，那個俄國小伙子寇拉就帶著兩個盲人小女孩來了。兩個女孩一個八歲，一個十歲，都穿著破破爛爛的長袍，腳上的靴子都太大。小的那個握著根竹笛，大的那個提著把二胡。自從去年夏天來到南京城，她們跟著一支小樂隊，就靠在茶館、露天劇場等地方表演，勉強活了下來。現在樂隊裡的人拋下她倆都逃走了。寇拉在中華女中的門外偶然碰見她倆，就收留了她們住了幾天，給她們的赤腳找來羊毛襪子和靴子。他想到我們這裡也許更適合她倆，所以就帶她們來找明妮，她除了接受別無辦法。

寇拉常說他不喜歡中國人，因爲他被一些商人騙過，但是他對外國人說，一旦南京陷落，他留在這裡或許會有些用處。更重要的是，他在這裡開了一家汽車修理行，即使在目前局勢下，生意仍十分興旺。他一度相信，號稱「亞洲的希臘人」的日本人應當統治中國，而且能使這個國家成爲發展生意的好地方。可是日本兵的暴行令他驚駭不已，所以他加入了安全區委員會，來幫助難民。因爲懂一些日語，他可以當當翻譯。

「謝謝你，魏特林小姐。我沒辦法收留她們。」他用中文說道，把兩個骨瘦如柴的小女孩朝明妮的辦公桌前推了推。「只有你可以給她們一個家了。」

「金陵學院也被日本人毀得差不多了。」明妮轉向兩個女孩，拉起她們裂了口子的小手，說：「你們在這裡很安全。不用害怕。」

她叫我在主樓裡把她倆安排到特別房間去，但我要去照料一個待產的年輕母親，所以霍莉帶她倆走出辦公室，拉著她倆的手，三人一起走了。

本順總算開口說話了。那天晚上，我們二十來人聚在飯廳裡，一起聽他講。他現在可以正常吃飯了，但還是不敢邁出校園半步，白天裡一睡就是很久。

他說：「那天下午，魏特林院長要我把到咱們學校裡隨便逮人的情況報告給拉貝先生，我就跑去了安全區國際委員會總部。我就要到那兒時，被兩個日本兵攔住了，一個用刺刀對著我肚子，另一個把槍戳在我背上。他們把我的紅十字袖章扯下來，朝我臉上打了好幾拳。然後他們把我押到了白雲寺……」

一連三個晚上，他給不同的幾撥人講述了自己的遭遇。有時候他說著說著，會突然中斷，可憐地抽泣起來，兩條瘦胳膊控制不住地打顫。有時候他會自己發起抖來，彷彿有人要來打他。我們每天用茯苓、枸杞子什麼的給他熬些中藥，幫他安神入睡，恢復神志。

幾個星期後，他才好些了，但還是不敢走出學校的大門。明妮告訴路海，只給他派些校園內的活好了。

第二部
慈悲女神

十四

很多難民的婦女，惦記著自己的男人應該還活著，就來懇求我們，代她們出頭，從日本軍隊手裡把男人要回來。有幾位甚至還責怪金陵學院不讓她們的丈夫、兒子躲進校園，結果就被日本兵抓走了。一位婦女怨我們沒收下她那十五歲的兒子，她對大夥兒說：「他是被金陵學院害的，才落在了日本鬼子的手裡！」這些議論梗在明妮心裡，她對我承認，我們眞不該把年齡定在十三歲以下。如果我們早知道日本人會抓走所有年輕男子，當然會把男孩的年齡提高到十五歲。

我勸明妮別太把那女人的怨言放在心裡。我只要聽到她們的埋怨，就會當面對她們說：「你失去丈夫和孩子我很難過，可是我們讓你們一萬人都進來了，是我們原來計畫的五倍還不止。你們還想要我們怎麼做？要是我們收進來更多的男孩，很多婦女和女孩子就進不來了。」她們一聽也就不作聲了。

我勸明妮，在發牢騷的人面前可千萬別流露內心的悔意，不然她們會得寸進尺，提出我們達不到的要求。可是，不少女難民確實不幸，讓人可憐，沒有男人她們就沒辦法過日子，明妮就著手準備幫她們請願。她派大劉跟她們談話，把需要的資料一點點地集中起來。大劉的辦公室就在校長室裡屋，只要一有點空暇，明妮就去傾聽那些人申訴自己的故事。一旦你聽她們講過，她們的聲音就會久久地響在你的耳邊：「他們把我的三個兒子和丈夫都抓走了，我嚇得連求他們也不敢。」「我就他這麼一個兒子，我希望他還活著，知道怎麼回來。」「我兩個孫子都被抓走了，全家一個種地的勞力也沒有了。」「我得養活四個孩子和老婆婆，只能上街要飯了。」「我的兩個兒子是出公差走的，再也沒見回來，一個兒媳婦被日本兵殺了……他們再不回來，我也不打算活了。」……

我不贊成去請願。我說：「明妮，日本兵抓到男人就會殺掉的，我們都知道這個事實。向那些畜生去乞求發善心有什麼用啊？不等於與虎謀皮嘛！我們還不如集中精力幹手上的事情。」

儘管我不以爲然，可我瞭解明妮有一顆善良的心，便還是告訴那些婦女，去找大劉登記失蹤的家人，好留下一份紀錄。一個星期之內，大約到一月中旬，大劉已經記錄下四百多例——共有七百二十三名男人和男孩被日本兵抓走，多數發生在十二月中旬。其中，有三百九十人是買賣人；一百二十三人是農民、苦力和園丁；一百九十三人是手藝人、裁縫、木匠、石匠、編織匠和廚師；七人是警察；一人是救火員。還有九名十三歲到十六歲的少年。來找大劉登記的婦女日復一日，有增無減。

大劉的頭髮白了好多，坐在辦公桌前，原來厚實的肩膀看上去都駝背了。他天生是個愛熱鬧的樂天派，可是最近他變得淡漠疏遠，沉默寡言，還經常發無名火。他說，都是因爲牙疼。不忙的時候，他會茫然地盯著天花板，發出深深的嘆息。對他心裡的疙瘩，我只裝作什麼都不知道，明妮問及他有什麼煩心事時，我也沒對她解釋。我沒告訴她，他心裡放不下的是女兒美燕。

一天下午，明妮和我走進辦公室時，大劉把《新申報》往茶几上一摔，說：「老天爺，連中國人自己都幫著日本人欺騙全世界！」

「我也看到了。」明妮說：「眞是駭人聽聞！」

我拿起那份上海出版的報紙，看到一篇關於皇軍在南京「行善造福」的文章，還配了三張照片。照片上的人們看上去歡天喜地，因爲首都終於從「蔣介石的黑暗統治下」被解放了。其中一張上，好幾百老百姓，大多是婦女和兒童，跪在日本兵面前，給士兵們分發麵包、餅乾和糖果，感激涕零。得到食物的人都說，他們從來沒嘗過這麼好吃的東西。他們身後，一排紅十字會的旗子在飄揚，一串串小燈籠在跳躍，一個日本軍官和一家商店的老闆邊喝著熱氣騰騰的茶邊交談。另一張照片上，和顏悅色的日本軍醫治好了幾個失明的老人和婦女，患者們高喊著：「天皇萬歲！」都覺得是天皇陛下「使他們重見了光明」。第三張照片是遊樂園一景：兩個英俊的日本兵把中國孩子抱在腿上，正從滑梯上滑下來，所有的人都在開懷大笑。

明妮對大劉說：「好啦，咱們到外邊呼吸呼吸新鮮空氣吧。」可他不動地方，說他犯了偏頭痛。

於是，明妮和我兩人走出校園去走走。她戴了一頂厚絲絨帽，外面披一件羊毛外衣；我穿了身藍布棉襖棉褲，圍一條紫色圍巾。明妮腳上的那雙高腰靴子，是她六年前在莫斯科買的。今天是一個暖和的冬日，我們的前方，太陽正在落山。烏鴉在空中盤旋著，瘋了一樣地尖叫，一對白肚喜鵲撲楞著尾巴，在一棵老槐樹的樹梢上嘰嘰喳喳。這條路上大多數房子都人去屋空了，有些已經沒了房頂，被火燒毀了，有些門窗也不見蹤影。所有的豬圈、羊圈也都空蕩蕩的。山腳下一座小村莊，雖然是做晚飯時分了，卻沒有任何生命的跡象。我們兩人一路走著，只見一個老農，一綹鬍子，滿嘴只剩下三、四顆牙，蹣跚著從對面過來，背著一捆當柴禾的樹枝。「你好，院長。」老人對明妮說著，停下來歇歇。

「你還好吧？」她問候著，顯然看著他眼熟，我也認得他。

「不好啊，湊合著過吧。」

「家裡都好嗎？」

「老伴跟著兒子媳婦去了江北。我好想我的孫子們。」

「他們什麼時候回來？」我問。

「日本鬼子在這兒一天，他們就不會回來。其實，我們街坊四鄰也都走得差不多了，村裡只剩幾個老傢伙照看著家了。」

「那就是說，那些人家早晚還是要回來的。」明妮說。

「但願這樣啊。」

老人離開了，我們繼續向西走。幾分鐘後，我們走進一道小峽谷，看見一個水塘，方圓十多畝，沿著水塘有許多屍體。儘管才下過雨，一道小溪沖進來，塘裡的水還是發紅。塘裡還漂著十幾具死屍，腫得像粗圓木頭。我意識到，這裡是個刑場。

死者大多數是男人，也有一些婦女和孩子，都是被槍打死或刺刀刺死的。很多男人的褲子被脫掉，都被鐵絲捆住手；有些人的脖子被割過。還有一個穿著麂皮靴的女人，腳腕處皮靴帶著折皺，她的一隻乳房被割去，兩個鼻孔裡插著彈殼。一個小男孩，被刀刺進肚子，腦袋從側面被打擊得凹進去，手裡還攥著一個被壓扁的竹籃子。他身邊一個中年男人，也許是他父親，臉上中彈，兩手被綁腿捆著，那右手是個六指。

「這些日本兵簡直不是人！」我說。

「我們應該數一數，這裡被殺了多少人。」明妮建議。

「好的。」

我倆一起開始數起來，沿著水塘順時針走一圈。明妮用一根樹枝把遮蓋住屍體的蘆葦雜草撥開，我把數字記在我的小記事本上，寫下一個個「正」字。因爲那無法忍受的惡臭，我得不時地把鼻子捏住，明妮戴上了口罩，這些日子以來，她的口袋裡總帶著口罩。我們一共看到一百四十二具屍體。其中有三十八名婦女，十二個孩子。水裡可能還有更多屍首，但是塘水太混濁了，看不清楚。

「這裡應該立一個紀念碑。」明妮說。

「如今到處都是殺人刑場。相比之下這裡算不了什麼。」我答道。

「不管怎麼樣，這裡應該被記住。」

「人們通常都是很健忘的。我想那是生存下去的辦法吧。」

我倆陷入沉默。然後她又說：「歷史應該被如實記錄下來，這樣的記載才不容置疑、不容爭辯。」

我沒有回答，知道在她內心裡，對中國式健忘十分憤慨。這種健忘是基於相信世上萬物最終都沒什麼要緊，因爲所有一切最終都會灰飛煙滅——就連記憶也是會逐漸消失的。這樣一種見解也許很明智深刻，可人們也可以認爲，中國人似乎用健忘作爲逃避責任、逃避衝突的一種藉口。這一定是受了道教的影響，對明妮來說，道教更像一種邪教。相比之下，她更尊重儒教——不是沉湎於逃避現實，而是倡導秩序、個人責任，以及勤勉。不過，在她看來，儒教、道教、佛教，統統是異教。她常對我說，這個國家需要的是基督教，這一點，我倒是贊同她的。

突然，一條銀色大鯉魚嘩啦一聲冒出水面，又游走了，牠的脊梁把水面劃開一個越來越大的V字。

我說：「這塘裡的魚一定會肥了。」

「草也會更茂盛了。什麼樣的罪行啊！」明妮說。

本來我們打算一直走到山頂，從山上俯瞰城牆外的莫愁湖，可是現在我們都沒有心情看湖了，便轉身往回走。回家的路上，我們商議著怎麼向日本當局和最近建立的傀儡市政府提交請願書。我不會再提出任何不同意見了，因爲這件事情已經啓動。我們倆都同意不在報紙上發表這份請願——不想沒有必要地激怒日本人。遠方天空裡，一隊重型轟炸機像一群鯨魚從雲浪裡冒出來，中國軍隊西北戰線上激戰正酣，那是日本空軍在轟炸之後返回他們的基地。

明妮說：「但願日本的基督徒知道他們的同胞在這裡的所作所爲。」

「就算他們知道，他們也未必會採取什麼行動阻止這一切。」我說著，心裡想到，不知我的兒子浩文，看到日本人得勝會是什麼感受。他一定看到過爲皇軍的勝利舉行的集會和遊行。他會感到悲傷和憤怒嗎？他會惦記我們嗎？他想不想家？他還能集中精神學習嗎？我收住了自己的胡思亂想，對明妮說：「我看報上說，整個東京都在慶祝攻陷南京。連小孩子也把帽子扔向空中，女人們胸前都貼上標語，揮著太陽旗在街上載歌載舞。我們的災難，是他們的好運啊。」

「那是因爲他們不知道眞相。」她也聽說了整個日本的狂歡，所以她才不停地設想讓他們從鬧騰中冷卻下來的各種辦法。她曾經向安全區委員會建議，租一架飛機，到日本上空去撒一噸傳單，揭露眞相。路易斯甚至開玩笑說，如果明妮能夠在南京找到一架飛機，他就駕上它去日本，瑟爾則志願當那個從空中撒傳單的人。

我們在一道山坡上站了一小會兒。從這裡向西北看去，我們可以看到落日映照下的長江，波光閃耀得像流淌的火山岩漿。江面上，幾條小船正逆流而上，幾乎一動不動。

十五

整整一個星期，明妮都在忙著寫一份提交給紐約金陵董事會的報告。按規定，她每天要寫工作日誌，然後在每個學期末，把日誌寄到紐約的總部去。此外，她每個月還要提交一份報告，所以每當快到月底，她都要長篇大論地寫。我是擅長寫作的，甚至還天天記日記，可他們就是付給我雙倍明妮那麼多的薪水，我也不幹她這差事。最近幾個星期，明妮常常給我看她寫的報告，我讀到，她對這裡發生的一切無法百分之百地實話實說。除了我們學校內部的政治，還有日本人監測國際信件的因素。她知道有些懷有敵意的眼睛，也會看到她的報告。

儘管我們沒有吳校長的地址，還不知道把報告給她往哪裡寄，明妮還是用複寫紙，把報告給她留下一個備份。明妮對南京城陷落前後發生的大事一一做了回顧，包括我們爲幫助難民所做的工作、爲保護學校財產所採取的措施、學校周圍地區的狀況，和日本兵對生命和財產所進行的有計畫有步驟的破壞。她列舉了一些逮捕、強姦、搶劫和縱火的實例——但是遠遠寫不過來全部實情。而且，她也不能提及大量的暴行，以防日本人把信件沒收。她寫了十二月十七日，十二個姑娘被強行帶走，又強調說，其中六人第二天早上毫髮無損地回來了。她寫道：「我們相信這一奇蹟的出現，是因爲我們的禱告。」

我想過告訴她，我懷疑那六個女孩所說的日本兵沒有糟蹋她們，不過沒有證據證實我的推測，我就忍住了沒說。

明妮跟我談到那二十一名「妓女」的問題。我們要不要把這事也寫進報告呢？如果寫，我們該怎麼說？紐約的董事會成員會理解這種情況嗎？我看得出來，明妮擔心的是丹尼森夫人，因為那老婦人此刻正在紐約為我們學校籌款，她總是密切關注著金陵學院。丹尼森夫人也許會為這件事大驚小怪，甚至把這事當作醜聞去傳播，而我們一旦要詳細描述當時的情形，就很難不得罪日本當局。

經過慎重考慮，明妮對我說：「如果這事是我的一個失誤，我會獨自承擔罪責，用更多的善行來彌補。神知道我們的內心，神無所不知。」

我不完全明白她最後這句話，便問道：「你是說，你的良心是清白的？」

「這個嘛，我不能那麼說。不過現在，我更願意讓這一問題只限於神知我知。」

「如果你有責任，那我也有一份。不要多想了。誰也不會認為，你該對失去那些婦女有責任。我們都知道日本兵那天是無論如何要抓走她們的。」

不知怎的，我們都覺得那些被抓走的婦女也許能回來的，現在就全面評估這件事的嚴重性還為時過早。而且，我們可以斷定，那二十一個人中間至少有兩三個過去是妓女。不過在內心深處，我們都明白那些人中的大多數都是未婚、純潔的。要是有她們的消息就好了。要是我們能有辦法把她們找回來就好了。那些年輕的生命被毀了。不管我們怎麼為自己開脫，我們多少都是有責任的，因為現在所有的人都知道，明妮是給了日本人許可的。我暗下決心：一旦吳校長有信來，我一定要給她寫信，交代清楚這件事的前因後果。

明妮越反省這件事，內心就越被悔恨和痛苦啃嚙。我要她不要再想下去了。眼下有這麼多事情要去操心，我們不能讓負疚感壓得無法工作。

我們決定，在報告上把重點放在日軍占領後的頭十一天，也就是到十二月二十三日爲止，這樣明妮就不必提到二十四日發生的事情——等到該寫下一份報告時，再從聖誕節那天寫起就是了。除了她無法清楚地解釋她對抓人事件的責任，她還擔心會給丹尼森夫人反對她提供口實。我們知道，唯一有閒心仔細審查明妮報告的，就是那位老婦人了，她似乎總是緊盯著明妮不放。爲了給丹尼森夫人一點安撫，明妮強調說，這裡充當難民營只是臨時性的，難民一離開，我們就可以恢復教學。

明妮補充了幾起強姦和被及時制止的強姦未遂案例，她在結尾時說：「我們未能如我希望的那樣防止所有悲劇的發生，但是，和其他難民營相比，我們的紀錄是非常好的。」那是眞話，但是她並沒有爲此而寬心。

她寫到金陵難民營所取得的幾項成績，其中之一就是教會了難民排隊領取食物。頭幾個星期裡，那些婦女和姑娘們在粥場擠作一團，互相推搡著要搶先領粥。草地被踐踏成泥坑，連灌木籬笆都被踩爛了好多處。現在，在吃飯時間裡，可以看到大家都按次序排隊了，多了不起啊。明妮還寫道，很多難民抱怨說粥太稀了，顯然粥場有偷盜行爲，不過我們尚未找到漏洞在哪裡。這件事令明妮憤慨，她派路海看緊幾個炊事員，但他沒能查出原因。明妮矢言要追查到底，親自去詢問了伙房管事的。一臉麻子的管事叫陳興，支支吾吾說，他已經力所能及地儘量把粥熬稠了，可是到目前爲止，情況並沒改善，難民繼續牢騷不斷。

我們學校曾經幾次提出由我們自己來經營粥場，可是當地紅十字會的人都不讓。明妮不明白，爲什麼他們在這種情況下，還要考慮贏利。要是能逮住這裡邊的「老鼠」就好了。

報告終於完成了。她怎麼寄出去呢？明妮說，她去找一個要去上海的傳教士朋友，把它帶到上海去寄出。

十六

元旦過後，日本兵的胡作非爲總算減少了，很多難民感覺局勢已經平靜了些，不需要待在難民營裡了。一月中旬，我們還有七千難民。一些婦女覺得只有透過明妮出面交涉，才能把她們的男人要回來，所以她們還是繼續跟著我們。一月下旬，明妮和大劉去向日本大使館遞交了請願書，一個叫福田的官員接了下來，說會有人認眞考慮的。同時，由當地一些同日本人有關係的士紳和官員組成的所謂「自治市政府」傀儡政權下令，所有難民營在二月九日以前都必須關閉——這倒在某種程度上讓明妮放了心，她知道，丹尼森夫人是很不樂意看到學校被長期充當難民營的。

我們開始說服難民中間年齡比較大的婦女，勸她們回家。有些人走了，可是兩三天後，她們又回來了。很多人已經沒有地方可住，因爲家已經不存在了。有位四十歲左右的婦女回去後，被四個日本兵拖走，蹂躪了一整夜，一直到第二天下午才放了她。她回到難民營，懇求明妮再也別讓她回家了。還有一個六十三歲的婦女，回家後被兩個日本兵捉住。她對他們說，自己都夠當他們奶奶的歲數了；那也沒用，他們把她按倒在地，強姦了她，還狠跺她裹的小腳。第二天，她一瘸一拐地返回金陵學院，渾身發抖，流淚不止。還有些婦女，出於震驚和羞辱，返回我們難民營以後不跟任何人說話。

她們的遭遇讓人十分驚恐，我們意識到，不能匆忙關閉難民營。離規定的最後期限只剩一個星期了，即使盡最大的努力，我們也不可能按時關閉難民營。現在有一點對我們來說是明確的——不管怎樣，我們不能強迫任何婦女搬走。不管它什麼「最後期限」了，我們堅持說很多難民現在無家可歸。

最後期限過了，一個難民營也沒有關閉。約翰·拉貝對有關當局堅稱，把那些婦女送回家去，就等於把她們扔給日本兵去禍害，所以關閉難民營一事被擱置下來。與此同時，南京自治政府開始對所有居民和難民進行登記，還宣布，對任何十五歲以上沒有身分證者，一律逮捕和關押。民眾十分驚恐，在所有難民營內排起長隊辦理登記手續。有些住在安全區之外的居民甚至頭一天就來排隊，穿著大衣或裹著毯子，通宵等候登記。很多男人害怕這也許又是圈套，把所謂當過兵的人引誘出來，統統幹掉。的確，三個星期以來，日本人從各個登記處抓走了兩萬多人。說是「寬大」他們，提供報酬優厚的工作，所以那些人都站了出來，希望能掙些錢好養活家人，可是日本人把他們全都關押起來了。其中三千人被罰做苦工，其他人則被押赴刑場。

好幾百名男人來到我們學校，想在我們這裡登記，因爲，如果他們被指爲「當過兵」，有些勇敢的婦女，會按照我的吩咐，站出來爲他們擔保，說他們是自己的丈夫或兒子。這樣一來，負責登記的官員就有可能放他們過關，發給他們身分證——那是張三寸寬五寸長的卡片，從中間對摺，蓋著猩紅的公章，印有「良民證」三個大字。卡片上有持證人的姓名、性別等，還有一張正面照片。剛開始一直是日本人負責登記，可是進行得越來越混亂，而且他們很難——或者說幾乎不可能——看得出來誰是當過兵的，所以他們把整個工作交給傀儡政權了。作爲與新自治政權「合作」的姿態，安全區委員會敦促所有難民營儘快完成登記工作。除此之外，約翰・拉貝和其他同事都相信，有外國人在場，登記的難民會更加安全一些，他們便號召大家現在就去領良民證。

德國西門子公司決定在二月底關閉它在南京的辦事處，所以拉貝要回德國去了。他馬上要走的消息在難民營裡引起了不小的恐慌。拉貝的別號叫「活菩薩」，廣受難民的崇敬。還有人稱他「拉貝市長」，但被他阻止了，自治市政府正急著要取代安全區委員會和國際紅十字會，他可不想平白招惹他們的反感。幾天來，明妮和我一直在盤算著給他開個歡送晚宴，不過，新鮮魚肉休想搞到，我們就改成開個茶話會了。

二月十七日有如春天，鳥語花香，萬里無雲。金陵學院的難民紛紛把被褥拿出來曬，姑娘們在樓裡拖地板、擦門窗，整個難民營顯得人聲鼎沸，色彩斑駁——洗乾淨的衣服和尿布攤晾在樹叢上，把校園弄得活像個人口眾多的村莊。看著這種亂糟糟的景象，我眞不知道難民營要開到何年何月。如果讓丹尼森夫人看到了，她說不定會當場心臟病發作。

我用果脯蜜餞爲歡送拉貝的茶話會做了個差強人意的大餡餅。我們還打開了食品間裡最後一盒巧克力，擺在一盤剝了皮的柑橘和一缽罐頭菠蘿旁邊。拉貝帶來兩根胖鼓鼓的香腸，我們把它切了，放在一盤燻鴨旁邊。除了三個德國商人和八名美國傳教士，重新開門的美國大使館副大使約翰・埃里森也來了。他在東京和神戶當過五年外交官，會講日語。埃里森曾是美國駐南京大使館二等祕書，可現在卻是美國在這裡最高級別的外交官了。今天好奇怪，他身邊多了個大塊頭的日本衛兵護衛著他，弄得他好像被逮捕了似的，可能是因爲兩個星期前，一名日本兵對他動粗，西方幾家報紙報導了那次事件。埃里森六個星期前返回南京，到現在仍爲全城恐怖景象震驚不已，尤其是滿大街那些屍體，有的已經被狗啃鳥啄。他無法相信，一貫以「紀律嚴明」著稱的皇軍，爲什麼會如此不分青紅皀白地殺戮。留在南京的德國人——拉貝、羅森、施佩林等幾位——經常拿他的驚詫取笑，稱他是「埃里森夢遊仙境」。

圓桌上放著一缽加了粉絲和花生醬的蔬菜沙拉，所有的來客都很喜歡這道菜。大家大多圍桌站著，手裡端著盤子拿著叉子聊天。大劉向大家敬「酒」，他舉起一杯烏龍茶，笑著宣布：「即使我們中國人啥都不剩了，我們總還是有好茶。」

大家舉起杯來，祝願拉貝回德國後身體健康，萬事如意。據我所知，拉貝儘管外表強壯，其實身體並不好。爲他的糖尿病，他口袋裡總是裝著一瓶胰島素和一管注射器。由於經常得在深夜裡從床上爬起來，與企圖闖進他家或闖進德語學校那個小難民營的日本兵交涉，他在白天裡總是感到睏倦，時常打瞌睡。拉貝將先到上海，從那兒乘船四個多星期到熱那亞，再坐火車回柏林。他一點也不知道回到家裡會是什麼情況。他告訴明妮和霍莉：「等我見到孩子們，我自己也差不多要垮了。」

明妮爲這個沒有酒也沒有奶酪的簡陋茶話會向拉貝致歉。我們都知道他很喜歡奶酪，現在經常因飯桌上沒有奶酪而對廚子發脾氣。他甚至連土豆都饞。

「這茶會眞精彩，很難忘。」拉貝說：「謝謝你，魏特林小姐。」

他近來瘦了很多，卻還是有點肚子。霍莉私下裡經常開他的玩笑說：「他要是個單身，我會追他到天涯海角。」我對她說：「得了吧，他比你可老太多了，你們不般配。」拉貝五十五歲，比霍莉大出整整十五歲。

他和路易斯關係很好，自從十一月分以來，兩人幾乎每天都一道工作。路易斯欽佩他的度量、他的見識和辦實事的能力，而拉貝則喜歡路易斯不管做什麼，總是有著旺盛的精力和不懈的熱情。不過他兩人也會一刻不停地調侃對方。路易斯管拉貝叫「洛克菲勒」，因爲他白天裡辦公的地方，也就是安全區委員會的總部，是一所豪宅。每次他那兩個忠實助手，韓先生和鄭先生，一走進門把電報交給拉貝，路易斯就會挖苦他：「又是希特勒發來的？」這會兒，路易斯一手端著茶杯走過來，嘎吱嘎吱嚼著爆米花，一臉壞笑。拉貝一巴掌拍在他肩上，說：「我知道你要說什麼——希特勒召我回國了。對不對？」

「他肯定有重要任務要委派你啦。」路易斯說著臉板起來。我們都笑起來，知道拉貝是納粹黨在南京的一個頭目。

「其實啊，領袖未必想看到我呢。前些天沙芬貝格總理到大使館來了，召我過去，斥責了我。他跟我強調，日本人在這裡的所作所爲跟我們德國人沒有關係，因爲他相信，中國人一旦自己應付局面的話，就會與日本人合作的。我覺得，現在就連希特勒可能都已經煩我了。」

明妮舉起茶杯，對拉貝說：「約翰，不管你的政治主張是什麼，你都是我敬仰的人。」

我們跟他碰了杯，每人喝了一口。這時羅伯特·威爾森走過來，他的禿頂微微發紅，把一隻手搭在愛德華·施佩林的肩上。「約翰，我有東西給你。」他對拉貝說。由於日本人幾乎不讓任何醫務人員進城，在將近六個星期的時間裡，羅伯特是城裡唯一的外科醫生。他就住在南京大學醫院裡了，以便日夜不停地工作。他笑起來臉上現出些皺紋，看上去疲憊不堪，因爲他得不分晝夜地給病人做手術。有時候他幹得兩手都腫了，可還得繼續幹下去。

「給我什麼？」拉貝問道，「希望別又是一棟房子。你知道，我可沒法把不動房產帶回德國去。」這段時間以來，有太多的房子「給」了他，他都受不了了，因爲房主們還有請他保護那些房產的意思，都知道他這裡的工作一結束，他離開了，房子是帶不走的。

羅伯特用靴子碰了碰桌子底下的一個帆布包。「我送你一百支胰島素針劑，你不想要嗎？」

「上帝啊，我太高興了。」拉貝說。「可是你其他病人不需要嗎？」

「我們只給他們治療槍傷和刀傷。我覺得自己就像個屠夫，整天除了在人身上切除和縫合就不幹別的了。」他舉起裝了胰島素的書包，放在桌子上，又對拉貝說：「儘快用——一年以後這些藥就失效了。」

「我會的。萬分感謝。」拉貝說。

大家交談時，瑟爾．貝德士在角落裡的一把椅子裡打著盹，布滿青筋的手仍端著茶杯，脖子上的喉結不時地跳上跳下。在美國人當中，因爲他的機智和博學，他通常是最活躍的一個，可是這天下午，他疲憊得已無法支撐。這些天來，除了管理南京大學內的難民營，他還開著輛卡車，給安全區內養活著二十萬難民的各個粥場運送大米、木柴和煤。只有外國人才在運送糧食的時候不致遭到搶劫，所以開車的活兒都是瑟爾和其他幾位外國人包下的。我們誰也沒去打擾他。

茶會快結束時，明妮建議埃里森先走，因爲他身邊還跟了個日本衛兵，於是這位外交官就比其他人先走一步了。這時茹蓮進來了，一雙杏仁眼裡全是笑意，悄聲對我說，門外聚集了一群婦女，要向拉貝道別。

我走到拉貝身邊對他說：「拉貝先生，我們難民營的一些婦女想跟您說聲再見。您能去見見她們嗎？」

「好的，我來了。」他舉起茶杯一飲而盡，就跟著我們來到門口。其他人也都出來了。

科學樓前的景象讓我們震撼。三千多婦女和姑娘們齊齊跪在地上，痛哭著哀求：「求求您不要走！求求您不要拋下我們！」

「不要把我們丟下不管！」一個聲音喊起來。

「可別再不保護我們了！」另一個叫道。

拉貝慌亂起來。他走到第一排人群面前，說：「都請起來吧。」

可是沒有一個人動窩。他彎下身去，用英語對她們又說了幾句；還是沒有人動一動。他向人群按中國方式鞠了三個躬，然後直起身子，對大家揮著手，有些人已嚎啕大哭起來。他問明妮：「我該怎麼辦？」

「跟大家說點什麼吧。」

「我能說什麼呢？我根本沒辦法解釋我的離去。要是我能像你一樣留下來就好了。」他嚥了一口唾沫，寬闊的前額冒出一層汗珠。他不會說中文，於是轉向人群，再次深深地鞠了三個躬。但是人群依然不起來，很多人哭聲不斷。拉貝對明妮說：「我還是走吧。」

「好的，這邊請。你可以從旁門走。」明妮說。

我示意路海過來，告訴他替拉貝去把小側門打開。拉貝跟著他，沿著走廊，從月門走出了院子，車子也沒開走。他只能走著回家了，其他客人也都步行離去。

明妮後來對我說及那群婦女。「我沒想到她們對約翰．拉貝有這麼深的感情。」

「是啊，她們對他感激不盡啊。」我說。「而且，她們一定很害怕，希望受到保護。」

對很多婦女和姑娘們來說，拉貝一定像個保護神，總是毫不猶豫地對抗日本兵，甚至不惜冒著生命危險。他在難民眼中，遠遠不止是一個英雄。

十七

二月下旬的一天下午，一個四十來歲叫素芬的難民來到校長辦公室，說她在城裡模範監獄的勞工隊伍裡看見她十五歲的兒子了。明妮很吃驚，問她：「你看清了那是你兒子？」

「肯定是他，他朝我喊媽，還喊著說他好想家。魏特林院長，求您幫幫我——把他從監獄裡救出來吧！」

「別急別急。跟我們詳細說說那地方。」

素芬被問住了，一時說不出話來。

「那裡關著多少人？」我從裡屋的辦公室走出來，問她。

「好幾百呢，好些人披著麻袋，像穿著雨衣的樣子。有些跟我兒子一樣是十幾歲的孩子。」素芬說著，兩隻大眼睛激動得發亮，曬爆了皮的鼻子翕動著。我知道她在大劉那裡是備了案的。

「你兒子還跟你說什麼了？」明妮接著問。

「沒別的了。他還沒來得及多說兩句，兩個衛兵就把他們押走了。我明天早上再到那地方去等他。」

「儘量打聽一下其他人的情況。」

「我會的。」

「先別告訴別人你在那裡看見兒子了。我們要先拿出個辦法來，有了辦法再往外說。」

「我照您說的辦。」

我很佩服明妮的慎重。如果我們把這消息一下子嚷嚷開，就可能在請願的難民中引起騷亂，使大劉他們無法應付。

素芬慢慢走出辦公室，她的肩膀下垂，走起路來兩個膝蓋有點互相磕碰。我想起幾個星期前跟她交談過，知道她是跟著一群難民從丹陽來的，她丈夫是國軍裡的伙伕，現在人在大西南什麼地方。因爲這層關係，她和我比較親近一些，因爲我女婿也在國軍部隊裡。素芬告訴我，一顆炮彈落在她家後院，把正在院裡餵奶羊的婆婆炸死了。素芬和兒子剛把奶奶抬進屋，蓋上一條單子，就聽說日本鬼子來了。於是她和兒子跟著鄉親們一起往外逃。可是還沒等逃到通向附近一個鎮子的大路上，他們就被一個中隊的日本兵截住了。日本兵把所有壯實點兒的男人都扣下了，說是皇軍需要「很多很多人手」，會給他們好吃好喝，還會付給他們優厚的工錢。素芬哀求一個當官的放了她兒子。他只是個孩子，還沒滿十五歲，瘦得像隻吃不飽的小雞。「求求您，別把他帶走！」她懇求著，兩手在胸前一個勁地作揖。可是那體格粗壯的軍官一腳把她踢開，還說要是她再囉嗦就割掉她的耳朵。她嚇得不敢再吭聲，能做的只有把身上的乾糧和水都交給兒子。

國民政府建立的那所「模範監獄」，現在成了日本人的軍事監獄。她兒子關在那裡的消息，給請願這件事投下了一線希望。這個消息也讓我看到，明妮不懈的努力是有道理的。如果是我的兒子被關在裡邊，我也會竭盡一切可能把他救出來。我覺得我應該出更多力，去幫助那些可憐的母親和妻子們。

明妮和我都想知道，那所監獄裡是不是還關著別的難民家的男人和兒子。她把大劉、霍莉和我叫到一起，提出個想法，派二十位婦女到模範監獄去，看看是不是能發現她們的家人。大劉和霍莉都覺得這麼做太冒失了，對那些婦女也有風險。

我覺得，如果我們在監獄裡看到更多的家人，就可以使我們的請願更有力量。我提議，要不我們派三、四個模樣平平的婦女去看看？他們都贊成我的建議。

在路易斯．斯邁思幫助下，明妮聯繫上了楚醫生，他在市中心開了家診所，關係很多，又熱心幫助那些婦女找回她們的家人。多數外國人對他都評價很高，不過我對他的感覺要複雜一些。他在萊比錫大學拿到醫學學位，說一口流利的德語，但他幾乎不會說英語。馬吉牧師說，楚醫生是個熱情的人，值得信賴——他不像很多中國人，說話從不繞圈子，直截了當。雖然是爲自治政府工作，他在當地人們中間卻口碑不錯，因爲他沒有任何官銜，大部分時間都在給病人看病。馬吉把他推薦給幾個美國人當家庭醫生。

三月初的一個颳風的下午，明妮和我來到他在城裡的診所，我們帶去了請願書，上面有六百個請願人簽字和手印。

楚醫生將近四十歲，舉止溫文爾雅。讓我們吃驚的是，他在兩天前已經見過大劉，對這件事情很知情。他身上三件套的西裝顯得有些大了，鞋子倒是擦得鋥亮。他一邊說話，長長的指頭一邊在桌子玻璃板上敲著，好像在發電報。

「我昨天到模範監獄去過，和一個管事的聊了聊。」他用男低音嗓門對我們說：「那人說，那裡關了一千五百來個強迫勞動的囚犯。很多人是平民，有四十多人是孩子。但是那人不許我跟任何犯人說話。他怕他的日本上司會懷疑他洩露情報。」

「您覺得我們有什麼辦法，能讓他們放些人嗎？」明妮問道。我有些驚訝，原來他已經介入進來了。

「有可能的。想法讓更多的婦女都參加請願，如果這裡的日本人不理你們，就把請願書送到上海去。總有給他們施加壓力的辦法。」

「我們會照辦的。」

「囚犯都吃不飽，營養不良。有些人虛弱得沒法幹活。也許你們應該讓那些認出來家人的人送些米飯和鹹菜去。」

「現只有一個當媽的認出了她兒子。」我告訴他。

「我可以肯定大家會認出更多的家人。」

「我們會盡力而爲。」明妮說。

「我也會盡我所能幫你們。」他嘆了口氣，眼睛黯淡下來，眉毛也耷拉了。

楚先生是城裡最好的西醫大夫之一，自從他一個月前返回南京以來，連一些日本軍官都來找他看病。有了他的幫助，我們希望這次請願會有一些結果。

十八

三月中旬的一天下午，明妮和我到校園後院的花園去看幾株即將綻放的水仙。十年前，她從美國帶來幾個花球，老廖幫著種下去了。她很喜歡花，特別是那些在秋天和冬天裡綻放的。經過小池塘時，看見一些尺把來長的金魚，在水裡肚皮朝天躺著，我們意識到，一定是被肥皂水和糞便給毒死了，死魚中間還漂著一塊用壞了的洗衣板。很多女人在這池塘裡洗馬桶。剛開始，我們力勸她們別在池塘裡洗，可是太多的人還是在這裡洗，弄得到現在就成了慣例。她們還在池塘裡洗衣服、洗尿布。校園裡還有三處池塘，一個在圖書館後邊，一個在職工樓南邊，寧海路附近，還有一個在練習館門前。但是那三處都比這一處大得多，所以還沒被污染得這麼厲害。

雖然目前校園裡的難民只剩三千三百二十八人了，可已經離開的那七千難民卻留下了大量垃圾廢料。草叢裡、籬笆旁，到處是糞便，難民中的一群女孩子曾用柳條筐和小糞叉把糞便收拾起來，集中倒在四座樓的後邊。隨著天氣一天天轉暖，那些排洩物必須儘快處理掉，不然就可能爆發傳染病。那些女孩挖了一些大坑，把收集起來的糞便掩埋起來，可我們知道，即使掩埋也不是個根本解決辦法。我們需要大量的石灰來掩埋糞便，殺死細菌，然而到目前為止，我們還一點石灰也沒搞到。

「哎呀！太難聞了。」明妮說。

「我們最好馬上把這塊地方清理乾淨。」我說。

「說得對，我們一定得弄到些石灰。」

明妮和我不再繼續往西去看水仙花了，二人返身朝經理辦公室走去。她想派路海到安全區委員會去找普萊默——拉貝走後普萊默繼任當了主席——去問問他們答應幫我們搞的石灰有了眉目沒有。我們在路上碰上了茹蓮，她一看見我們就說：「有個姑娘自殺了。」

「在哪兒？」明妮問。

「中心樓。」中心樓現在由茹蓮負責，霍莉因患扁桃體炎和過度疲勞而住醫院了。兩天前我去看霍莉，她就想要回來，說醫院裡太吵，可是威爾森不允許，一定要她再住一個星期。他知道一旦放她回學校來，她是不會躺在床上休息的。

明妮、茹蓮和我一起趕往中心樓。果樹的花香聞起來有點甜甜的，一些難民在校園裡閒坐，寇拉領來的那兩個盲女孩，和另外兩個盲女孩一起在吹笛子、拉二胡，練習演奏昆曲選段。

中心樓的二樓圍著不少人。我們走進一間住了六十多婦女的教室。屋裡一股嗆鼻子的怪味兒，讓人想起雞籠，不過我已經習慣於這種氣味了。茹蓮把我們帶到最裡邊的角落，這裡用天藍色的簾子遮起來了。明妮和我俯下身去，細看那死去的女孩——她不滿二十歲，相貌平常，但皮膚細膩，一頭濃髮。她一臉病容，合著雙眼，嘴巴微微張開，嘴唇黑紫，我可以看見她嘴裡面有濃稠的血跡。她的圓臉已經發灰，但表情安詳，好像要張嘴打哈欠一般。她的手指短短的，手搭在似乎仍在起伏著的胸前。她的衣服包裹起來當了枕頭，枕頭旁邊有一個空了的老鼠藥瓶子，那可能是她在哪個廢棄的廚房裡找來的。一條破毯子蓋在她肚子上，兩條腿卻伸在外邊，一隻腳上穿著深紅色的羊毛襪，另一隻腳光著。雖然看上去眼熟，我一時卻認不出她來。

「這是誰呀？」明妮問道。

「她叫余婉菊。」茹蓮回答。

這一說我想起這女孩來了，她是十二月十七日那天被日本兵帶走的十二個姑娘裡邊的一個，可是在這麼多人面前，我不知道怎麼跟明妮講她的事情。

「她幹嘛要對自己這樣做？」她繼續問。

「我也不知道。」茹蓮說。

「你們有誰知道她爲什麼自殺嗎？」明妮問站在周圍的女人們。

她們都搖頭。過了一會兒，有個人說，那女孩夜裡總是在哭，另一個人補充說，她經常不去吃飯，雕像一般盤腿坐在角落裡，盯著地板出神。一位三十來歲、抱著個吃奶孩子的女人說，她覺得死的這個女孩一定是個學生，因爲她經常獨自一人在看一本厚厚的書，還哼唱電影插曲。從第一天開始，這些女人就懷疑她是不是有點不正常。

我拽了拽明妮的袖子，說：「咱們出去吧。」

我們走出房間，茹蓮跟了出來。在走廊裡，我告訴明妮說：「那姑娘懷孕了，前兩天去過醫務室。她想做人工流產。我們跟她說，沒法給她做，因爲這裡沒有醫生。我們應當更多地幫她，卻不能殺死孩子。護士和我都不知道怎麼打胎。」

「孩子的父親是誰？」明妮問。

「日本鬼子。」

「我不明白。這是怎麼回事？」

「記不記得去年十二月的一天晚上，鬼子抓走了十二個姑娘？」

「記得，有六個人第二天早上回來了。」

「死的這個姑娘就是那六個人裡頭的。」

「可她們都說自己沒受到傷害。」

「那只是她們自己說的。她們怎麼能承認被人強姦了？要是大家知道她們被日本鬼子禍害了，她們還怎麼找婆家？她們自己和家人都丟不起這個人。」

明妮大驚失色，身子一晃。她把手搭在茹蓮肩上，氣急敗壞地對我說：「你怎麼對這事一字不露呢？那些姑娘至少應該接受一些治療。」

「這種事情大家是不會說的。我想過要告訴你，可是我一直沒有證據驗證我的推測。誰會想到那姑娘會自殺呢？」我垂下眼睛，婉菊到醫務室來之後，我應該告知明妮。

「其他五個姑娘在哪兒呢？」

「除了大劉的女兒美燕，其他人我不知道還在不在這兒了。」

明妮一話沒說，轉身重重地走下樓梯。她一個人出去了。

我叫來看門的老胡，還有老廖，他倆把屍體放在一個拖車上拉走了。明妮又轉回來，我們跟著拖車，來到小果園外邊的小山坡。我們在一道峽谷的坡上選了個地方，就開始挖坑。

老胡和老廖輪流著挖，我拿過鐵鍬也幫把手，挖不到三分鐘就幹不動了。矮胖的老胡幹得稀疏的頭髮都貼在腦門上。墳坑挖到快一尺深，老胡每扔出一鍬土都要「嘿」地喘出一聲，明妮便接過手去。她使出全身力氣，把整個身子的重量都壓在右腳下的鐵鍬上，往外扔土時再直起半個身子。她的鐵鍬揮得很有節奏，靈活的動作讓我們感到意外。我知道她是在鄉村裡長大的，小時候什麼活兒都幹過。在伊利諾大學厄本那—香檳分校讀本科時，她還是個籃球運動員，用她自己的話說：「壯得像個大洋馬」。沒多一會兒，她也開始氣粗起來，卻幹得更猛了。眼淚時不時湧出眼睛，和汗水一起流下臉頰。只見她氣喘吁吁，鼻子好像也堵住了。

幹了一氣後，明妮說：「可惜我們不能給她口棺材。」她把鐵鍬遞給老廖。

「要是知道她家人在哪裡就好了，」我說：「那樣他們就可以把她接回老家了。」

一群烏鴉在清澈的天空中盤旋，發出刺耳的叫聲。兩隻渾身是泥巴的野狗，活像雙胞胎，站在附近，一會兒用爪子在地上刨刨，一會兒用鼻子到處聞聞，看那情形，一旦周圍沒人，牠們就能把埋在土裡的姑娘扒出來。這讓我們警惕起來，一定要把屍體至少埋兩尺深。老廖後悔沒有帶張蘆蓆來，好把屍體包裹一下。

「婉菊，請原諒我們。」在老胡老廖把姑娘放進坑裡時，明妮說道。他們把土鏟回坑裡。在他們需要喘口氣的間隙，我就拿過鐵鍬來接著幹。把她埋好以後，我們站在土堆前默哀了一會兒。明妮像是對死者發誓一般地說：「我再也不會讓這樣的罪行在我們校園裡重演。我會盡自己最大力量，保護這裡的婦女和姑娘們。如果需要跟日本兵拚命，我會拚的。我再也不當懦夫了。」

我說：「安息吧，婉菊，忘掉這個不公平的世界。我明天會來給你燒炷香的。」

明妮蹲下來，再也控制不住自己的感情，哭出聲來：「都是我不好啊，婉菊！我應該守在你們旁邊，不讓日本兵把你們抓走。你們回來以後，我們應該多關照你們……」明妮停了停，又接著說：「你放心，那些畜生一定惡有惡報，上帝會代表你們懲罰他們的！」

我心裡實在堵得慌，也哭了起來。

老廖和老胡把明妮拉起來，我們一起返回校園。老胡把皮墊子套在肩膀上拉著拖車。

我們在廁所裡洗了洗臉，然後順著走廊回到校長辦公室。大劉在屋裡，坐在沙發上，茫然地翻著他的小課本。看見我們走進來，他抬起眼睛，沉默地凝視著明妮。

她坐了下來，把自殺的事情講給他聽。他平靜地回答說：「我聽說了。」

「我眞是個白癡。」她說。

「不要太自責了，明妮。是日本鬼子殺害了她。」他的聲音聽上去不帶任何感情。

「我今天沒法上中文課了——腦子裡滿滿當當的。」

「我明白。」他說。

「安玲，別走。」明妮懇求我。

於是我留下來，我們一起商量請願怎麼進行。素芬剛剛向大劉報告，她現在已經看見兒子四次了。

那孩子告訴她，囚犯常常被送去拆房子，並在城外修建一座橋，全不管他們中間很多人病弱得再也幹不動活兒了。他們每人每天只有兩碗高粱米粥，外加幾塊鹹蘿蔔或芥菜疙瘩。一個星期才能吃一次大米。他哀求母親設法快點把他救出去，不然他會死在裡邊的。她答應兒子一定救他，可其實她一點辦法也沒有。他還請她帶點吃的東西給他，她也同樣沒有辦法弄到。

到如今，越來越多的婦女參加了請願，共有七百零四人登記。我們決定把名單交給楚醫生，希望他能轉送到負責這類事情的有關部門。

十九

明妮和我帶著請願書到日本大使館去見福田。一到上海路，我們就看到街道兩旁冒出了很多簡易商店，大多是用膠合板和波紋鐵皮搭起來的，有很多不過是些一個人經營的小攤子。各種各樣的東西在這裡擺出來換錢，或是以物易物：門板、窗戶、油燈、鐵爐子、家具、小石磨、炊具、樂器、衣服、舊書舊雜誌。至於食物，有烙餅、油條、豆腐、蔬菜、雞蛋、豬肉、豬下水……所有東西都比日軍占領前貴了五、六倍。我花了七塊錢給麗雅買了一隻燻雞，她流產以後人一直虛弱，經常咳嗽，沒幹什麼就大汗淋漓。「這簡直就是吃銀子呀。」旁邊一個老婦人不住嘴地說，看那小販用油紙包起了我買的雞。我沒搭腔，覺得那錢反正可能會繼續貶值，還不如現在花掉上算。

城裡各處守衛森嚴，只要沒有身分證的，不管是誰，都馬上被抓起來。日本兵會把人們身上所有值點錢的東西都搶走——一包香菸、一支鋼筆、一把口琴，甚至衣服上的一個銅扣子也給拽下來。看到像是當過兵的，他們便仔細搜查，剝去他們的外套和上衣，讓他們伸平胳臂；要是誰有個種過牛痘的疤痕，就會被他們扣留，覺得那是彈片留下的傷疤。日本人似乎很害怕，尤其對游擊隊感到頭疼，游擊隊襲擊他們在鄉下的據點，阻斷他們的運輸線。最近以來，火車出軌的事情發生得很多，弄得火車總是晚點，有時候一連三天都沒有去上海的火車。更爲麻煩的是，游擊隊麼，作戰是不按正規軍作戰常規的，他們會沒日沒夜地騷擾小股日軍，在偏遠地區炸他們的碉堡，伏擊他們的車隊。時不時地從城外十來里地一帶傳來炮火聲，彷彿又有部隊來攻城一般。與此同時，儘管更多的西方外交官已經返回南京，但根據新政府的規定，不允許外國人，更不用說中國人離開南京。

在日本大使館附近，一家鴉片館掛出橫幅，上面大書「官土」。鴉片在這裡曾經是被禁的，可現在什麼都可以合法出售了。顯然，大多數商品是從安全區以外的地方搶來的。日本兵搶過的民宅，當地老百姓會進去再次搜刮，把有用的或可以賣的東西統統拿走。打劫成了很多人的謀生辦法了，因爲他們沒有工作。在安全區裡邊做生意，相對安全一些，所以大多數小販都把東西拿到這兒來賣。

福田友善地接待了我們，但他解釋說，還是找不到明妮在一月底交給他那名單上的任何一個男人或孩子。一個穿著花色和服和木屐的年輕日本女子，端著一個放著一把陶茶壺和三個茶杯的茶盤走進來。茶上過後，明妮對福田說：「我們剛剛在模範監獄裡看見了很多老百姓。」

「眞的嗎？」他一臉難以相信的模樣，眉毛都擰到一起了。

「千眞萬確。」明妮說了素芬兒子的事情。「她就這麼一個兒子，是十二月五日被抓走的。他告訴他媽媽，監獄裡還有很多男孩子。」

福田發出一聲輕微的嘆息，在一個扁魚形菸灰缸上磕了磕手裡的香菸。他用不太熟練的英語說道：「我以爲那地方是個只關士兵的地方。好吧，我們會調查的。請更詳細地描繪一下那個孩子。如果他在裡邊，我會盡力幫他出獄的。」

「那我就這麼告訴他母親了。謝謝你。」

「魏特林小姐，」福田瘦瘦的臉紅了，像是帶著複雜的感情說：「我是想幫忙的。希望你能相信，我一直在盡我最大可能。」

「我當然相信。」

我知道明妮並不完全信任他。他也許會同情那些可憐的女人，但考慮到他作爲一名使館官員，他本人不太可能採取什麼行動。另外，這類事務必定掌握在軍方手裡，可是當明妮問他，他卻只說他不清楚誰管這件事。也許他根本不想把我們的請願書交上去得罪軍方。這也就可以表明，他並沒有很深地介入此事。

我們再次謝謝他後，就離開了大使館。我對福田的謙恭有禮，印象不壞，不過，明妮和我現在對他會不會把請願書交給上司更沒有信心了。他總是公事公辦得像戴著一張無法穿透的面具，彷彿任何事情他都沒有感覺。我從來沒見到他那張臉有徹底放鬆的時候，弄得我連他的年齡都無法確定——也許不到三十歲，但也有可能已經快四十了。

我們沿著天津路往南走。這一帶雖然在安全區範圍內，很多房子卻已成了一堆瓦礫，有些房子雖還沒倒，也已經沒了房頂。好多電線杆子也不見了。幾座大樓已經只剩下個大骨架子。在漢口路的街角，我們看見一輛人力車拉著兩個日本兵，其中一個讓車停下，吩咐車夫去幹什麼，只聽他喊著：「號古釀，多多油！」一開始我沒聽懂他說的什麼，然後醒悟過來，他說的是：「好姑娘，多多有！」那中國車夫搖搖他滿臉汗涔涔的腦袋，連連擺手，說他不知道上哪裡去找「好姑娘」。一聽這話，一個日本兵跳下車來，幾拳打在那人胸脯上。「哎喲！哎喲！」那人哀號道，「我實在不知道上哪兒找她們啊！你就是把我打死，我還是不知道哪裡有姑娘。她們都跑了。」

明妮大步衝了過去，我緊跟在她後邊。另一個日本兵一看見我們，就發出一聲喊叫，他的同夥一聽就突然住了手，又坐回人力車。他倆令車夫趕快走，那車一陣風地在街角打了個轉兒，一下子不見了。

我倆繼續向西走。快走到我們學校時，遠遠地我們看見了約翰．馬吉——他的吉普停在大門旁。我們趕快朝他走去。聽到我們的腳步聲，他轉過身來，頭上的軟呢帽歪了。「你們好啊，明妮和安玲。」他說。「我帶來些奶粉，還有一筒魚肝油。」

「太謝謝了。」我倆一齊說。

路海正忙著卸車。他說：「這裡的孩子們正需要這些。」

明妮告訴馬吉：「我們的粥場已經成了一件頭疼的事了。這裡的孩子大多數都營養不良，所以奶粉和魚肝油正好給他們補養一下。」

「我們剛弄到一卡車。」馬吉說：「等分配完了，要是還有剩餘的，我就再給你們送一些來。」

「那可太好了。先謝謝你啦。」

牧師開車離去了，留下一股塵土和尾氣。他現在開了輛新吉普，舊的那輛道奇被日本兵偷走了，這一輛是從一個日本軍官手上買來的，只花了一百六十元。馬吉給我們的那輛破車還在，但已經發動不起來了，明妮說，不值得花錢去修了。

明妮對路海問道：「你的調查有什麼進展嗎？」

「沒有。廚子每次做飯往鍋裡倒米的時候我都看著，可是粥還是和過去一樣稀溜溜的。」

「我們不是有豆子嗎？」

「有，有三十麻袋。」

「往大米裡加些豆子，那樣粥會稠一些。」

「好主意。我明天就讓他們開始加。」

我們剛剛從安全區委員會那裡得到一些綠豆和菜豆。由於營養不良，難民中出現了浮腫，所以在普萊默．米爾士反覆申請下，從上海方面弄到了六十噸豆子。得到了豆子，再加上馬吉給的奶粉和魚肝油，我們都高興不已。不過明妮不讓路海插手分發奶粉和魚肝油，也許是擔心他可能會送一些給自己的親戚朋友，於是她要我負責這事，我當然很樂意幹。

幾天之內，大多數婦女不再抱怨粥太稀了，因爲加了豆子，粥就稠多了。不過，明妮對粥場的貪污問題依然不能釋懷，只要略一提及，她就會燃起怒火。要是我們能抓到那賊就好了。

二十

第二天下午，楚醫生來見我們。那天的早上，兩名婦女在模範監獄看見了她們的丈夫，當時那些囚犯正在上卡車，要被拉去幹活。不過，瘦削的楚醫生並沒能帶來任何令人高興的消息。他把一條腿搭在另一條上，說：「我親自把請願書交到自治政府，連同一大疊文字材料，可他們說，我們提供的信息太不清楚，他們沒辦法幫忙。」

「他們還需要什麼樣的信息？」明妮問。

「他們說要每一個人更詳細的描述。」他吹開杯子裡的茶葉。

「什麼樣的描述？」大劉問。

「身體特徵，比如身高和體重什麼的。」

「簡直荒唐！」我說：「那些女人怎麼可能知道她們的丈夫兒子現在體重多少？」

「盡你們最大能力吧，再詳細一些就好。」

「也就是說，我們還得從頭再開始才行。」明妮說。

「考慮到有更多婦女在監獄看見了她們的家人，也許從頭再開始是值得的。我知道那些官員可能是不想理會這件事情，但你們不應該這麼輕易就放棄。」

楚醫生走了後，我們三人商議決定重新整理請願書。這一工作需要大劉他們四人幹上一個多星期，但是，哪怕只救出一條命來，我們的努力就是值得的。

明妮讓十幾個年紀大些的婦女每天早上都到模範監獄去，看看還能不能在勞工隊伍裡找到更多的家人。她寫了封公函讓她們帶著，上面說，這些婦女不會找麻煩，只是去看看能不能找到她們的丈夫兒子。按照明妮的指點，那三個已經看見自己家人的婦女，還到城防司令部去報告了，呼籲放人，不過到目前爲止，沒有任何官方的回覆。

校園現在已經不再由日本憲兵守衛，到處鮮花綻放——有紫丁香、紅木蘭、番紅花、白繡菊，爭奇鬥妍；鳥兒不停地啼鳴，好像要把嗓子叫破。這麼多的鮮花，引得一位年輕的日本軍官進來想討一束，明妮很樂意地讓老廖把各種花剪下一枝送給他。日本兵每天都三三兩兩出現在校園裡，但這時已經沒有那種暴戾了。他們很欣賞我們那些融合了中西方建築風格的教學樓，前門的大圓柱子、大屋檐，還有房檐四周和房頂的獸頭。我盡自己所能接待他們，希望他們當中有誰可以幫我找到在東京的兒子。我們已經十個月沒有浩文的消息了，禁不住擔心他是否還活著，可是我始終沒有向他們任何一位張口幫我找兒子。我還沒有碰見一個可以託付的人。

有些日本兵對我們承認，這場戰爭是一個錯誤——中國太大了，日本根本占領不了。他們都是從歷史教科書上瞭解這個國家——出產大蘋果、大鴨梨、大片的大豆莊稼、豐富的礦藏，還有漂亮的姑娘，但是他們不曾想到中國的土地竟是這麼廣大，又比他們以爲的要貧窮得多。他們當中很多人以爲，一旦占領了南京，戰爭就會結束，他們就可以回家；所以他們盲目潑了命地作戰，每個人都想抓住時機消滅敵人，可現在，戰爭結束的可能性變得渺茫了。有位士兵甚至說，日本應該滿足於占領朝鮮半島和滿洲，不應該繼續擴張了。「我們吞下的太大了，消化不了，我們太貪婪了。」他對我們說著，豁牙一笑。有位中尉，是個基督徒，來給難民送過兩次東西，肥皂、毛巾，還有餅乾。有一次我們帶兩個下級軍官去看難民營的幼兒園，一群剛會走路的孩子們玩得正歡，明妮告訴他們，這些孩子失去了父親，他倆喃喃說：「對不起，眞的對不起他們。」

一天下午，在從醫務室回來的路上，我碰見了路海，他正從對面走來，跛著腳，戴著一頂八角帽，穿一件人字呢外衣，一雙很舊的牛津皮鞋。他停下腳步，我們談了談校園裡的一些情況。我們給三千三百難民中的大多數人發放了免費飯票，但路海還是沒發現粥場的漏洞究竟在哪裡。廚房的管事指責廚子每頓飯都偷走一點兒大米，而其他幾個人認定管事才是最大的賊。在路海看來，他們每一個人似乎都在從可憐的婦女和營養不良的孩子嘴裡往外偷糧食。聽到這裡，我的火氣又衝了上來。要是有辦法逮住那些盜賊就好了！

我覺得管事陳興一定手腳不乾淨，因爲他總穿得像個闊少，抽著大前門香菸，這麼暖和的春天裡還穿著根本用不著的漂亮毛呢上衣。每次我碰見這個愛吹牛的壯漢，他都會用吸菸過度的公鴨嗓大聲跟我打招呼，好像我們熟識多少年了似的，好像我應該感激他爲我們做的一切似的。明妮有一次要他把配額的糧食是怎麼使用的交一份詳細報告上來，他卻說自己不識字，翻著他的大牛眼傻笑，彷彿在告訴她，他用不著聽從她的指令。可我曾經看見過他閒著沒事就看報或看武俠小說，所以我確信他是個騙子。

路海和我談及三天前在大門口被日本人抓走的那個姑娘。當時明妮不在學校，霍莉也不在現場，所以誰也不敢阻止那兩個士兵。後來明妮向日軍在南京的司令部提出過抗議，但是沒有那姑娘的任何下落，我們都知道她是不可能回來了。明妮在整個難民營訓過無數次話，要大家不要在大門口閒逛，可有些年輕人不是把她的話沒當回事，就是忘了她的提醒，仍在大門口跟新來的人和路過的人閒聊。有幾個甚至還穿得花花稍稍。更糟的是，連美燕也去過大門口，衣服下面藏著大剪刀。我們一發現就立刻告訴了大劉，從那以後他把女兒牢牢關在家裡。到目前爲止，共有兩個姑娘從大門口被抓走。明妮發了話，要是誰再到大門口去招搖，她就把誰趕出我們校園。這才最終使大家不再去門口晃蕩了。

路海和我正談著，忽聽運動場那邊一陣喧鬧，一大群人聚集在粥場外邊。怎麼回事？我們走過去看個究竟。

一路走去，只聽見一個女聲高喊著：「拉她遊街！」

「對，把她拖到街上去。」一個男人叫著。

「給她脖子上掛個牌子！」

「把她頭髮剪了！」

一個微弱的聲音請求著：「大姊大哥們，放了我吧！我再不敢了。」

我聽出是素芬的聲音，趕忙加快了腳步。接著就看見那可憐的女人，臉色蒼白地站在人群當中，兩眼是淚，頭髮蓬亂。她像個罪犯一樣頭低著，渾身在發抖。不時抬頭抹一把鼻涕。路海走上前去問道：

「這是怎麼回事？」

陳興歪過麻子臉，回答說：「我們總算抓住了一個賊！這女人今天來義務幫廚，可她卻偷大米。」

「證據在那裡。」一個五十來歲的男人指著凳子上的一個綠茶缸，裡邊裝著糙米。

「怪不得我們的粥那麼清湯寡水。」一個女人說。

「咱們可不能放過她！」一個尖銳的女人聲音喊道。

「拉她示眾，再押她遊街。」一個小個子女人揮著拳頭附和著。

「求求你們，大姊大哥們！」素芬哭訴說：「別打我，我以前從來沒幹過。我兒子在監獄裡，快餓死了，求我給他送點吃的去。我沒錢買，也不知道上哪裡弄去。」

「騙人！」

「我們都知道自覺，不管多餓，也不能當賊。」一個壯實的女人說。

「她一定還偷過別的東西。」

「別費口舌了。把她拖到前院去。」

「哎，大夥兒別忙。」陳興說話了。「我們不應該自己處理這事。幹嘛不把她交給管事的人去？」

「不行，我們一定得教訓教訓她。」另一個女人的聲音不依不饒，「一定要堵住廚房的漏洞，不然咱們吃的粥就會越來越稀。」

我正要上前干預，儘管也不能肯定自己能不能把素芬從他們手上救下來，明妮突然出現了，大聲喝道：「都住手，簡直像一群暴徒！你們應該爲自己羞恥。」

人群立刻安靜下來。明妮繼續說：「這個可憐的女人名叫嚴素芬，十五歲的兒子被關在模範監獄裡。我知道確有其事。他好多次求當媽的送吃的給他，她跟我說過這事，可是我們拿不出多餘的糧食，沒法幫助他。你們當中也有做母親的。你們會自己一天吃兩頓飯，卻看著孩子們挨餓嗎？」

「不會，我做不到。」我回應道。

其他人都沒作聲，有的垂下了眼睛。明妮接著說：「素芬，告訴我，你拿了大米沒有？」

「拿了，魏特林院長。眞對不起。」

明妮轉向人群。「她從廚房偷米是有錯，但是你們應該動動腦子，想想粥是怎麼稀的。她一個人，偷這麼一小缸子，怎麼可能就把那麼多大鍋的粥都弄稀了？廚房裡一定還躲藏著大賊。我們不能把粥太稀薄都怪罪到這個可憐的母親身上，她不過是給挨餓的孩子偷了一口糧食。」

素芬開始哀哀地抽泣起來，人們你看看我，我看看你，好像在看他們中間誰是大賊。我看了陳興一眼，他傻笑著，不知道是衝著誰。

「素芬，」明妮又說：「這一次我讓你拿去那一杯大米，但是你要答應我，再也不偷了。」

「魏特林院長，我要是再偷，就天打五雷轟！」

「呵呵呵！」有人竊笑起來。接著，整個人群爆發出一陣大笑。

幾個女人走上來，都說明妮說得對——粥場裡一定另有大耗子。

人群散開以後，路海向我們建議，不要讓素芬再去幫廚了，以防有人可能利用她來搞亂調查。明妮同意了，並決定，如果她還想義務勞動的話，就派她去收糞隊幹活。

二十一

近幾個月來，當地的紅卍字會組織「道德社」，在救濟工作中一直很活躍。這是一個中國的私人慈善機構，成立於二十年代，以道教和佛教爲主旨，目前在全世界的會員數以百萬計。這個組織的慈善事業，已經發展到蘇聯，在關東大地震以後也發展到了日本，在東京、倫敦和巴黎都設了辦事處。他們號召會員學習世界語。三月中旬，國際救濟委員會成立，取代了安全區委員會，在國際救濟委員會的指揮下，紅卍字會南京分會已經成爲救濟工作的主要力量。本地的紅卍字會已經吸收了好幾百新會員，忙著掩埋屍體。紅卍字會的所有會員，在幹活時胸前都佩戴著大大的「卍」字標記。這個標記是個佛教符號，兩條手臂交叉，頂端是向左彎而不是向右彎，跟納粹的符號沒有關係，可是有些日本兵似乎把它與德國聯繫起來了，對那些幹活的中國人態度比較客氣。幹活的通常是四、五個人一組，爲了忍住腐爛的屍體發出的惡臭，很多人在出發以前會喝一些劣質烈酒。如果有條件，他們會爲死者，尤其是老年人，燒一把寺廟捐出來的冥紙。大多數情況下，掩埋工們只往屍體上蓋一層石灰，再蓋上一層土，就這麼埋在千人冢裡。明妮和我造訪他們辦公室時看到紀錄，從一月中到三月末，紅卍字會一共掩埋了三萬兩千一百零四具屍體，其中至少三分之一是平民。崇善堂的人也在忙著掩埋死人。到四月初爲止，他們在城裡和郊區一共掩埋了六萬具屍體，其中百分之二十是婦女和兒童。還有些其他組織也參加了掩埋工作。每個星期都有新的千人冢出現，因爲原有的那些都滿了。不過，迄今爲止，最大的墳墓是長江，日本人往江裡丟進了成千上萬的屍體。

明妮向紅卍字會的人請求了好幾次，把我們學校西邊那個池塘邊的死人埋掉，可他們卻說，他們收拾城裡和幾個主要屠場的屍體已經忙不過來，顧不上去管那些分散在郊區的了。兩個星期前，他們得到許可，把下關的兩萬屍首埋掉，光那一項工作就得讓他們幹上一個多月，因爲他們一天最多只能埋七百人——要把屍體集中起來，再一起埋掉。一直到了四月下旬，才來了一群工人，到那山谷裡的池塘去，把死者集中到一起，把水裡的一些屍體也撈上來，把這一帶清理乾淨。

金陵學院裡，難民婦女們也在忙著掩埋，不是人的屍體，而是人的糞便——她們把所有糞便收集起來，倒進坑裡，蓋上石灰。我能察覺空氣中的惡臭有所減輕，校園裡一天比一天感覺乾淨了。四月底一個明媚的早上，我碰見了收糞隊的領隊，一個二十幾歲的高個女子，梳著兩條長辮子，我對她說：「慢慢來。只要你們能在兩個星期內把所有髒東西都埋起來，就可以了。」

「我們要讓咱們的校園乾淨又美麗。」她用清脆的聲音回答說。

我喜歡她用的詞兒——「咱們的」——便對她說：「收工以後，你們所有人都可以沖個澡。」

「那可太好了。謝謝你，高太。」她的眼睛發亮了。

我們剛爲難民們修建了一個洗澡房，她們都幾個月沒洗澡了。是明妮不顧有人反對而堅持要安裝那些設施的。這裡的婦女和姑娘們都很喜歡洗澡房，那裡邊沿牆有二十六個淋浴噴頭，有些女人對於可以自己調節水溫感到十分驚奇。可是，由於難民人數太多，每個人只能兩個星期洗一次。

幾天以後，粥場管事的陳興被土匪殺了。一定是他那種張揚的生活方式，讓他們認定他是偷了大量撥給難民的糧食，所以要他出一點血給他們。他不承認侵吞了什麼大米，卻說可以幫他們去偷我們的車。可是等他們半夜裡悄悄溜進我們學校，找到我們那輛破車時，無論怎麼折騰就是發動不起來。他們打碎了擋風玻璃，大罵陳興，聲稱不會就這麼白白放過他。於是他們衝進他的家，到處搜查，卻沒能找到任何大米。他們把他捆在椅子上拷問，他承認剛把贓物賣掉，錢都給他父母匯到天津去了。他保證儘快再替這夥土匪搞到一千八百斤大米，可是他們不耐煩了，一個土匪一刀戳進他的胸膛。

這些都是他老婆告訴我們的。那女人有點缺心眼兒，把整個事情和盤托出。

學校剛剛收到一些小麥和大麥，加了豆子和其他糧食的大米粥，終於稠到可以把一雙筷子插在碗裡不倒了——這才是傳統標準的好粥。再也沒人對伙食問題抓住不放了。路海開心解氣，說是「上帝之手」幫助我們清除了大耗子，然而對明妮來說，這個結局來得太晚了。她還說，這樣的懲罰也太狠，她是反對死刑的。

五月中旬，自治政府下令，所有的難民營月底前都要關閉。同時，日本大使館設晚宴招待在難民營工作的外國人。一開始，明妮不想去，但再一轉念，她覺得這也許是個機會，跟官員們交換一下看法，爭得他們的同情。她帶了一份請願書去赴晚宴，希望把它呈交給日本的最高外交官。

總領事岡崎沒在宴會上露面，晚宴由田中和福田主持，約翰·埃里森和一些美國傳教士，包括明妮和霍莉都出席了。田中講了爲什麼有必要關閉難民營，讚揚了外國人爲難民所做的一切。明妮把請願書遞交給這位副領事，他很快地翻閱了一下，答應要深入調查此事。他的許諾得到來客們的一陣掌聲。所有難民營的工作人員都表示同意將難民營關閉。明妮很感激同事們的支持，這種支持等於是一種幫忙，以回報田中的這一表態。

三天後，我們聽到了田中的回音。他說，素芬的兒子，還有被認出的另外八個人中的四人，一星期內可以從監獄被釋放，不過，根據監獄裡的檔案，其餘的四人與中國軍隊有牽連，只能繼續關在監獄裡。明妮反駁說：「你看，我們的資料都講了，那些人都完全是無辜的。」

「魏特林小姐，」田中說：「我已經盡了最大努力。監獄方面同意讓你的女人們來看她們的丈夫兒子在不在裡邊。我相信，更多的人逐漸會被釋放。」

明妮沒有再給他施壓，而是確定了一個時間，讓女人們到監獄去探看。掛上電話以後，她一臉興高采烈。我也很高興。兩人緊緊擁抱了半分鐘。

經過五個月的爭取，終於有了一些進展。我們希望會繼續好轉，幾百名男人和孩子們都被釋放。明妮去到大劉的辦公室，向他報告好消息，可他不在裡邊。我們倆一起走出屋去，到校園裡遛達遛達。半小時後我們回來了，看見大劉正在走廊裡吸菸。他告訴我們：「教友會的人來過，說他們醫院裡有一個瘋姑娘，他說她是我們學校的人。」

「她叫什麼？」明妮說。

「不清楚。」

「我們怎麼辦？」她問我。

「也許應該去看看。」

「那好，咱們去看看。」

我倆叫來一輛人力車，到城南原來安全區之外的那家小醫院去——兩個星期前，安全區已經取消了。我們沿著炮樓胡同正走著，四架中國飛機突然出現，向東飛去，去轟炸句容附近的飛機場。日本的高射炮立刻朝它們射擊，拉出燃燒的弧線。相比之下，儘管日軍的飛機攔截中國轟炸機比較有效，他們的高射炮火卻不及我們部隊的強烈。自從去年十二月以來，我們的飛機這是第三次飛過南京上空，不少人面露喜色地注視著它們遠去，不過沒有人發出歡呼的聲音。

「希望他們把日本飛機都摧毀。」我說。

「我只希望他們執行完任務以後安全地返回營地。」明妮回答。

我們的空軍，儘管規模不大，想必是受到我軍最近在徐州地區勝利的鼓舞，我軍挫敗了皇軍的進犯，迫使皇軍不得不後撤。南京的各家報紙，都將這一勝利說成是日軍的「重新集結」，而我們從收音機裡聽到了真實情況：中國軍隊在戰鬥中投入了六十四個師，這麼大規模的部隊，使日軍抵擋不住。

教友會的醫院設在一所棄置的學校大樓裡，看上去敦敦實實，卻挺乾淨，給人以半空的印象。我們一到，就被帶到二樓。那個精神錯亂的女人，穿著法蘭絨上衣和一條黑色綢裙，被關在一個朝南的小房間裡。她骨瘦如柴，二十歲出頭，頭髮亂蓬蓬的，前額寬大，兩片薄嘴唇。一看到我們，她大眼睛一轉，哼唧起來：「美國間諜來了。」

「她叫什麼名字?」明妮小聲問一個護士。

「每次問她,她的名字都不一樣——有時候她叫譚愛玉,有時候又叫傅曼玉。上星期她說她從滿洲來,這個星期卻又說自己是本地人。」

「那你們怎麼能相信她是我們學校的人?」我問。

「她經常提到魏特林院長。」

「她都說我什麼了?」明妮問道。

「沒法跟你說。」那護士搖了搖頭髮花白的腦袋。

「看她倒還眞是有點眼熟。」我說。

「確實眼熟。」明妮也說。「我好像見過她。她可能是去年十二月裡被日本兵抓走那十二個女孩子裡邊的。」

「對,我想起來了。」我說。「可我覺得她不是回來的那六個裡邊的。她一定是本地人——一聽口音就知道。婁小姐曾經把她介紹給我,我見過她用紙疊動物,疊得非常好。她是叫玉蘭還是什麼的。」

一聽這話,那瘋女人不再咕噥,吃吃地笑了,指尖戳著自己小巧的下巴。她喊了起來:「我不是玉蘭!玉蘭死了,被美國傳教士出賣了,被當官兒的殺死了!」

「你說的是什麼當官兒的?」我問。

「日本中佐。」

瘋女子自言自語地咕噥著讓人不知所云的話。我們該怎麼辦?把她帶回金陵學院去嗎?明妮和我走到一邊去商量。我們決定等一等，先把婁小姐找來；我們應該先辨認一下這個女人是誰，再說該怎麼辦。現在精神錯亂的人太多了，哪能把每個人都照顧得過來啊！

我們請護士好好看著玉蘭，並說我們很快還會再來看她的。

婁小姐第二天晚上來到校園，確認玉蘭是住在附近的姑娘。她的單親父親曾是名電工，是約翰・拉貝五個月前召集起來恢復南京城電力的那群電工中的一個；活兒幹完後，日本人把他和其他四十二個人一起槍殺了。日本兵進城之前的幾天，聽了鄰居的建議，玉蘭的父親把她送到我們學校來，還留下了一袋大米——四十五斤，一罐魚醬，給女兒當口糧。婁小姐很肯定，去年十二月二十四日，玉蘭和二十名所謂「妓女」一起被帶走了。她當時正在藝術館裡，幫著一家子難民用舊棉花在做被子，日本兵衝進來，把她抓住了。

我們一聽，吃了一驚，直後悔沒把玉蘭當時就接回來。第二天下午，明妮和我再次去了教友會醫院，讓我們大失所望的是，玉蘭已經不在那裡了。醫護人員說，她悄悄溜走了，只跟一個病人留下句話，說她到蕪湖去看表親。這話一聽就不太對勁，因為蕪湖已經被日本兵占領，她的親戚可能都早已逃得沒影了。

「她再一露面就請通知我們。她是我們學校的人。」明妮對那滿頭灰髮的護士說。

「我們會的，魏特林院長。」

「我再問一句，她一直罵我，是不是？」

「是。」

「她怎麼說的？告訴我。我不會生氣的。」

「她說你二百元把她賣給了日本人……別往心裡去，我們都知道那是瘋話。」

明妮的臉僵硬了，沒有再說出一個字來。我對護士說：「你聽到她的消息就告訴我們。」

我們沒再多停留，就離開了醫院。回家的路上，明妮一直沒說話，好像陷入了沉思。

之後的幾天裡，我們忙於解散難民營，說服大家回家去。很多婦女，尤其是那些有小孩子的，都離開了。可另一方面，由於其他難民營解散，有些年輕女孩便來到我們學校，請求住進來。我們暫時收留了她們，所以校園裡仍然有著一千多難民。很多盼著家裡男人回來的婦女們都沒有走，每天早上都去模範監獄，去懇求那裡管事的人。

五月底的一天下午，田中先生親自來了，告訴我們，大約三十個男人和孩子會從監獄釋放。我們都心存疑慮，因爲他早先就答應過有四個人會放回來，可現在人還在監獄裡。

「我怎麼才能相信你呢？」明妮問他，「那些女人都很懊喪，也很生氣。那男孩子的母親天天到我辦公室來問，爲什麼兒子還被關著。我擔心那些女人在背後可能都在叫我騙子呢。」

「我爲什麼要騙你呢？」田中說，他那張陰鬱的臉皺起來。「這一次，監獄方面會放人的。這是確定的，絕無二話。」

他說得那麼誠懇，我們都相信了。明妮感謝了他，微微鞠了個躬。他用平板的聲調說，但願獄中再也沒有需要被釋放的平民了。我們把好消息告訴了大劉、霍莉、婁小姐，所有的人都激動不已，不過我們沒有馬上把消息放出去，不想讓那些婦女再次期望過高，再說，釋放的人也沒有一個名單。明妮提醒我們，現在還不是慶祝的時候。我鬆了一大口氣，說：「救下三十條生命，怎麼辛苦都値了。明妮，從一開始請願，你就是對的。」

我的聲調很眞誠，所有的人都咧嘴笑了。大劉說：「安玲，你欠我一頓好飯。」

「我不會忘的。」我回答。

那天夜裡，我對耀平說到田中的來訪。我丈夫認識那位副領事，他說，那是個可靠的人，答應的事情能夠做到。事實上，我們都聽說了，去年十二月，田中幾乎遭到一些日本兵的傷害，他們揚言要火燒大使館，因爲田中將他們的暴行報告給了東京。

二十二

五月末的天氣已經讓人感到灼熱，空氣悶濕又凝滯。太陽無情地烤炙著一切，給每一個生靈的內火都加了溫。有時候，我在街上看到有的日本兵大汗淋漓，軍裝都濕透了，斑斑點點。有的人熱得面紅耳赤，一邊走一邊下意識地抓喉嚨，像是喘不過氣來。我希望天氣越來越熱，熱到他們在酷暑的南京待不下去。日本人根本不知道自己打下來了什麼，今後要是生活在這個以「火爐」聞名的地方，他們要好多年才能適應。我可以斷定，今年夏天他們會有很多人中暑和長痱子。炎夏會使他們減員，正像幾個世紀前酷暑殺死了幾千蒙古人。

暑熱天氣卻讓我們難民營裡的孩子們挺自在，尤其那些赤著腳到處跑的小男孩子——有些孩子甚至一絲不掛，毫不在意那些已無處不在的蚊子。明妮和我正站在職工樓外，只聽一陣喧鬧聲從中心樓後邊的池塘邊傳來。一個赤條條的六、七歲男孩，被幾個婦女捉到了，她們想把新褲子硬往他腿上套。「我不穿，我不穿！」他一邊喊著，一邊連踢帶打往外掙脫。旁邊一群看熱鬧的人都在大笑，有的歡呼有的拍著巴掌。男孩的母親對他喝斥道：「你害臊不害臊？這麼大孩子了，還到處野跑！你爸爸要是在這兒，不把你的屁股打爛了才怪呢。」可那孩子仍舊連喊帶推，到底還是掙脫跑掉了，仍是全身赤裸。

「天哪，那孩子肺活量好大。」一個女人說。

「他應該參加教堂的唱詩班。」另一個女人對孩子母親說。

明妮剛剛把九雙童鞋送給幾位馬上要離開校園的母親。她們要阻止自己的孩子赤著腳跑來跑去，肯定是很困難的，也許，她們根本不該把那當回事。等到了天冷時節，孩子們就會自動穿上鞋子了。我看見男孩子打赤腳是不會介意的，不過，他們應該穿上點什麼遮住羞。我對明妮說：「應該有個規定，禁止六歲以上的孩子當眾赤身裸體。」

茹蓮一邊笑著一邊嘖舌頭，朝我們走過來，跟來一群蠓蟲，開始在我們頭頂打轉。我們說起馬上將被釋放的那些男人和孩子們。田中會不會騙我們？明妮肯定地說，他是眞誠的；不然他不會親自來報告這個消息。我們還討論了怎麼幫助那些失去了家園的難民，那些回去以後無法養活自己和孩子的女人們。我們學校最近得到了一小筆基金，明妮已經把這錢分給了沒有任何謀生手段的幾位婦女，每人五、六元錢，她們拿去可以用來做點小買賣，比如開個洗衣鋪子、茶水攤子，或是擺個賣些扇子、肥皂、香燭、鉛筆什麼的貨攤。

要商量的事情太多了，我們決定到辦公室去繼續商議。我們坐在校長辦公桌邊的高背椅子上，開始羅列需要幫助的婦女和姑娘們。幾天以前，明妮已經向國際救濟委員會提交了開設暑期學校、招收一百名學員的計畫，也就是一個職業培訓項目，叫做家庭手工業學校，和我們曾經爲當地窮人家庭女孩開設的學手藝的項目類似。明妮把這一計畫限制在一個較小的範圍裡，因爲她不想讓我們學校繼續充當一個難民營，然而現在看來，顯然有多得多的人無處可去，我們的計畫必須把這些人都包容進來。經過一番篩選，我們確定下來，有兩百多難民將繼續留在這裡。需要爲她們拿出個教育計畫來，使她們有個留在金陵學院的理由。

此外，明妮還同意從已經關閉的大方難民營接過來八十名年輕婦女。這樣一來，留在校園裡的總共就會有將近三百難民，雖然她們都叫作「學生」。

「哎呀，」明妮說：「這樣看來，我們的家庭手工業學校得跟『民間學校』結合起來了。」

茹蓮和我都同意，因爲我們還想幫助那些難民婦女學習文化。明妮頭腦中的「民間學校」，很像在北歐常見的公共教育項目，她在一九三二年夏天訪問過北歐，對丹麥、瑞典、挪威的民間學校印象深刻。那裡的人一年中有幾個月去上成人學校，學習科學、文學、藝術和實用技術，不必有成績好壞或是考試的負擔。在那些小國家，人們上那類學校，純粹是爲了提高自己，豐富人生。從那次旅行之後，明妮就經常談論，如何在我們這個識字人口只有百分之十五的國家採納那種模式。諷刺的是，現在我們倒有了一個機會。

第二天，難民營關閉，大多數婦女和姑娘們都要離開。有的人把鋪蓋捲揹在背上，有的用扁擔挑著自己的家當。我喜歡她們當中那些強壯的，她們回到村裡，會成爲好勞力。很多人過來向我們道謝，感謝金陵學院收留了她們六個月，這是一段她們難忘的經歷。大約上午十點，一大群人集中在中心樓前，要向明妮道別。她趕快走出去見大家。

一看到她，四百多名在地上坐成一個半圓的婦女、姑娘們一起跪了起來。茹蓮一躍而起，用響亮的聲音喊道：「一叩頭！」

人群一起叩下去，以頭磕地。

「再叩頭！」茹蓮又叫出來，人群再次磕下去。

「起來，都請起來！」明妮喊道，站在半圓中間，拚命打著手勢，她的掌心朝上，十個指頭搖動著示意，可是沒有一個人聽她的。霍莉閃到一旁，和我站在一起。我兩手交叉在腹前，靜靜看著，暗自驚嘆茹蓮怎麼成了她們的首領。

「三叩頭。」她又喊道，人群再次叩頭。

「茹蓮，讓她們都起來！」明妮懇求道。

這時人群開始以各種聲音一起叫起來：「再見了，大慈大悲女菩薩！」

「救命恩人魏特林院長萬歲！」一個聲音喊道。

人群一起喊起來，有些人還搖晃著腦袋。

「我們大慈大悲的女菩薩萬歲！」那個聲音又喊。

所有的人又一次齊聲喊起來。

明妮張口結舌，不知道該怎麼辦。我看見路海站在人群最後，滿臉笑容，耳朵後邊插著一根菸捲，看上去對這一情景十分欣賞。

明妮深深吸了一口氣，然後大聲對人群說道：「好啦，現在都站起來吧。我有話要說。」

大家開始站起身來，有人揉著膝蓋，有人扛起鋪蓋捲。「雖然你們今天就要離開了，」明妮開始講話，「你們在這裡都待了好幾個月，成爲金陵大家庭的一員。記住我們的座右銘，那就是『厚生』。從現在起，不論你們走到哪裡，不管你們做什麼事情，你們一定要懷著金陵的精神，珍視和養育生命，幫助窮人和弱者。你們還要記住，自己是中國人，國家的命運在你們每一個人的肩上。只要你們不灰心，只要你們人人爲中國出一份力，這個國家終會挺過所有苦難，重新變得強大起來。」

「什麼時候有機會，就回來看我們。金陵的大門永遠爲你們敞開。」她不得不停下來，因爲感情的迸發讓她哽咽了。

我走上前，對大家說：「現在，你們都回家，去當一個慈母、賢妻和孝順女兒吧。大家再見了，上帝保佑你們。」

人群開始散去。明妮走向茹蓮，只見茹蓮一臉是汗。「你幹嘛讓她們磕頭？」明妮問她。

「她們讓我帶這個頭──她們想要表達感激。我還能怎麼辦？」

霍莉和我走到她倆跟前。「明妮，都結束了，」霍莉說：「你應對得很好。」

「她們弄得我很不自在，我被她們弄成個偶像了。」

「好啦好啦，」我大聲說：「我們都知道她們熱愛你，尊重你。」

「可是她們那樣的愛和尊重，應該只表達給上帝。」明妮沉思著說。

「上帝的精神是體現在人類中間的。」我眞心實意地說。

霍莉咯咯直笑，一巴掌拍在明妮肩膀上，說：「大慈大悲女菩薩，多妙的一個稱呼啊。要是她們這麼稱呼我，我是不會介意的，我會使出渾身能耐來，不辜負這個稱呼。」

明妮伸手在霍莉耳朵上擰了一把。「哎喲！」霍莉大叫一聲。

「我最不願意看到她們把神混同於人。」明妮說。「我在做傳教的事工，被稱爲菩薩是不對的。」

上個星期，婁小姐告訴我們，附近一個八十七歲的瞎眼老婦，夜裡像坐在蓮花座上那樣盤起腿來，對著明妮的相片祈禱，祝願這位美國院長長命百歲，好能夠幫助和保佑窮苦婦女和姑娘。很多中國人無法把神和人截然割裂開。確實，對她們來說，任何人都可能越變越好，最終成爲神。

二十三

三十四個男人和少年從模範監獄裡被釋放的消息，刊登在自治政府辦的兩家報紙上，報導的意圖是向國人顯示，這個政府爲了保護自己的人民，是不遺餘力的。大多數重新團聚的家庭，都要返回鄉下他們的老家去了。我們想過爲他們開個茶會，可是家裡男人還沒有下落的那六百多婦女憂心忡忡的面孔，讓我們只好作罷了。

第二天早上，素芬帶著兒子來道別。那孩子瘦得皮包骨，個子矮得不像有十五歲，一張成年人的面孔上氣色蠟黃，還有幾處結了疤的傷，前額上的皺紋擰成一個結。他只是重複了母親叫他說的話：「謝謝您救了我，魏特林院長。」他似乎驚魂未定，自己說不出個整句子。他目光黯淡，但不停地眨眼，好像是看不清楚。他周圍的人又是說又是笑的，他的臉上竟然看不到反應。他上身穿了一件無領短袖白汗衫，上面破了幾個洞，下邊是一條老長的泥彩短褲，露出來的小腿細得像掃帚把。明妮看到他那雙破帆布球鞋都露出了腳趾頭，就給了他一雙新布鞋，看上去也許合他的腳。他母親讓他接著，他便雙手接過來，含含糊糊地說：「太謝謝您了。」看得我心酸，我們都很清楚，他一時半會兒是很難復元的。母子倆要回他們丹陽那邊的鄉下老家去，可素芬並不知道他們家的房子還在不在了。

到六月初，所有的難民營都已關閉了，一部分外國人也離開了南京。約翰．馬吉已經在中國服務了二十八年，將取道上海返回美國。他領導的南京國際紅十字會幾個月前已經解散，大多數成員都已經走了。他急於要離開這裡，因爲日本軍方仇恨他，特別是仇恨他管理的醫院——有幾位外國記者訪問了那家醫院，在西方報紙上登出了戰爭暴行受害人的照片。當局不知道的是，馬吉有一架十六毫米膠片攝影機，用它拍攝了一些去年十二月裡日軍暴行的鏡頭。我們已經把八盤膠片縫進一件大衣裡，二月下旬，他的傳教士朋友喬治．費奇返回美國的時候，悄悄把它們帶出了南京。一旦日本軍方知道了這件事，馬吉將會遭到拘押，甚至被殺害。六月初，他是和田中先生坐在同一節車廂裡離開的，所以警察沒有找他的麻煩。

霍莉也要走了。她到我家來道別。我從來沒想到她會這麼快就要離開了。我丈夫正在裡屋小睡，麗雅帶著帆帆出去了。我們一坐下，霍莉就說：「我下星期一、二就走了。」

「爲什麼？」我呷著菊花茶，吃驚地問道。「怎麼想起要走呢？有誰對不住你嗎？」

「難民營關了，這裡就不再需要我了。」

「瞎說，秋季開學以後，你可以爲我們教課。我們到現在還沒有音樂老師呢，你肯定是最合適的人選。學校復課以後，他們會讓你在這裡繼續任教的。」

「我不想給明妮找麻煩——老校長看見我在這裡，會生她氣的。」

「就算丹尼森夫人不喜歡你，她也明白你是個有用的人，是金陵學院少不了的人才。她不會讓自己的私人感情影響學校工作的。爲了學校的利益，她什麼都肯做。明妮知道你要走嗎？」

「我昨天晚上告訴她了，我們還吵了幾句。」

「爲什麼事情吵？」

「爲在中國怎麼樣生活。現在明妮把南京當做自己的家鄉了，幾乎無法想像到任何其他地方去生活。她熱愛這個城市，這所學校。可是對我來說，任何地方都可以是我的家，我也不需要一個家鄉。說實話，我都不再恨那些把我房子燒掉的日本兵了。四天以後我就去漢口。」

「你瘋啦！那裡不是快要打仗了嗎？」

「所以我才要去呀。」她歪著腦袋，一頭濃密的黃髮閃著光澤，笑得嘴咧得老大，眼裡閃著光芒。

「你不喜歡南京了？」我問。

「失去房子以後，我覺得自己的人生已經和中國人交織在一起了，我喜歡不喜歡都是如此。這是我的第二祖國，哪裡最需要我，我就到哪裡去。」

「我欽佩你的仁愛之心，霍莉。」

「彼此彼此。」

「一有時間就給我來信。」我還想再說什麼，可是一下子動了感情，說不下去了。

「我會寫的。」她說。

麗雅抱著孩子回來了，微微有些喘息。我接過帆帆，把他放在腿上。他張著小嘴還在酣睡。我要女兒給霍莉和我們下兩碗韭菜麵。我倆就著一碗桑葚，邊吃邊又聊了起來。

第三部
諸種瘋狂

二十四

八月初，我們終於收到了兒子浩文的信。看完之後，我丈夫陷入了沉默。他兩眼直瞪瞪地看著桌子，只有嘴唇在微微翕動。最後他長長地嘆了口氣。

「耀平，他怎麼說的？」我問。

「你現在不必看。」他把兩頁紙折起來，插回信封。

「讓我看看。」我說。不等他把信藏起來，我從他手裡一把奪過來，打開讀了起來。

浩文告訴我們，他加入了日本陸軍，現在駐防在蘇州城外，在一家野戰醫院裡當助理醫師。半年前，他離開了醫學院，在東京和一個日本姑娘結了婚。不久，軍隊強徵他入伍，否則他的新娘和家人都會遭殃，就這樣，一個月前他回到了中國。

他寫道：

> 我在這裡很痛苦，但我不敢抱怨。他們跟我說過，我只需要服役兩年，可是看樣子，戰爭不結束，他們就不會讓我回家。我也為自己的角色感到羞愧。我怎麼能為中國的敵人服務，去打自己的

同胞呢？可是我愛盈子，我不能置她和她的全家於危險而不顧。換句話說，我開不起小差啊。請原諒我沒徵求你們同意就娶了她。我給你們寫過三封信，可你們一封信也沒回。我想，一定是打仗弄得中國的郵路中斷，我的信都搞丟了。盈子是個好姑娘，對我絕對忠誠。我想我娶不到比她更好的女人了，她集中了我希望自己妻子擁有的所有優點。總有一天，你們看到她就會知道我說的是不是實情。請為我，也為戰爭早日結束而祈禱吧。

浩文的信讓我們感到萬分震驚。我撲到床上，把臉埋進枕頭，痛哭起來。悲痛一陣一陣地向我壓過來。我一向痛恨日軍裡的中國人，可現在我自己的兒子也變成「走狗」，變成「二鬼子」了。對他來說，不想讓親家一家遭殃並沒有錯，可是他讓我們丟了臉，也把我們推進了潛在的危險之中。他一定愛那姑娘愛得發了瘋，都不會按照常理考慮問題了。可我又不能過多地指責他，他怎麼能預先想到自己會被強徵入伍呢？不過，他爲什麼要這麼急急忙忙地跟她結婚呢？他一定是出了什麼事了。我反覆琢磨他在東京的日子，卻怎麼也想不通他爲什麼非得這麼做。這樁婚姻似乎成了他的劫數。

耀平儘量安慰我，說我們兒子在日本一定是十分孤苦伶仃，又說也許兒子給我們找到了一個最好的兒媳，所以，現在斷言這事是好運還是劫數，都爲時過早。這些話我一句也聽不進去，朝他喊道：「你看不見咱們兒子被毀了嗎？他也許再也不能成爲正常人了！」

耀平不吱聲了。晚上，我吃不下晚飯，躺在床上，哭一陣，迷糊一陣。要是我能想出什麼辦法把浩文弄回家來就好了。

第二天在學校，明妮注意到我憂傷的面孔，就問我出了什麼事。我最近向她吐露過我兒子正在東京讀醫學院，此刻辦公室裡沒有別人，我就跟她講了浩文的處境。她很震驚，用兩個拇指揉著太陽穴，喃喃說道：「這眞糟糕，安玲，太可怕了。」

「眞希望我做點什麼啊。」

「你今天還能幹活兒啊？你應該回家歇幾天。」

「回家待著我會更難受——一個人的時候，我總忍不住要哭。」我遮住自己紅腫的眼睛。

平靜一些後，我請她別把我們家的麻煩告訴任何人。「要是大家知道的話，我就再也不能在這裡幹下去了。」我對她說。我覺得這個祕密是件醜事，一旦暴露，我們全家就有可能遭殃。

「我一個字也不會提。」她向我保證。

明妮是整個學校裡唯一我可以說心裡話的人，她也會把自己的想法跟我講。有時候，她還沒開口，我就能猜到她在想什麼。

到了九月，除了家庭工藝學校，我們還開始了另一個新項目——給當地的女孩子們辦起了一所中學。家庭工藝學校最初的計畫，是招收最多三百名成人學生，但結果報名的人數超過了將近一倍。這麼大數量的窮困女子，使校園裡還是很像難民營，我們只有靠捐款來維持。中學的一百四十三名學生中，只有三分之一的人出得起全部費用：每學期四十六元——二十元學費，二十元食宿費，還有六元雜費。其餘的女孩子們，都需要透過半工半讀，來獲得部分或全部獎學金。

從金陵學院畢業不久的尹姍娜回到母校。她很能幹，又曾經在金陵學院上過很多家庭工藝的課程，於是明妮就請她來負責工藝學校這一攤子。唐娜·塞耶是位年輕的生物老師，剛返回南京，現在當了女子中學的校長，不過她不懂中文，明妮需要幫她做些行政工作。明妮還僱了一個名叫愛麗絲·湯普森的英語教師，以及十幾個半職的中國教員。愛麗絲曾經在中國教過女子學校，也在日本教了一年，是我們基督教使徒會的人。姍娜和唐娜一起合作得很好，已經設計出一套工作規程，好讓這兩所學校或多或少都可以自己運行。

學校裡的伙食和住宿由我來負責。我讓手下建了四個伙房，建在職工樓和西北宿舍樓之間的地帶，這些伙房由家庭工藝學校的學生使用，一部分學生是專學烹調的。女生們還要學習裁剪、編織、店務管理、染布、兒童指導等課程。最首要的是，我們要求不識字的學生都上識字班。

九月中旬的一天下午，婁小姐跑來告訴我們：「那個瘋姑娘玉蘭，又回南京來了。」

「她在哪兒？」明妮吃了一驚。

「在天華孤兒院。」

「我們可以去看她嗎？」

「當然啦，我專門來告訴你們可以去看她。」

那家孤兒院就在原來安全區的南界之外，離這兒兩三里路，所以我們步行著去了。南京城似乎恢復了一些生氣，儘管很多房屋仍是一堆廢墟，斷壁殘垣上都長出草來，到處都是碎磚亂瓦。我們看到了些日本平民，甚至還有幾個朝鮮人，但是部隊比一個月前少了，因爲很多都開拔去了前線。昨天已經宣布了戒嚴令，以防止在「九一八」事變七周年那天出現任何非官方的集會，正是那一事變之後，日本占領了東三省。一只大氣球載著一個人和無線電設備在空中飄蕩，監視著周圍地區軍隊的行蹤，主要是游擊隊的活動。有傳言說，我們中國的部隊正打回來，要收復南京（據說有人在城裡見著中國士兵了），很多人相信確有其事，於是飄揚在房頂和樓頂的太陽旗，一大半都消失了。甚至還有謠傳說，國民黨部隊開進城來，會攻占日本大使館，還要把傀儡政權的官員都抓起來。不過，中國人一提起這個話題，大多數外國人便會打消他們這樣的希望，告訴大家，對這裡日本人構成小小威脅的，只有游擊隊。明妮不像其他美國人，她對這個話題保持沉默，任由當地人沉浸在幻想之中。

我們轉上漢中路，向東走去。在沿街的餐館門前，站著幾個女孩子和年輕女人，她們穿著藍色套裝，繫著格子圍裙，頭髮上插著花，向來往行人中可能的顧客微笑。這可是個新現象。她們不怕日本兵嗎？她們家裡的男人怎麼會讓她們冒這個險呢？我想，大家爲了活下去，大概是什麼都會做的。

我們來到孤兒院，這裡的負責人——美國修女莫妮卡·巴克利接待了我們。她看上去很疲憊，臉頰深陷，可她褐色的眼睛卻生動又明亮。我以前見過她，知道她來自賓夕法尼亞，是聖公會教派的人，到這裡來傳教的，以前受約翰·馬吉領導。我們問到玉蘭，莫妮卡說，後院的確有一個瘋女人，不過她們不太清楚她叫什麼名字。

我們來到後院。後院雖有圍牆，但通過一道門就可到大街，門上插著門栓，上面有把粗笨的掛鎖。只見玉蘭站在一群小男孩子中間，嘴裡咕噥著什麼，一邊叼著根菸捲噴雲吐霧。她一看到我們就喊起來：「王八蛋傳教士來啦！」

一個光腳的孩子對她說：「給我們學學公雞叫。」

瘋女人噘起嘴唇，伸長了脖子，叫道：「喔喔喔，喔喔喔。」

「眞像。」小男孩說。

另一個孩子問她：「鴨子怎麼叫喚？」

玉蘭把嘴一擰，尖聲叫道：「呱呱呱，嘎嘎嘎。」

所有孩子都大笑起來。我看到玉蘭的牙少了一顆。可她還是挺好看的，瓜子臉，長頭髮，光潔的皮膚，小細腰。

「你學得像鵝叫，聲音太大，又太慢。」個子最高的男孩子說。「給我們學豬叫聽聽。」

瘋女人把臉朝天一仰，發出豬叫的聲音：「哼，哼，哼。」

「豬不是這麼叫的。」另一個男孩說。

婁小姐朝孩子們喊道：「住口！不許再逗她了。」

玉蘭轉過身來，朝婁小姐忽閃著她的長睫毛。「眞高興看到您，羅阿姨。您一向可好？」

「跟我們走吧，玉蘭。」我懇求道。

「不去，你身邊有大鼻子間諜。我不跟你和她走。」她指著明妮。

「玉蘭，」明妮說：「你知道我從來沒有傷害過你。」

「騙子！你們洋鬼子都是騙子。」

這話堵得明妮頓時說不出話來。她和我站在一邊，看著婁小姐努力說服這個精神錯亂的女子。這時候，大部分男孩子已經走開了，只有兩個還在旁邊，一個胳臂下邊夾著個足球，另一個脖子上掛著竹哨。婁小姐拍著玉蘭的肩膀，輕聲對她說著什麼，瘋女人一下子哭出聲來，不停地點著頭。

幾分鐘後，她跟我們走了。現在她安靜下來，只是眼睛裡仍然閃出惡狠狠的光。明妮告訴莫妮卡，我們要把玉蘭帶回金陵學院。修女搓著兩手，說：「哎呀，那太好了。應該有人照料她，可憐的人。」

明妮招來一輛雙座人力車，讓婁小姐和玉蘭坐進車裡，說我倆更願意走回去。她叮嚀婁小姐，一到學校就把玉蘭交給姍娜。人力車走遠了，消失在十字路口那邊。

明妮和我向西走去。我的左肩又酸疼起來，兩人都默默無語。我的眼前又出現那天的情景：纖細的燕英抱著石頭獅子的前腿，一個日本兵對她拳打腳踢，她的小妹妹燕萍放聲大哭。

「要是我們勇敢一些，」明妮說：「我們可能會救下幾個女孩子。」我知道她正想著同一件事情，但我沒接腔。

我們開始商量怎麼幫助玉蘭。我問她：「我們該拿她怎麼辦？」

「你有什麼主意？」明妮問我。

「我們最好找一找，看她在這裡還有沒有什麼親戚？」

「婁小姐告訴我，她現在是孤兒了。金陵學院至少應該給她提供住處，照料她的生活。」

明妮的聲調透出不容爭辯，我就沒再多說。現在看來，這也許是唯一的辦法了。

但是我有保留意見，因爲我們的人手已經很緊。一個瘋女人可能引起騷動，可能嚇著學生，所以我一直在琢磨著有沒有更好的安排。明妮似乎是不惜一切代價也要收留玉蘭，其實嚴格來講，我們對玉蘭沒有責任。大家都知道，日本人蒙騙了明妮，不管怎麼樣也要抓走那些「妓女」的。照料一個瘋女人，很可能是自找麻煩。

這些念頭讓我感到不自在，就沒有說出口。我們來到學校後院去找姍娜。明妮要她把玉蘭放進家庭手工藝學校去，強調說，玉蘭曾是我們學校的難民，應該由我們照料到底。讓我們鬆了一口氣的是，姍娜愉快地接受了玉蘭做她的學生。

「你可幫了我大忙了。」明妮對這位年輕的校長說。

「這沒啥。希望她是個學東西很快的學生。」姍娜擰著辮梢，似乎很爲自己光滑的大辮子自豪。她長得挺漂亮，皮膚光滑，容光煥發，一副舞蹈家的身材，只是兩隻眼睛離得遠了一點，讓她看上去有些滿不在乎的樣子。不知怎的，我不是很喜歡她，覺得她有點虛榮和任性，臉上總是抹著粉，對一些女孩子和年輕女子，說不定並不是個好榜樣。

玉蘭在編織上是一把好手。她又有文化，認識的字足以看得懂報紙。如果她沒瘋，明妮可能會讓她教一教識字班。在編織班裡的三十九個學生當中，她很快就名列前茅了，尤其擅長織圍巾和長襪。偶爾地她還是會發一發病，沒來由地對別人吼叫或自己哭起來，不過大家都覺得，只要不去招惹她，她是不會傷害人的。幾個年紀大些的女生甚至還很喜歡她。

二十五

因爲戰爭而癱瘓的當地政府，在很多地區都不復存在了。據難民告訴我們，游擊隊在鄉下造成了很大的麻煩。村民簡直就被放在了石磨上面，上邊下邊都來擠壓。比如說，游擊隊摧毀了一段路面，日本人就會來對村民下命令，限在最短期限內給修好；若是他們去修路，游擊隊又會來對他們發警告，有的人還會被幹掉——村民唯一的活路就是棄家遠逃，可是很多人一沒東西二沒錢，想走都走不了。

游擊隊的後盾多半是共產黨，不過也有些是國民黨部隊的殘餘，他們不斷地騷擾日本占領軍，夜裡襲擊日軍崗樓啊，切斷通往南京的運輸線啊，等等。那些把大米和其他糧食賣給日本人的村民，還會遭到他們的懲處。偶爾地，日本人也會賄賂一下游擊隊，好讓糧食能被運到城裡來。地方報紙上不時會刊登消息，說剛剛付給游擊隊兩萬五千塊錢，游擊隊同意了讓道路保持暢通，所以市民在今後幾個月裡不必擔心大米的供應。可是米價仍然一直上漲，我拿不定主意，是現在給兩個學校多買些糧食呢，還是等一等價格的回落。

燃料是另一個難題。弄到足夠過冬的煤很困難，因爲每一家煤場最多只有一百噸可賣。更糟的是，現在的煤價已經翻了一番——煙煤四十元一噸，無煙硬煤五十元一噸。我們決定想辦法從武漢附近的一家煤場搞四十噸二十元一噸的煤，但是日本人會不會允許這批煤進城，我們根本心裡沒底。好消息是，美國大使館贊成我們的計畫，答應幫助把煤運進城。

明妮又僱了一個護士，所以我再也不用幫醫務室做任何事了。我很高興，儘管手上的工作還是忙不過來，要管理僕人和廚子們。不知為什麼，在教職員工中，我和年輕的女教師們很難想到一起。她們不少人對我的管理嘖有煩言，姍娜和茹蓮甚至給我起外號叫「老頑固」——這是送信的本順告訴我的。

我常常對明妮抱怨，一個瘋女子，加上四個瞎眼女孩子，實在讓我們難以招架。我建議把玉蘭送到傀儡政府營辦的精神病院去。「日本人毀了她的腦子，」我說：「那麼日本人的走狗就應該照料她。」可是明妮根本不聽我的。

一天下午，本順又來向我告那個瘋女子的狀，我帶他直接去了校長辦公室。我對明妮說：「玉蘭又在惹麻煩了。」

「怎麼回事？」她問。

「你告訴她。」我催促本順。

本順比去年冬天長高了快兩寸，但還是瘦得像個麻杆。他一臉嫌惡地說：「那個瘋子，我走到哪兒她跟到哪兒，管我叫『小日本兒』。」

明妮一臉不解。「你不必為這個生氣。她不會傷害你的。」

「她老嚇唬我。」

「好啦，她又瘦又小，她能把你怎麼樣？」

「她叫他『小日本』，」我說：「因為她把他當成日本兵了。」

本順又說：「她老是朝我喊：『打倒小日本！滾回你們的小島子去。』」

「躲她遠點兒。」明妮建議說。

「沒用啊。她跟別人說，我禍害了好多姑娘。她還管我叫拉皮條的，不要臉。」

我對明妮說：「有的人不知道她的腦子被日本人整壞了，就真把本順當成流氓。」

「她毀了我的名聲！」男孩哭道：「我都不知道怎麼得罪她了。每次碰見，她都嚇唬我。」

「在她眼裡到處都是敵人。」我加上一句。

「她欺負我。」本順嗚咽著。

「就是，他成了她最順手的替罪羊了。」我說。

明妮似乎終於認眞考慮這事情了。她問我：「你覺得該怎麼辦？」

「把她送到精神病院去。」

「要是那地方條件不錯嘛，我們可以送她去。可是你知道瘋人院裡面是什麼樣子，就和監獄差不多——實際上它就是在當作囚牢使的。我們不能把她扔到那兒去，我絕不讓那種事兒發生。」

「可是我們不能永遠讓玉蘭待在咱們學校啊。她給我們添了多少額外的負擔，讓所有的人都精神緊張。」

「我會跟姍娜商量這事的。」

「她也是個瘋子。」

「好啦，安玲，我們不能把玉蘭一扔了事。你知道那完全違反我的做人原則。」我對她說。

我深深地嘆了一口氣，兩頰燒了起來。「眞是拿你沒辦法——你這人心腸好得無可救藥。」

我把本順帶走了，心裡不太痛快，因爲明妮要先找姍娜商量才肯對玉蘭的事做決定，好像這事是個教學問題。可另一方面，我又欽佩明妮堅持自己的原則。

讓大家意外的是，姍娜現在對於把瘋女子留在學校也感到不舒服了，說有很多學生都被玉蘭弄得緊張不安，還說有不少人總是逗她，慫恿她說出下流話。

明妮讓婁小姐負責看管瘋女子。婁小姐認識玉蘭兩年前死於肝硬化的母親，同意讓玉蘭當個救濟工作的幫手，因爲她有一雙巧手，可以縫紉編織。只要沒人招惹，她其實是個不錯的工人。

每個季節，我們學校都會向周圍的窮人家提供些食物和衣服。婁小姐最瞭解誰家最需要救濟，這些救濟品都是經婁小姐的手分發下去的，所以玉蘭在她那裡吃穿應該不成問題。我們都鬆了一口氣，也都很感激婁小姐。

二十六

十月初的一天上午，我見到路海等在我辦公室裡。他一臉焦急，但仍與平時一樣穿戴整齊，打著方格圖案的領帶，穿著皮鞋。他從褲袋裡掏出一張對摺的紙，對我說：「昨晚上我偶然看到這個。」

我把文章掃了一遍。是印成傳單的一篇短文，標題是〈白鬼子，滾回老家去！〉我看到過類似的文章，發表在最近的報紙上，雖然罵得沒有這麼難聽——顯然是一些本地人，也許出自不同政治派系，在發動對洋人的攻擊。我把那張紙放在桌上，對路海說：「謝謝你拿來給我看。」

「我擔心可能有一些針對我們朋友的祕密行動。」路海說，喉結一跳一跳的。

「是啊，我們應該告訴他們。我會把這東西交給瑟爾·貝德士。」我知道美國人多半都常去貝德士教授的家。

路海還要操心怎麼搞到過冬的燃煤。他剛剛得到明妮的許可，準備砍倒一些樹木，以備萬一武漢來的煤不能運到，而我們在最冷的日子裡，各教室需要取暖。我們學校周邊那些長在學校地段上的樹木，反正是隨時都可能被竊賊砍倒的。

路海半小時以後離開了。現在我比以前更喜歡他。我曾經覺得他有點不夠老成，也許因爲他比較年輕——才二十六歲，然而過去幾個月裡，他似乎成熟起來，不太誇誇其談了。老師和學生們都對他很有好感，尤其是女孩子們，有幾個甚至挺迷戀他，別看他有些跛腳，又是已經結婚、有了兩個小孩子的人了。他偶爾去禮拜堂講道，教大家唱詩，一直到現在他都常說他多麼仇恨日本人。誰能責難他呢？去年秋季，他失去了好幾位家住大連城外的親戚。他一個會功夫的表哥，曾在一次比武中打敗了一個日本軍官，成爲當地的英雄。可是第二天，一隊日本兵到他家來，把他和他唯一的孩子一起抓走，用鐵絲綁在一棵樹上，在父子倆身上倒下一罐煤油，一把火燒死了。

路海留下的那篇文章，攻擊了前安全區委員會中的所有外國人，聲稱他們和日本人共謀，欺壓和迫害中國人，所以中立區從來就不是中立的。作者列舉了西方人與侵略者合作的幾個例子，比如解除中國軍人的武裝，然後把他們交給日本皇軍啦；比如參加日本人的慶典和音樂會啦；比如在基督教學校裡教日語啦。文章還說，有些外國人經常造訪日本大使館，甚至出席那裡的宴會，祕密商量針對中國人的罪惡計畫，而且更令人髮指的是，他們透過出售食物給難民牟取暴利，而他們從前政府那裡得到的配額糧食都是免費的。僅僅一張白人的面孔，就可以是一張通行證，一份人身安全的保證，這就是事實。文章把路易斯·斯邁思指爲頭號同謀，說他甚至每天兩次同日本官員會面。文章還特別點出了警官學校事件，說那次有四百五十名警官生被白人「出賣」。「那些年輕的警官生都裝備精良，配有德國造步槍（不是手槍），連他們的制服、頭盔、和銅扣皮帶都是德國式的。」作者說。「我們都知道那些警官生體格多麼健壯，多麼訓練有素。如果讓他們去作戰，他們至少可以抵抗敵人，爲中國軍隊的完全撤退贏得寶貴時間，或讓他們其中更多的人突出重圍。可是美國傳教士卻欺騙了那些警官生，說日本鬼子會仁慈寬大，所以他們都放下武器投降了。後來，我們看到日本兵押著他們走過大街。他們大多都比那些日本兵更強壯、更善戰，可是他們被繳械了，被捆在一起，以爲自己不至於送命。所有的人都兩手高舉，列隊行進到河邊，然後被機槍全部掃死，日本人把他們扔進江水裡，連埋都不用埋了。同胞們，他們的愚蠢之死是誰的罪過？我們的悲劇是誰的罪過？美國傳教士！他們不是我們的朋友，而是一幫騙人的傢伙。」

我懷疑文章的背後是共產黨，因爲共產黨也巴不得美國人離開。

我把傳單拿給明妮看，她倒不驚異，這類攻擊言論她早就看到過。那天晚上她去拜訪瑟爾，我和她一道去了，因爲我想親口感謝他救了我丈夫的命。自從收到兒子的信，耀平一直情緒沮喪，我鼓動他多出門去見見人，好寬寬心，所以他開始經常去南京大學，甚至還重新開始教一門滿族史的課程。一個星期前，他剛一下課，一群日本兵就來了，把他抓住，說他會講日語，必須去給他當翻譯。顯然，有人出賣了他。日本兵正把他往外拖，瑟爾趕來了，把門堵住，堅持說耀平是這裡的教師；作爲歷史系臨時的主任，他不能把耀平交給任何人。爲首的日本兵大罵瑟爾，但他就是不讓步。最後，日本兵氣得把瑟爾和耀平都推下樓梯。看到他兩人都摔倒在地，瑟爾在呻吟，耀平昏了過去，他們才沒有帶走耀平。這些天來我丈夫一直待在家裡，嚇得再也不敢到學校去了，雖然答應了一個星期以後他會繼續去教課。

明妮和我到達的時候，看見路易斯．斯邁思和羅伯特．威爾森也在瑟爾寬敞的書房裡，屋裡充滿焚香的氣味，卻亂七八糟，書本和鏡框扔得到處都是，牆上空空蕩蕩。前一天，日本憲兵搜查了瑟爾的家，因爲他們懷疑他是剛剛在倫敦出版的一本書的作者，書中披露了南京以及其他南方城市中的戰爭暴行。明妮向我透露過，瑟爾的確化名寫了《戰爭意味著什麼：日本恐怖在中國》一書中的一部分。日本憲兵沒有搜到什麼有關文件和目擊者的自述，因爲瑟爾把材料都存到美國大使館去了。

「也就是說，他們什麼也沒有拿走？」我問他。

「拿走了我的一些書和字畫。」他做了個鬼臉，下巴頦兒上現出一道淺淺的豎紋。「早該把它們賣了的。他們還沒收了我兒子的玩具槍，他會生我氣啦。」

我知道他收藏了一些珍本書籍，一定都被拿走了。他向憲兵司令部提交了抗議，可是根本沒用。

他脫臼的肩膀還吊著繃帶。我遞給他一袋肉包子，謝謝他救了我丈夫。

「這眞太好了。」他說。「謝謝你的包子，安玲，不過你不必給我拿這個來。耀平和我是朋友，我應該幫忙。」

他把袋子放在滿是飲料瓶子的茶几上。路易斯和羅伯特伸手來拿包子，瑟爾趕快說：「不行不行，這是給我一個人的。你們剛吃光了我的燉南瓜啦。」他抱住袋子，然後把它放到桌子底下去。這幾位獨居男人，把家眷都送走了，現在是食無定時，什麼時候有東西就吃一頓。他們三人最近都老了不少，羅伯特才三十二歲，可頭髮都快掉光了。

我在窗戶旁坐下來，明妮把傳單拿給他們看，他們都聽說了有這事。然而在眞的看到文章的內容後，路易斯還是很受震動，臉色變得蒼白，兩眼一眨一眨的，濕潤起來。他皺著眉頭說：「我知道會有這類事情，可是我沒想到被安上『頭號同謀』的標籤。我每天都去日本大使館提交抗議。我的確有時候和田中一起走在大街上，可是我那是帶他去看日本兵幹的那些壞事。」

他一隻手蒙在臉上，竭力保持著鎮靜。「受不了，眞受不了。它傷到了我這裡。」他悲嘆道，左手摸在心口上。

書房裡一片沉寂。明妮走進洗手間，拿來一條乾淨手巾遞給他。「我知道這很可怕，路易斯，」她說：「可是不要讓它嚇倒你。那正是他們希望達到的。」

「是的，路易斯，我們必須振作起來。」瑟爾說。「我們沒做任何虧心事，可以高高地抬起頭。」

「謝謝，謝謝，我一會兒就好了。」路易斯喃喃地說，用毛巾擦起臉來。

過了一會兒，羅伯特說：「我在上海，也在報紙上看到過這類的宣傳。」

「你覺得這文章有沒有共產黨的影響？」明妮問。

「這背後更有可能是傀儡政府。」瑟爾答道。

「可是，只有共產黨才敢像作者這樣痛罵日本人和美國人。」羅伯特接上來。

明妮表示同意。「這話很像共產黨的宣傳。」

「我覺得不一定。」瑟爾說：「我們沒辦法知道作者是誰，也許不止一個人——任何人都可以用一個化名。」

路易斯告訴我們，自治政府一直想解散國際救濟委員會，因爲它在當地影響太大，竟能組織起一千四百人從事慈善工作。傀儡政權的官員並不想接管幫助窮人的任務，可他們急切地想掌握國際救濟委員會從安全區委員會那裡繼承下來的資源。有人正透過壟斷某種資源而獲得暴利。比如說，掌管城中房屋的官員，占有了空置的房屋建築，再轉手出租，日本人允許他們把得到的每一千元租金，自己留下四百元，所以那些官員對房產的占有達到了不擇手段的程度。對其他東西也出現了壟斷，比如像食品、藥品、酒，以及燃料。

四個美國人開始談論起城裡出現的新轎車，多半都是德國人造的福特、奔馳和別克。南京城突然之間似乎到處是大官，每個人都有司機和僕人。在我看來，那些個要人更像有錢人家出來的酒囊飯袋。明妮說：「我不明白爲什麼這麼多中國人願意爲自己國家的敵人效勞。」

「有錢人總得找到保護他們財產的辦法，」路易斯解釋說：「所以他們的孩子一定得控制政府。」

「這話沒錯。」羅伯特表示同意。「有一天我在市府大樓裡就碰見那麼一位兒子。兩年前，他爸爸給蔣介石賀壽，送了一架戰鬥轟炸機。」

「說句公道話，」瑟爾說：「傀儡政府裡有些官員倒不一定多壞。他們是對國民黨政權不抱幻想了。我認識一個負責文化事務的人，是立教大學畢業的，一個很好的人，會希臘語和拉丁語，文章寫得很漂亮。他並不喜歡自己現在的角色，可是他得餬口。」

「沒錯。」羅伯特說，擺動著他的大巴掌。「要是我有八張嘴要餵，我一定會爲任何付我錢的人工作。肚子比原則的叫聲要大呀。」

大家都笑了。

我們臨走前，瑟爾提醒這幾位美國朋友要有所防範，避免和傀儡政權的官員攪和到一起，免得日本人透過中國走狗來傷害他們，然後再推到共產黨頭上。作爲美國人，他們需要表現態度中立。瑟爾把我給他的肉包子分給羅伯特和路易斯每人三個。他又要陪明妮和我一起回學校，但我們沒讓，說現在還不到九點，我們自己走回去沒問題，何況明妮還帶著一個大手電筒。

我們向他們道了別，走上落滿梧桐樹葉的黑漆漆的街道。兩對探照燈像四根巨型利劍，刺進月光輝映的天宇深處。其實天上一個多月沒有飛來中國飛機了，我不明白日本人爲什麼怕成這個樣子，拉開防禦的陣勢，也許因爲此刻守衛南京的部隊不夠。我們一路走著，明妮談及歐洲戰局，她覺得慕尼黑會議的召開避免了一場大屠殺。她說：「我很高興很多年輕人的生命保住了，很多城市鄉村也可以免遭破壞了。」

「我想，所有的人都不喜歡戰爭吧。」我說。

「連政治家也不喜歡？」她問。

「當然，沒有人是眞正希望流血的。」

「那麼日本人呢？」

「我還是在考慮，可不可以把他們歸爲人類。」

「好啦，安玲。你不應該讓仇恨控制你的人生。」

整個漢口路上，沒有一座房子有燈光，好像全都無人住在裡邊。偶爾會從什麼地方傳來孩子的哭聲。這條小街曾經是情人們，尤其是這一帶的大學生們，散步的地方。成雙成對的年輕人，晚上會到這裡來，拉著手，或挽著臂，在這裡漫步；或是相互依偎在樹下的長椅上。有時候，他們還低聲吟唱著情歌。現在，長椅基本上不見了，我們在這裡連一個人影也沒碰見。我不禁懷疑，這個地方還會回到原來的樣子嗎？那也許不可能了。很多事情，一旦改變，就無法停止變動了。

就在我們快到寧漢路時，冒出了兩個日本兵，興致勃勃地嘎嘎笑著。一個矮胖，一個瘦削。他們搖搖晃晃來到我們面前，擋住了我們的路。「姑娘，花姑娘。」瘦的那個用中國話喊道。

明妮打開手電筒往兩人身上一照。他倆都沒帶槍，但腰裡都別著一把三尺長的軍刀。矮胖的那個朝明妮胸前一搡，一把搶走了手電筒，另一個人跨步上前，把手放在我肩膀上。手電筒的光在我們臉上晃來晃去，我不禁發起抖來，嚇得說不出一個字來。他倆看樣子都喝醉了，呼出來的酒氣裡混合著生蘿蔔和煮花生的味道。瘦的那人大聲打著酒嗝，接著把手滑向我的胸前，撫弄著。我驚得啞口無言，拚命要閃開，可他的同伴衝上來抓住了我的胳臂。

「花姑娘。」矮胖子拍拍我的屁股，又在上面擰了一把。

「住手！」明妮邊說邊插到他們和我中間。「看看，她頭髮都灰了。」她指著我說：「她不是姑娘，她是個奶奶。」

「中國女人要爲皇軍效勞。」矮胖子說著，仍然抓著我的手腕。他的同夥又抓緊我另一條胳臂。「就是，我們需要她的服務。她可以給我們洗衣服。」

我拚命想掙脫他們的手，但是掙不開。那個瘦子要來吻我，明妮把他一推，喊起來：「該死的，你們不能當街騷擾婦女！我明天早上會向你們上司去報告。」

他倆露出驚奇神色，但還是繼續拖著我走。明妮便放開嗓子大喊：「救命啊，救命啊！警察，快來抓流氓！」

矮胖子一巴掌搧在她臉上，另外一個掏出一包沒開過的老刀牌香菸遞給我，說：「我們付你工錢，好多好多。」

我依然在驚愕之中，只能無聲地拚命搖頭，心都跳到喉嚨口了。明妮繼續大喊：「她是我的手下，懂不懂？她是美國大使館的僱員。」

「大使館。」矮胖子結巴了，另一個人也鬆手放開了我。

「對，她是我們的翻譯。」

「翻譯，嗯？」那瘦傢伙問道。

「是的，我爲美國人工作。」我終於用英語說出話來，「放了我吧，長官。」

他們聽得出來我說的是外國話，一句英語突然發生了奇效。他倆面面相覷，又朝我倆微微一鞠躬。

「在大使館工作？」矮胖子嘴裡咕噥著，點了點頭。「好的，好的，聰明的女人。」他的食指和中指在太陽穴上轉著。

「要是你不放開她，」明妮繼續說：「我明天一早就去向田中先生報告。」

「好的，好的，我們認得田中。沒有問題，沒有問題啦。」矮胖子連連鞠躬，把他的同伴拉開了跑掉了。兩人都是羅圈腿，可能是駐紮在附近的騎兵。

我抱住明妮，哭起來。「過去了，安玲。現在沒事了。」她喃喃說著，拍著我的後背。

我靠在她肩膀上，跟著她走向學校。不時地又哭又笑，止都止不住。我陷入了某種歇斯底里，一個勁地發抖，右腿肚子直抽筋，害得我們一路上停下來兩次。

「那些該死的強盜，把我的手電筒搶走了。」走到學校的時候，明妮小聲恨恨地說。

二十七

由於城中的新車越來越多，寇拉的修車行生意興隆。這個俄國小伙子找了一個朝鮮合夥人，每天他出門去談生意，就由朝鮮人替他管理修車的四名中國技工。十月中旬的一天早上，寇拉來到金陵學院，帶來一個駝背的小姑娘，她雙目失明，單薄得像隻小鳥，穿了件已經磨舊的運動衫，衣服袖子和褲腿都挽起老高。寇拉對我們說，他看見她在街上乞討，就把她帶來了。

「你們可不可以收留她？」他微笑著問明妮，樣子挺討人喜歡。他總是這樣笑嘻嘻的。

「我的老天，你一直收集瞎眼女孩子啊。」她說。

「我不想看著她在外邊跑來跑去的。你看，日本兵和歹徒，隨便誰都可能會傷害她。」

於是我們就收下了這個女孩子，把她送到宿舍主樓我女兒那裡。女孩和其他四個盲人孩子一起，都由麗雅照料。明妮留寇拉喝茶，可他顧不上多停留。他是個忙人，跟幾個日本後勤官員有約，現在他和他們保持了不錯的關係。我知道這個黃眼睛小子喜歡日本人，不大看得起我們中國人。他覺得我們沒有講規矩的概念，不把條約啦合同啦當回事，說話不算話，總的來說就是無法預測。他曾經對其他外國人說：「你不能把中國人的話太當真。」

臨走之前，寇拉想要一束萬壽菊，老廖很高興地去給他剪一些來。日軍占領前的那些年，我們學校每年舉辦一次幾千盆菊花的花展，那是明妮和老園丁一道大張旗鼓操辦的盛會，現在不像那時，花展不辦了，所以我們富餘出好多花來。

我們在院子裡等老廖時，只見玉蘭出現了，天氣晴朗，她卻穿一雙膠皮雨靴，披一件淡黃色雨衣。一看到寇拉，她停下腳步，接著扯起嗓子喊道：「小日本畜生，回你們家小島子去！」她在空中揮著拳頭，同時狠命跺著腳，「禽獸，滾出去！」

我們嚇了一大跳，大劉和我一起向她跑過去。不等我們抓到她，婁小姐趕來了，一把抓住瘋姑娘的胳膊，把她拉走了。玉蘭眼裡閃著仇恨的烈焰，不停地喊著：「雜種小日本，滾出中國去！」婁小姐抬手去捂她的嘴，不讓她叫出聲來。她倆拉拉扯扯地朝大門去了。我對婁小姐的力氣感到驚訝——她用一隻手就把玉蘭拽走了。

大劉和我又回到明妮和寇拉身邊，寇拉懂中文，一定是感受到了玉蘭的敵意。他問我們這是怎麼回事。我正在氣頭上，脫口而出：「那個女人被日本鬼子糟蹋過，現在瘋了。」

「她把我當日本人了？」寇拉問。

「顯然是的。」明妮說。

「老天，我是西洋鬼子，不是東洋鬼子。」他放聲大笑，可是我們誰也沒回應。確實，他高個子，黃頭髮，就連眉毛，還有耳朵裡的絨毛，都是黃的。

反正要等老廖，我們便帶著寇拉看一眼家庭手工班的教室，裡邊一群婦女正在織毯子。寇拉大感興趣，摸摸織布機，又摸摸羊毛線，說，他在西伯利亞的媽媽和姑姑們就做過這一類的手工，不過她們的織布機要小一些。他看得興起，踩上一個正沒人用的織布機的踏板，要試試讓它轉起來容易不容易。他還用中文跟幾位婦女攀談了幾句，問她們對山雨欲來的歐洲戰爭有什麼看法。她們誰也沒想過那問題；事實上，有些人連歐洲在哪兒都不知道。我們走出教學樓時，老廖抱著一束菊花已經在等著了。他把花遞給寇拉，我們幾人一起朝學校大門走去。

我們在幼兒園停了下來，一群小孩子正在玩丟手絹的遊戲。一個小女孩正繞著圍成一圈的孩子們跑著，手裡拿著一條橘色手絹，邊跑邊咯咯地笑著，其他孩子們拍著小手一齊唱著歌。

我們邊看著孩子們玩，明妮邊告訴寇拉：「這些孩子多半都再也沒有父親了。」

「我必須說，你幹的是一件聖人的工作。」他說。然後，讓我們吃驚的是，他把鮮花捧在胸前，深深地向她鞠了一躬。

「哎呀！你這是幹什麼，向我求婚嗎？」明妮開玩笑問。

「是又怎樣？」他說：「魏特林院長，嫁給我好嗎？」

「不好，你太年輕了，對這位婦人來說。」明妮回答。

我們都放聲大笑。

寇拉走出大門，上了他那輛車燈和保險桿都鍍了鉻的奔馳車，開走了。

看著他離去之後，明妮和我開始商議那五個瞎眼的女孩子怎麼安置。我喜歡她們，因爲她們都快快樂樂的，有三個還可以織手套和帽子，可我覺得她們越來越是個負擔了。到目前爲止，我女兒一直在照顧她們，可是從長遠看，麗雅一個人也許應付不過來。我對明妮說：「讓她們到盲人學校去，對她們比較好。我們應該為她們找到一個永久的家。」

「我會給上海寫封信，」她表示同意，「看看他們能不能為這幾個孩子找到一個學校。」

「我敢肯定會有地方樂意接受她們。這幾個孩子學東西很快，可以掙出自己的生計。」憑直覺，我倆都知道，我們最好儘快把這幾個盲人女孩子送走，因為一旦丹尼森夫人回來看到她們，她會不高興的。她總是強調，如果我們想成為一所出類拔萃的學校——最理想的是成為中國的衛斯理學院，那麼金陵學院就得招收中國最聰明的女孩子，「入學門檻要高才行。」第二天，明妮寫信給化學系主任露絲·切斯特，金陵在上海的一攤子都由她負責，請她為五個女孩子找一所學校。

我們覺得很幸運，已經在校園裡建立起兩所學校；不然，日本人會把空著的教室和宿舍都徵為軍用——南京城裡一些無人的學校已經被他們占了。另一方面，我們又忍不住擔心，不知道現在的混亂還要延續多久，學校怎樣才能重新振興。所有的一切似乎都取決於日本人什麼時候離開，可看來那是遙遙無期了。他們一定是打算把占領區逐漸變成日本的一部分，因為整個戰爭的目的就是擴大日本的領土。我們的學校就這麼辦到頭了？誰也說不準，這種不確定性真是折磨人。

最近，金陵學院的校友捐來了更多的款子，用於再創辦一個類似家庭手工藝學校的項目上，可是明妮根本沒辦法找到更多的老師，因為受過教育的人大多沒有返回南京。明妮說，金陵學院可以不受任何來自政府的限制，讓她感到高興。而且我們也不必拘泥於一流大學的教條——我們的兩個項目都可以根據自己的需要來調整具體的課程。傀儡政府裡邊負責教育的官員理應監督所有學校，可是他們覺得沒有臉親自來，只派了些下屬，到我們學校敷衍了事地檢查一番。偶爾地，有那麼一兩個官員來露露面，卻都很寬容，也肯變通。還有幾個人的女兒參加了入學考試，已經在我們的中學註冊了，他們都覺得挺不錯。

十一月底，天氣轉冷。清晨裡，光禿禿的樹枝上蒙了一層白霜，太陽昇起來照上去，水珠從樹上滴下來。寒冷的天氣可讓學生們吃苦了，他們得在沒有取暖的教室裡上課。武漢的煤兩個星期前運到了，可是令人摸不著頭腦的是，都燃不起來，發不出熱量。我不知道拿這煤怎麼辦，心裡就咒那個代表煤礦的煤商：「等他進了地獄，一定熱得夠勁！」

「我們就不能從本地煤商那裡弄點煤來嗎？」明妮有一次問我。

「本地已經買不到煤了，不管我們願意出多高的價。」

我每天都在薄棉褲裡邊再穿一條毛褲；可還是感到寒氣徹骨，就是因爲沒有一個地方，也沒有一個時候，能讓我暖和暖和。我生平從未感到這麼冷。明妮也是一天到晚都覺得冷，捧著熱水杯子暖一暖手指。即使這樣，她在辦公室裡坐不了一個小時就得站起來活動活動。學生們更遭罪，不少人手腳上都生了凍瘡。課堂上，他們都把兩手揣在袖子裡取暖。寫字時，他們不停地往手上哈氣。我們沒在教室裡生火——得把砍樹得來的木柴留到最冷的一月分。現在，學生們可羨慕家庭手工藝學校的女人們了，她們可以在廚房幹活，或是在暖和一些的伙房裡上課。

明妮會叫我跟她一起出去，儘可能多地活動活動身子骨，促進血液循環。一天早上，她和我正在散步，忽聽一陣爭吵聲從大門口傳來，我們趕過去看個究竟。「別纏著我！」本順在喊，只見他肩靠在一根石柱上。

大門外邊，玉蘭兩手插腰站著，臉上亂七八糟地塗抹著胭脂，頭髮向後梳成一個很大的髮髻，讓她看上去老了七、八歲。她一直和婁小姐生活在一起，可又偷偷溜回學校來了。「不要臉，不要臉的小日本。出來接受審判！」她一邊叫，一邊舔著乾裂的嘴唇，她肩膀上圍著一條橘黃色的手織圍巾。

「臭婆娘！」本順罵道。

明妮走到這位十六歲少年跟前，說：「你不必這樣子跟她一般見識。」

「她一看見我，就什麼難聽罵什麼。求求您，魏特林院長，派我幹點別的去吧，讓我不用離開校園。我真怕她——她老在外邊等著我。」他又轉頭去罵玉蘭：「滾遠點，神經病！」

「出來，你這不要臉的東西！」她喊著，食指朝他戳著，一邊齜牙咧嘴。

「操你自己去吧！」

「你少強姦少女！」

「見你的鬼！」

「魔鬼，你會下地獄，挨火烤，下油鍋！」

「離我遠點兒！」

明妮搖著本順的肩膀：「你不應該這樣子跟她對罵，大吵大鬧沒有用。」

這時候婁小姐出現了，把玉蘭拉起就走，玉蘭兀自罵著本順「餅子臉小日本」。現在當了看門人的老胡問明妮，要是玉蘭再到學校來，讓不讓她進門。「她要是來吃飯的只管讓她進來。」明妮告訴老胡。

老胡點點他已經光禿的腦袋，沒再吭聲。

後來，明妮派了一個年紀大些的人代替了本順，讓本順去姍娜那裡，給家庭手工學校當勤雜工去，可是他的麻煩遠遠沒有結束。他經常與人發生衝突，不聽姍娜的指派，甚至叫她「日本迷」，因爲她用日本雪花膏。他似乎特別喜歡跟女學生幹架，不顧姍娜的多次警告，屢教不改。姍娜的耐心漸漸給磨沒了，宣稱她早晚要把他開除。

我說過，我不大喜歡姍娜；她總是叫我「安玲」，儘管我跟她說了好多次，她應該叫我高太太——我可能比她母親的年齡都大。更有甚者，姍娜經常穿得花花綠綠，好像還是少女，而且哼一些愚蠢的流行歌曲，像什麼〈我要你〉啦，〈幸福之船〉啦。她是個上海來的女子，根本不清楚去年冬天南京經歷了什麼。

二十八

十二月初的一天，事先沒給我們透一點兒風，我兒子浩文回來看我們了。他悄悄地走進學校大門，穿著便裝——一頂禮帽，一件呢子外套，翻毛皮鞋。他像是比五年前長高了一點，也許是因為他瘦多了，也壯實了。走起路來昂首挺胸，像個大人了，可他的臉色卻不再煥發光彩。他今年二十七歲，可看上去像有三十四五了。看到他回來，他爸爸、姊姊和我，既震驚又高興。一開始我有幾分緊張，以為他是開小差跑回來的。但轉念又想，現在是他脫離皇軍的時候了，不管是開小差還是退役，只要他回家來就好。可他卻說，他們野戰醫院正開赴洛陽，路上他們派他在南京停留，給陸軍司令部送一些文件來，順便看看父母。明天他就得北上，去追趕他們醫院。

我叫麗雅帶著帆帆坐到門口去，怕萬一有人闖進來。耀平把浩文帶進裡屋，我則把所有窗簾都放了下來。

這時已是黃昏，集市都關了，沒地方能買菜來做頓好飯。我趕快到家禽中心，跟茹蓮去買五個雞蛋，說家裡來了貴客，請她幫個忙——我知道她那裡的雞蛋原本是不賣的。晚飯時，我在米飯上蒸了些鹹魚，炸了一碗花生，做了乾魚炒小白菜和韭菜炒雞蛋。自從耀平重新教課以來，他又開始往他的酒櫃裡存酒了，儘管他的果酒和白酒多半是假貨。飯菜上桌以後，我叫麗雅把門閂上，然後全家坐下來，吃這頓自從南京陷落以來我做過的最好的一頓飯。

浩文給每個人倒上米酒，說：「爸，媽，原諒我讓你們痛苦和著急了。我回家來只是看看你們好不好。現在，我沒法子讓你們能過得順心，但是等戰爭一結束，我會盡全力當一個好兒子的。」

他爸爸揮了揮手，說：「不必這麼說，咱們還是好好吃一頓安靜的晚飯吧。」

「兒子，看見你回家我多高興啊。」我含著眼淚說。「我們沒有什麼好吃的給你，不過，等你下次回來，我們一定給你做頓更好的。」

「弟弟，咱們碰杯吧。」麗雅提議。

我們都喝了一口米酒，味道又薄又淡。浩文用筷子在他杯子裡蘸了蘸，給帆帆餵了一滴酒。那孩子很喜歡，還要，逗得我們都輕聲笑了。麗雅對弟弟說：「別再給他了，你會把他弄醉的。」

於是我往一個酒杯裡倒了些水，又加了一小塊冰糖。帆帆一要酒，浩文就給他一滴甜水，代替我們喝的深色酒。孩子叫道：「白葡萄酒，還要。」又把我們都逗笑了。

我們一邊吃著，我丈夫和兒子一邊談論戰事，我不時插上一句。耀平覺得，中國貧窮落後，是不可能打贏這場戰爭的，可是浩文的想法卻不同。

「其實，日本部隊裡士氣非常低。」他說。

「爲什麼呢？他們不是已經占領了半個中國？」他爸爸問。

「可是日本沒有人力控制他們占據的所有領土。還有，他們的軍隊傷亡慘重，損失的兵力沒法補充。日本人沒想到中國抵抗得這麼頑強。」

「你是說，他們找不到足夠的兵源？」我問。

「對。他們已經從朝鮮、台灣，還有其他地方招兵了，可是那都不是有作戰經驗的部隊。軍隊的戰鬥力現在已經弱得多了。」浩文說著的時候眼睛閃著光芒，讓我想起他小時候。他把一顆皺了皮的花生放進嘴裡，接著又說：「原來他們計畫在三到四個月就結束這場戰爭，可現在他們連怎麼結束它都不知道。中國就像一個巨大的泥沼，讓他們越陷越深，別看他們一直打勝仗。他們打得越久，就陷得越深。士兵們都很想家，不停地抱怨，當官的很難維持軍紀。其實，如果戰爭拖得太久，日本最後可能會輸掉。東京的那些政客和將軍們，對如何結束這場戰爭，連一點頭緒也沒有。」

「在開打之前，他們就應該先把所有結束戰爭的可能辦法都盤算清楚。」耀平說。「這是常理。」

「人類有時候比動物還蠢，動物從來不會犯自大狂。」浩文加上一句。

「弟弟，戰爭結束以後你打算幹什麼？」麗雅問道，她的兩頰被酒燒起紅雲。

「我還沒拿到學位呢。也許我會回醫學院完成學業。」

我知道他這是打算和他妻子團聚，可我沒說什麼。耀平嘆了口氣，說：「皇軍太野蠻了。我怕兩個國家要敵對很長時間了。」

晚飯後，我們坐在茶几旁繼續交談。浩文抱著帆帆，不時把他逗得咯咯大笑。三歲的孩子高興得好像認識舅舅好多年了。浩文撓他的癢癢，把他舉到頭頂，還讓孩子騎在肩膀上把舅舅當馬騎。我能看出來，浩文要是有了自己的孩子，他準會是個溺愛的父親。他還不到十歲就說過，等他長大了，要娶一個媳婦，生三個孩子。他生來就要成為一個顧家男人的，而且他一定深愛著那個盈子。

帆帆睡著了，麗雅把他抱到另一間房裡。這時，浩文從他內衣口袋裡拿出一個用薄紙包著的東西。

「媽，」他說：「我沒什麼可帶給你的。這是一點心意。」

我打開紙包，是一只金手鐲，光溜溜，沉甸甸。「你不用這麼破費。」我對他說。

「爸，」他又轉向耀平，「對不起，我什麼東西也沒給你帶。」

「別提那個啦。看到你平平安安、健健康康，我就高興了。下次把盈子帶回家來看看。」

「我會的。」

我細細端詳手鐲，忽然發現內側上刻著一個小字：刁。我的心一沉，把那東西哐噹一聲丟到桌上，問他：「浩文，這手鐲你是從別人那裡偷來的？」

「不是啊，你怎麼……怎麼這麼說？」

「這東西一定是個姓刁的中國人的。你還跟著日本人一起搶劫了吧？」我越說越生氣。

「媽，你錯怪我了！我只管治療病人，根本不可能進別人家搶劫，搶我自己的同胞。」他像被什麼東西叮了一般，臉都變形了。

「那這手鐲上邊，怎麼會刻著一個『刁』字？」

「我看看。」他拿起手鐲，細細一看，也驚訝不已，顯然他一直都沒有注意到那個字。他把手鐲放下，「我不知道它最初是哪裡來的。這是一個翻譯送給我的。」

「他是中國人嗎？」他父親問道。

「是，那人打擺子，是我精心照料他的。你知道日本人——如果過了幾天他還不見好，他們就會像扔垃圾一樣把他拉走扔掉的。」

「他姓什麼？」我問。

「姓孟。」

「你看看，這手鐲一定是別人的。」我說。

「孟先生把這個送給我，是向我表示感謝，因爲我救了他的命。我也不知道他是從哪裡弄來的。」

「可能不是好來路。」我仍不鬆口。

他一副要哭出來的樣子，接著閉上了眼睛。「我算遭報應了，報應。」他喃喃地說，上嘴唇微微噘起。「連我的母親都不要我的禮物。」他嘆了口氣，低下頭去，用手掌蒙住前額。

我胸中湧起一陣憐憫。我說：「好吧，浩文，這個我收下了。可是你一定要答應媽，永遠不搶任何人的財物，也不偷老百姓的東西。」

「你以爲我可以像日本人那樣行動自由嗎？老天啊，日本鬼子把我當支那佬，才不信任我呢。我算遭報應了，報應！不管我到哪裡，都是個賤民。」他站起身來，走進廚房，到水池那兒去洗臉，很響地擤著鼻涕。

耀平噘起嘴唇，對我說：「咱們還是把他當成孩子吧，他是我們唯一的兒子啊。你沒看見他多難受嗎？」

我一句話也沒說，把金手鐲收起來了。毫無疑問，浩文天性馴良，是被日本人強迫行事的，可我不想讓他占自己同胞的便宜。上床睡覺之前，我對他說：「你要牢記自己是基督教徒。上帝會讓我們對這一輩子所做的事情有個交代的。」

「我會記住的，媽。」

那天夜裡，他和他爸睡在裡屋，我和麗雅、帆帆睡在另一間屋。第二天天沒亮，浩文就趕火車走了。

二十九

這些日子，信件到得慢慢騰騰——有時候，國內來信都要幾個星期後才能收到，但是信件的投遞還算可靠。日本人沒有接管中國南方各省的郵政系統，因爲郵政的運行不斷產生巨大的赤字，據明妮說，每月要虧損十二萬元呢。在給紐約董事會所寫的工作日誌裡，明妮寫道，她對中國郵政的工人滿懷敬意，因爲我們每天依然會收到國內的信件。

我和霍莉保持了聯絡。她的口氣總是很快樂，經常搬家，做著救濟工作。此刻她在河南省，那裡有成百萬人民無家可歸——爲了阻止日軍部隊的進攻，黃河上的一處大堤被國軍扒開了，淹沒了許多田地和村莊。我還和吳校長保持著通信，一個月一次，把這裡的工作簡要地向她彙報。她現在人在成都，指揮著遷到後方的金陵學院眾多師生員工。時不時地，她也給明妮來信，明妮把信都拿給我看了。在最近來的一封信裡，吳校長對明妮開設兩所學校表示感謝，但她詢問了學院秋季復課的可能性。

關於家庭手工藝學校和女子中學，吳校長這樣寫道：

我明白，在目前情況下，這兩個項目是唯一可行的安排了。事實上，我很欣慰，至少我們學院的一部分——家庭手工藝學校還在。不過，你們辦的中學，應該是一個臨時的事業，逐漸地將由符合我們從前學院的項目所取代。丹尼森夫人來信說，她痛切地擔心我們學校的瓦解，希望大家盡最大努力恢復原有的學院。原則上，我同意她的看法，恢復學院必須是我們的目標，我們應該集中精力，去實現這個目標。同時，我也明白，只要日本人占領南京一天，我們要達到這一目標是不可能的。可惡的皇軍，破壞了一切，使我們回到了原點。這些日子裡，我經常夢見南京城和咱們校園。多麼盼望又和你們在一起呀。

吳校長還在信中對明妮說，丹尼森夫人將結束在美國的一年休假返回南京，所以我們可以肯定，那老婦人是會回到金陵學院來的。如果她去年冬天在這裡，她可能像明妮一樣堅守南京，可能反對在校園裡設立眼下的兩個學校，因爲她一貫堅持金陵學院必須成爲國際知名的一流女子大學的方針，期待著以此吸引更多的基金。明妮和我贊成吳校長的想法，女子中學到了一定時候自會停辦，然而此刻，它適應了本地的需要，沒有理由馬上關門。有四百多個女孩子去年秋季參加了入學考試，只有三分之一的人被錄取，被分成四個年級。正因爲如此，也因爲我們課程的質量，金陵學院在南京依然口碑不錯。

在給吳校長的回信中，關於學院不可能很快復課，明妮列出兩個原因。第一，我們必須有足夠的生源，而這一點看來是不可能的，因爲像目前這種時期，沒有多少家長會送女兒到南京來上學；第二，我們需要更強的、具有大學教學經驗的教師隊伍，這一點同樣是不具備的。明妮甚至請求吳校長，鼓勵金陵學院的員工返回南京。最近，有些外國人來到南京，多半是美國的大學教師和傳教士，可是在參觀了學校、和我們的學生交談之後，他們誰也沒有留下來的意願。明妮在信中又說：「他們只說不做很容易，可我別無選擇，只能依靠我從大街小巷招募來的中國教員。他們應付我們目前的課程還可以，可是教授大學課程，就不夠格了。」我完全贊同她的說法。

兩年制的家庭手工藝學校得到了吳校長的首肯，儘管我們從一九三四年就已經開始，現在是接著辦。丹尼森夫人一定對吳校長抱怨過我們這兩個現行的項目，堅持說，金陵學院一定要優先恢復高等教育。在去休假之前，老婦人甚至談及在這裡開設碩士生的課程。明妮對此毫無熱情，雖然她也從來沒有反對過。

她派人把給吳校長的信送到羅伯特·威爾森那裡，請他星期六到上海去時，從那裡寄出去。送信的動身之後，明妮接著做她的財務報表。不知怎地，不管她怎麼努力，十月裡的帳目就是對不上，怎麼算都差著二十六元。我們要是能僱來一個會計就好了，可那是不可能的。南京城裡一度從事什麼職業的都大有人在，可是現在，連一個像樣的會計都找不到。難怪連日本人也抱怨，他們找不到足夠的中國人才來維持一個政府。大劉經常說，他希望他的女兒美燕是學財會的。

送信人中午回來了，說有幾個國際救濟委員會的人被逮捕了。明妮給瑟爾和路易斯打電話，得知這次逮捕是由日本大使館的謀殺案引起的。昨天，有人在大使館的茶爐裡投了毒，兩名衛兵中毒身亡，另外幾個人，包括一名外交官，仍在醫院搶救。警察拘押了幾名中國僱員，審問了他們。接著，警察又去了國際救濟委員會，逮捕了六名領頭的，都是中國人。警察說他們參與了抗日活動，並宣稱這幾個人都和謀殺案有牽連。而路易斯和瑟爾敢肯定，這幾個人跟案件沒有任何關係——日本人只是利用這一案件做藉口，好解散救濟組織。這六個人裡面，有一位是我們這裡的兼職數學老師，有三人的女兒在我們中學。幾個女孩子來請求明妮爲她們的父親說情。

明妮跟路易斯說了，路易斯幫她起草了一份抗議，要求立刻釋放那六個人。第二天，她到日本大使館，把抗議信交給田中副領事，在那裡她聽說六個人被關在市中心的監獄裡。儘管他們受到拷打，給戴上了腳鐐，他們還是拒不承認幹了任何壞事。

三十

南京陷落的第一個周年紀念日快到了，全城再次進入戒嚴狀態。人們得到警告，在未來幾天內，除了慶典活動，不得在公共場合集會。金陵校園裡的學生們，尤其是中學的女生們，一直在談論如何紀念這個恥辱的日子。

紀念日頭一天的晚上，明妮把女生們召集在中心樓的禮堂。苦口婆心地勸大家不要給自己和學校帶來危險。她說，她們這個時候應該做的，就是努力學習，幫助他人，尤其是窮人，那才是對中國最好的服務，中國需要有能力的、理性的人，不需要暴民。此外，她們沒有必要讓仇恨駕馭她們的人生。

女孩子們靜默地聽著，都凝視著明妮，可沒有人敢開口反駁。即使她講完話，請大家說說自己看法，也沒有人發出一點聲音，但我可以感覺出大廳裡的緊張氣氛。我們想過用一次特別布道會的方式紀念這個日子，可是擔心這會激起學生們的情緒，我們就決定不搞了。明妮對路海交代了，大門口要嚴格把守。

第二天早上，很多女生戴上了黑紗。唐娜和愛麗絲兩人都報告說，她們班上的學生也都戴了。讓明妮驚詫的是，姍娜竟然也戴了黑紗。「你不該戴這個頭啊。」明妮責備她。

「就是她們都沒戴，我也可能會戴的。」姍娜說，摸了摸用別針別在袖子上的黑紗。

明妮很意外，接著說：「我理解你的心情，可是這麼做太冒險了。會有人告密的。」

「我也是個中國人。」

那一刻，就衝她這句話，我好喜歡這姑娘，儘管我沒戴黑紗——我主要是因爲不想給明妮的心裡添更多的堵，而且我也擔心學生們的安全。幸好，路海和守門人把守得很嚴，沒有放女孩子們出去——不管她們怎樣高唱愛國歌曲，不管她們高喊什麼口號，她們都被攔在校園內。這讓我們多少放了些心。要是有官員要求解釋，我們可以說，學校方面採取了措施制止大家對日本人的敵對情緒，可是很多學生家裡失去了親人，她們是自發地哀悼失去的家人。

有些女孩子當天絕食一天，美燕和另一個父親在傀儡市政府裡工作的學生，還打了一架。

那天下午，婁小姐來了，說玉蘭不見了。那瘋女子想進城已經鬧了好幾天，說她要在南京陷落一周年那天，去抗議日本的占領。婁小姐不住地用手指按摩著前額，說：「我幾次擋住了她，可她今天早上還是溜出去了。」

「你覺得她會去哪裡？」明妮問道。

「肯定是到城裡去了。她聽到戒嚴令後，就不住聲地大罵，說要跑去參加游擊隊，可我沒有當眞，心想她哪能找得到共產黨的行蹤。都是我不好——我應該多加警惕，不應該讓她在我家周圍亂走。」

明妮叫來好幾個人，要他們都出去找玉蘭。我說：「那瘋姑娘是咱們的喪門星。我們早就不該管她的事。」

「安玲，你胡說些什麼，」婁小姐說：「現在不是說這話的時候。」我瞪了她一眼，卻找不出一句話來反駁她。

大劉說：「那姑娘可別再落到日本人手裡。」

玉蘭雖然瘋了，人還是挺漂亮的，我們都擔心她會遇到不測。於是大家都出去找她。

明妮和我沿著珠江路向東走。一走過曾經是司法部、一年前燒壞了的那座大樓，就看到那邊大多數房子都不見了，房子原來的地方現在放著一堆堆的磚和石頭。日本人正在拆掉房屋，把那些材料用來建路，每座房子他們付兩元錢作爲補償；房主接受也好不接受也好，都得騰地方，交出房產。我們聽說過建路的事，但是沒有想到會這麼大面積拆毀。

這是一個陰沉沉、冷颼颼的日子，滿天陰霾，像是要下雪了。沿街的梧桐和橡樹被一陣陣的大風吹得搖搖擺擺，嗚嗚作響。一塊生鏽的波紋鐵皮被吹過街面，翻落進路邊的淺溝裡。到處坑坑窪窪的水窪，像一個個化了膿的巨大爛瘡，邊上都結了冰。前邊傳來爆竹的聲音，和著鑼鼓聲、嗩吶聲，一排日本旗掠過大街——那是占領軍的慶祝活動正在進行。大約近千中國人，包括一些小學生，揮著小旗，喊著口號，表示擁護日本統治。一隊男女身穿綠襖紅袍，在表演踩高蹺，旁邊有人甚至喊著：「萬歲，萬歲！」不協調的音樂聲刺人耳膜。前方的人行道上停著一輛卡車，上邊有個攝影師，腦袋和肩膀都蓋在一塊黑布下邊，正把一架笨重的照相機對著慶祝的人群。我喘著氣說：「等我們的軍隊奪回這座城，我希望把那些賣國賊都抓起來判死刑！」

話一出口，我想起自己的兒子浩文。一陣尖利的劇痛揪緊了我的心，讓我一下子噤了聲。

明妮沉默著搖了搖頭。我們在原來的中心醫院附近拐了彎，只見前邊聚集了一群人。我們看見了玉蘭，趕緊加快了腳步。

瘋姑娘站在圍了半圓的人群當中，舉著一面三角小紙旗，上邊寫著：消滅日本鬼子！她正對著人群在演說，有些人在爲她叫好。

明妮和我擠過人群，走到她跟前。「把旗子給我。」明妮說道。

玉蘭盯著她看了一會兒，然後沒好氣地說：「不給，你沒看見我正用著嗎？」

「行啦行啦，咱們回家。」我伸手抓住她的胳臂。

瘋女子閃到一邊，說：「你不過是外國佬的走狗。你跟她走就是了，別拉著我。」她拇指猛地朝明妮一指。

「求求你，玉蘭。這裡很危險。」明妮懇求說。「跟我們回家吧。」

「我早就沒家了。所有一切都被日本鬼子燒光了。」

「你不是很敬重妻小姐嗎？她發現你不見了急得要死。」

「我不想跟那個『《聖經》怪物』再住下去了。她被耶穌基督迷了心竅，還說我們都是他的奴隸。她每天都要我背《舊約》裡的詩篇。我都煩死了。我要當個自由人。」

「好吧，你可以跟我們一起住。」明妮許諾說。「你想上哪門課就上哪門。我們不強迫你做任何事，我保證。」

「滾開，你這美國鬼子！」

我抓住玉蘭的手腕，去奪她手裡的小旗，可那瘋姑娘把我一搡，大聲罵起我來。人們又喊又笑，有幾個人還慫恿她繼續發瘋。明妮對他們說：「你們捉弄有病的人，不覺得害臊嗎？她被日本人強姦過，精神失常了。你們明明知道，她站在這裡這麼胡言亂語，對她有多危險。要是你們對同胞還有一點善心，就應該散開，要不就幫我們把她弄回去。」

一些人聽後垂下眼簾，有幾個人走開了。明妮使勁拉住玉蘭的袖子，懇求道：「求求你，咱們回家去吧。」

「不走！哪裡是我的家？你把我父母都出賣給日本人了。我恨那些東洋鬼子。早晚有一天我會跟他們算帳的。」

就在這個時候，三個日本憲兵過來了，每人戴著一頂大檐帽，右側印著一面小小的太陽旗，他們的出現嚇得人群四散而逃，連玉蘭也嚇得不敢開口了。

「你跟我們走。」一個戴眼鏡的憲兵，用生硬的漢語向她命令道。

瘋女人發出一聲呻吟，轉向明妮和我。「長官，」明妮解釋說：「她精神失常了。我們正要把她帶回學校，不會讓她再跑出來了。」

「不行，她企圖煽動暴亂，必須跟我們走。她是個反日份子，我們要審問她以後，才能決定將她怎樣處置。」

「你們要把她帶到哪裡去？」

「那不關你的事。」

「我們能跟你們一起去嗎？」

「不行，你們不能去。」

「你們沒有權力拘押她。」

「你不要妨礙我們的公務！」

這當口，另外兩個憲兵已經抓住了玉蘭，她無助地尖叫著，兩腿打彎，賴著不動。明妮側目看了我一眼，我覺得左頰抽搐起來。她衝向前去，伸手要抓玉蘭，可是那憲兵伸出胳臂擋住了她。然後他朝那兩個憲兵揮揮手，讓他們拖著瘋女人開拔。他轉身跟他們去了。

「放開我的手！」玉蘭大喊著，掙扎著要脫出身來。「你臭得像個爛魚店。媽的，放開你奶奶。救命，救命，救救我！」

「閉嘴，臭逼！」憲兵左右開弓打她的耳光，她立刻沒聲了。

明妮抬腳要跟他們走，可我緊緊抓著她的胳臂，把她拉住了。「沒用的，明妮。我們還是趕快回去吧。」

那憲兵轉回身來，感覺到明妮要跟上來，又伸出了胳臂。明妮掙脫了我的手，拚盡全力向他衝去，想衝破他的阻攔。那憲兵一閃，一拳打中她的下巴。她疼得大叫一聲，跌倒在地，可她馬上爬了起來。「我絕不讓你們帶她走！」她喊著，再次衝向前去，鮮血從她嘴角流了下來。

一位中年男人從後邊把她攔腰抱住，說：「魏特林院長，千萬別再跟著他們了！」另外幾個人也走上來拽住了她，一個女人用絲手絹為明妮擦去臉上的血。

明妮捶胸頓足，眼淚順著臉頰流下來，鼻子直顫抖。「該死的！該死的畜生！」她朝著走遠的憲兵背影尖叫著。

三十一

一連幾天，明妮給各個部門打電話，又去拜訪她的朋友、熟人，要找到玉蘭的下落，但是沒人能給她答案。

路易斯正帶著他的學生們，對南京和周邊幾個縣的受損情況和人員傷亡進行普查。一天早上，他打來電話告訴明妮，聽說玉蘭現在在天華孤兒院附近的一家臨時醫院裡。明妮放下手頭正趕寫著的下學期日程安排，抬腿就往醫院跑，並要我跟她一起去。

醫院是一幢破舊的三層樓房，周圍是一道牆頭帶有四根鐵蒺藜的煤渣磚牆。這裡已經被日軍徵用，主要用於治療士兵和隨軍妓女中的結核病和性病患者。有些性工作者，就是所謂「慰安婦」，是從很遠的地方徵來的，多半是朝鮮人，少數來自東南亞。玉蘭被關在這樣一個地方，把我們嚇壞了。門口一個娃娃臉的中國哨兵把我們攔住了，命令道：「請拿出通行證。」

「我們是來看金陵女子學院一個學生的。」明妮說。

「沒有通行證你們不能進去。這是軍事醫院。要是放你們進去，我可吃罪不起。」

「我可以跟你的上司說話嗎？」

「他現在不在。」

「求你放我們進去吧。」我懇求說。「那姑娘被日本兵強姦，精神失常了。我們想把她接回去。」

他搖頭拒絕。

這時我們看見楚醫生正從樓裡出來，朝他的車走去。明妮喊了他，他看到我們很高興，走了過來。今天他穿了件羊絨大衣，戴一頂捲邊禮帽，拿著根銅頭手杖，看去更像個富商，而不像個醫生了。明妮對他說了我們來意。

楚醫生對那哨兵耳語幾句，在他巴掌裡塞進一張一塊錢的票子。哨兵帶著討好的笑容對我們說：「現在你們可以進去了。」

明妮沒有道謝，轉向楚醫生喊道：「到我們學校來啊！我們欠你一個人情。」

我也朝他揮揮手。他摘掉禮帽，「再會啦。」他喊著。然後邁著四方步走了，脖子上圍巾的一角呼搧呼搧的。

樓道裡滿是來蘇兒和腐臭的氣味。我本能地呼吸短促起來，但我盡力讓自己放鬆，調整呼吸，適應這裡的臭氣。一個穿白大褂、戴白帽子的護士正要上樓去，她帶我們上了二樓，然後指著一個門說：「譚玉蘭在那裡。我不能讓你們進去，但你們可以從門上的小窗看望她。你們有十分鐘。」

明妮從門上打開的四方小窗往裡看，呼喚著：「玉蘭，你在裡邊嗎？」

裡邊沒有動靜。我也仔細往裡看，可是也沒看見裡邊有什麼人。我閉上眼睛適應一下黑暗，再睜開去看。這回我看見那瘋姑娘蜷縮在一個角落裡，下巴枕在膝蓋上。屋裡只有她自己。我朝她叫了一聲。

玉蘭慢慢站起身，走了過來。「什麼事呀？」她咕噥著。

我站開一些，讓明妮跟她說話。「玉蘭，你怎麼樣？」她問。

「我餓，我冷。給我一個餡餅吧，要不給我一個肉包子吧。我知道你有巧克力，對不對？」

「對不起，我今天沒帶。我下次記住給你帶。」

「帶我出去吧，求求你。要是你不幫我逃出監獄，我一兩天就會死在這裡了。」

「我們一定想辦法。」明妮脫下她身上那件帶灰毛領子的呢子大衣。「拿著，先穿上這個，好嗎？」她把那外套捲起來，從窗口塞進去。

我把腦袋湊近些，從窗口仔細端詳那瘋姑娘，看她把大衣披到身上。她死死盯住明妮，瞳孔收縮，鼻涕流下來。她用手背把鼻涕一抹，然後她淒楚地咧嘴一笑，說：「把我救出去吧，求求你！」

「我會的。不過你暫且要儘量忍耐一下，好不好？」明妮說。

「你不知道他們怎麼折磨我。」

「你指的什麼？」

「我要是不聽他們的，他們就打我。」

「那就先聽他們的。只是不要讓他們傷害你。」

「我不想爲每個日本鬼子解褲帶。他們用香菸頭燒我屁股。你想不想看一看？」

「好吧。」

瘋女子讓外套落到水泥地上，解開褲帶，轉過身去。她屁股上有二十來個燒焦的血點子，看上去像一顆顆紅豆和花生。明妮合上眼睛，兩粒大淚珠流下她的右頰。

「畜生！」我低聲罵道。

我們離開了醫院。在回金陵學院的路上，碰見兩個男孩子，七、八歲的樣子，在廣州路的路邊抽陀螺。那陀螺歪向一側飛快地旋轉，不時還跳上一跳。我們經過時，一個男孩子仰起他帶疤的臉，朝明妮叫道：「洋鬼子！洋鬼子！」

我們吃了一驚，但沒有回嘴。另外一個男孩停住抽陀螺的手，對他的夥伴說：「你幹嘛那麼叫她？她是華群小姐。」

「對啦，」我開口了，「你媽媽應該教你懂禮貌。」

明妮在寒風裡微微發抖，用手抓緊衣服領子。臉上有疤的男孩仔細看了看她，然後轉向他的夥伴。

「你是說，她是美國院長？」

「沒錯。」

他倆開始一齊高喊：「華校長，女菩薩！女菩薩！」

「噓，不要那麼叫我！」她對兩個孩子說。

可是他們一邊繼續喊著「女菩薩！」一邊帶著陀螺跑開了，把帶皮梢的麻鞭甩得劈啪直響。

明妮搖了搖頭。乾樹葉子在我們前方隨風翻滾著，活像一群老鼠，中間混雜著糖紙和已成爲廢紙的鈔票。

明妮找了普萊默·米爾士，向他請求幫助；他是快解散了的國際救濟委員會主席。可是玉蘭只是一名個人，不屬於任何組織，對她的拘押，並不損害日本與任何社會組織或宗教組織之間的關係，所以普萊默想不出什麼辦法來救她。楚醫生成了唯一有可能幫助我們的人。雖然他不在那家醫院工作，但可能在那裡有關係。

明妮邀請楚醫生到金陵學院來吃飯，給了我三十元去準備晚宴——雖然錢不多，也足夠辦這樣一個宴席了。我在家裡備好飯菜，除了兩個美國老師唐娜和愛麗絲外，還邀請了幾位中國員工。

明妮對晚宴驚嘆不已，說她絕沒有想到會是這麼豐盛，是不是我往裡邊搭進了自己的錢。我是搭了一些，只是幾元而已。我開玩笑說，我們中國人熱中的就是食物和臉面，所以，即使在眼前這樣困難的時期，我們還是會把生活可能提供的樂趣發揮到極致，把一頓飯弄成一個小宴席。我準備了兩隻烤雞，炸了一條大鱸魚，燻鴨，還有紅燒肉。耀平拿出了他唯一的一瓶五糧液，還有些杏露酒。

明妮向楚醫生致謝，提議代表學校、也代表六月裡被放出監獄的那些人的家人，向楚醫生敬一杯酒。我們都碰了杯、喝了酒。愛麗絲和唐娜滴酒不沾，她們以茶代酒，可明妮必須要喝一點，好讓客人高興，讓主人——我丈夫——也高興。耀平說話不多，但是一直面帶笑容。他終於能讓自己高興起來一些了。我則不停地和幫手們忙著及時上菜，讓大家吃好。

楚醫生穿了身中式棉袍，讓他看上去像個鄉紳，還梳了個中分頭。「高先生，你告訴我，」在痛飲一口之後，他放下酒杯，對耀平說：「這瓶五糧液你花了多少錢？」

「四元一瓶。」

「你不可能用那個價錢買來真貨。」

耀平哈哈大笑。「我也可以嘗出來它是假的，可在黑市上能看到的酒裡，這是最好的了。」

「這還不錯——喝起來像是只用高粱一種糧食釀出來的。不過它可以帶回美好的記憶。」

「是啊，我們就把它當『二糧液』喝好了。」耀平乾脆地說。

茹蓮把二人的對話翻譯給愛麗絲和唐娜聽，她倆都咯咯地笑了。

明妮提到玉蘭，楚醫生告訴她：「我不知道能不能幫你把玉蘭弄出醫院，不過我可以給你搞張通行證，這樣你就可以去看她了。」

「多謝啦。」明妮說。

我知道他是一個誠實的人，如果他可以辦到更多的話，他一定會辦。楚醫生又談起鎮江的形勢。去年冬天，在占領南京前一個星期，日本人先占領了鎮江，把那城市毀得厲害。「比這裡還慘。」楚醫生說。「他們殺了好多人，到現在那城裡還是空蕩蕩的。我父母的房子成了一個軍人俱樂部，夜總會那類的。」

飯桌上的每個人，雖然說的都是些悲傷的話題，語氣卻都很平靜。唐娜搖搖一頭褐色捲髮，轉著長睫毛的眼睛，說：「你們中國人不恨日本人嗎？」

「我更恨賣國賊。」姍娜回答。

茹蓮說：「要是中國人把自己的國家不斷賣下去，我們就該當亡國奴。」我瞪她一眼，可她還是說下去，「我是說，要征服中國只有從內部才有可能。」

愛麗絲眨著她灰藍色的眼睛，似乎對他們的談話半懂不懂。「我在日本的時候，那裡大多數人都很禮貌，很溫和。當然他們相信戰爭對他們國家有好處，可凶狠和殘暴的人幾乎沒見過。老實說，我在那裡覺得很安全。」

明妮把她的話翻譯給客人和我丈夫聽。這話讓全桌人沉默了好久。楚醫生說：「在戰爭中，勝利把所有的暴力都合理化了。徹底的勝利意味著徹底消滅敵人。事實上，我相信，日軍以各種各樣的罪惡行爲來慶祝勝利、來獎勵和滿足官兵們。所以他們做壞事大張旗鼓，甚至把砍人頭當成一種遊戲。」

「這話不錯。」明妮表示同意。「後來到我們學校來的一些士兵倒挺有禮貌，行爲端正，跟去年冬天那些殘忍的傢伙完全不同。」

「我仍舊恨他們所有的人。」我插嘴說。

「好啦，」耀平說：「你應該愛你的敵人。」

這話讓全桌人都忍不住大笑起來。另一間房裡，帆帆在睡夢裡咿咿呀呀，麗雅則在哼著催眠曲，她的聲音甜美，像是童聲。

楚醫生站起身來，舉起酒杯，提議再乾一杯，因爲動了感情，他的嘴都有點歪了。「讓我們爲這位偉大的女性乾一杯。」他指著明妮。「她不僅保護了上萬名婦女和兒童免遭傷害，而且還致力於教育弱者和窮人。讓我這麼說吧：她是一個眞正的男子漢——超過這座城裡任何一個男人。中國不缺聰明的人——我們中國人太聰明了，也太功利了。這個國家需要懷著眞誠之心，願意奉獻並且埋頭苦幹的人。」

明妮也站起來，可沒等她開口，我們已經一齊喊出「乾杯！」又碰了杯。

她呷了口杏露酒，然後說：「請把我們做的一切都看作是基督徒的職責。我們每一個人，在同樣情況下，都會做同樣的事。前幾天，我在丹尼森夫人送給我的教友會日曆上看到這樣一句格言，我想在這裡跟大家分享：『行不可能之事，是人生之光榮。』」

大劉建議：「對，讓我們爲今後不可能的任務乾杯。」

幾個人笑起來，我們都把杯子裡的酒乾了。

飯後的甜點，我們端上了核桃、蜜橘、炒栗子，還有茉莉花茶。我拿出一小籃五香南瓜子，大家邊嗑邊聊天。

假五糧液上了楚醫生的頭，打開了他的話匣子。他帶著醉意，不停地說，他作爲一個男人深感羞愧。對於他來說，南京悲劇的起因簡單又明瞭，中國男人們應該承擔責任——他們沒能打退侵略者，所以他們的女人和孩子才遭受了強暴和殺戮，明妮這個外國女子，才不得不站出來拯救生命，幹那些超出常人能力的事情。說著說著他哭了起來，堅持認爲自己同樣算不上個男人，若是沒有懷著拯救中國的一腔青春熱血從德國趕回來就好了。這個國家是個沒有希望的泥沼，一個沒有盡頭的噩夢。「它是一個永恒的心痛！」他斷言道。他應該去義大利，或去瑞士，或任何一個東歐國家，有了德國頂尖大學的醫學學位，他可以到任何地方去行醫。一句話，他說自己是一個窩囊廢兼白癡，把自己放到敵人的手裡。難怪有人把他當作賣國賊。

他這些語無倫次的瘋話觸痛了我的心，因爲我想起了自己的兒子。浩文一定也有過和楚醫生一樣的絕望；他可能感覺更糟，因爲他直接就在日軍裡服務。過了一會兒，楚醫生平靜了下來，重新用和藹的聲音跟大家交談。晚宴結束時，他不肯讓大劉陪他回家。他說：「這個城裡沒有哪個日本鬼子敢擋老子的道。」

三十二

十二月底，我們又得到浩文的消息。他寄來了一封信，裡邊還有一張照片，原來盈子生了個孩子，這就是說，我們有了孫子，高家有後了！我看後憂喜參半，耀平倒是很興奮，甚至回想起他自己在日本當學生的日子，他直到現在對那段時光的回憶都是美好的。他曾經說過，日本女子可以當很好的妻子。我並不是跟我們的兒媳過不去，她看上去是個好姑娘，可我不知道她和浩文，現在又加上個孩子，能不能過上幸福的生活。兩國之間的槍炮對陣會給他們的婚姻投下深長的陰影。

照片背面，我兒子寫了「盈子和阿眞」幾個字。那孩子有浩文的圓眼睛和蒜頭鼻子，沒有他母親光滑的面頰和細眼睛。盈子那鵝蛋臉上的表情，有一種上了歲數女人的寧靜和溫柔，那是已經有了一群孩子的女人才會有的表情。當我端詳著她，她的嘴唇似乎翕動起來，說著什麼我聽不明白的話。我放下照片，眼睛濕潤了。

耀平和我商議要不要跟浩文要來盈子的地址，好寫信給她，但我們決定，戰爭期間還是不跟她直接聯繫爲好，那樣或許會讓我們全家，也許還有她的全家，都陷入困境。總有一天，如果阿眞和他母親不能來中國看我們，我們會去日本看看孫子。理想的是，浩文能夠把妻子和兒子帶回中國。不過此時此刻，我們對這事情要保密。一旦讓別人知道了，我們全家可就丟人了。

孫子的照片我只給明妮一個人看了。「照得多好啊。」她說。「母親和兒子都那麼稱心如意的樣子。盈子是幹什麼的？」

「是教小學的。」

「我要是你，會馬上去看望他們。」

「明妮，你是美國人，可是有幾個中國人在戰爭期間能到日本去呢？你可不要把我們家跟日本人的關係告訴任何人，好嗎？」

「沒問題，我對誰也絕口不提。」

然後我們商議三個女孩子的事——美燕和她兩個同班同學離校出走了，說她們要到內地去找抗日隊伍。我們學校的老師在下關火車站把她們截住了，因爲她們沒有通行證，買不了車票，被困在車站了。我狠狠訓斥了她們幾個，要罰她們到伙房幫廚一個星期，大劉十分贊成，可是被明妮阻止了，她說還是讓她們準備期末考試的補考吧。她給了她們幾天時間去複習功課。

那天晚上，美燕到我家來找麗雅，把悄悄借了當旅費用的十元錢還給她。她倆現在是朋友了，可是有我在場，美燕說話有所拘束，所以我就待在廚房裡，一邊餵帆帆吃飯，一邊偷偷聽著她倆在客廳裡談些啥。

「對不起，我沒告訴你我的打算。」美燕說。「我怕你媽會告訴我爸知道。」

「不要緊，」麗雅回答，「要不是有個孩子，我也跑了。」

「你打算上哪兒去？去找你丈夫嗎？」

「我壓根兒不知道他在哪裡。我只是想找我們隊伍去。」

「哪個隊伍——國民黨的還是共產黨的？」

「只要能打日本，哪個隊伍都一樣。他們害死了我的孩子，我到現在都時常看到我女兒的樣子。」

麗雅相信，她流產流掉的那個孩子是個女孩，也許因爲她懷孕的日子，早上從來不嘔吐。

「你沒生我氣，我就放心了。」

「你們三個本來打算去哪裡呢？」

「我們計畫往長江上游去。心裡沒有明確的目標。」

「你們不是想參加抗日組織嗎？」麗雅問她。

「是想啊，不過說實話，我不介意在沒人認識我的安靜地方住下來。我也想過一種平靜日子。」

「現在到哪兒能找到這麼一個地方？」

「問題就在這裡——剩下的唯一選擇就是參加抗日組織了。要是有一個沒遭破壞的修道院，我也樂意去。」

「得啦，你不想找個好男人，成個家？」

「這要等到我們把日本人趕出我們國家之後。」

她們的話讓我考慮了很多，在某種程度上改變了我對美燕的印象。我曾經覺得她只是個愣頭青，但現在我能看出來她也渴望過正常生活。

聖誕節後不久，耀平過去在日本的一個同學來看望他。那人個子很高，氣色不錯，穿著一件西裝，皮鞋鋥亮，用一把長傘當手杖。他看上去像個已屆中年的公子哥兒，話語親切，帶著東北口音，管我叫「嫂子」。耀平把他請進裡屋，兩人喝著茶，嗑著瓜子，聊了幾個小時，一直到深夜，我則不時提著水壺進去給他們添茶水。我沒上床睡覺，就在客廳裡的一把椅子上打起盹兒來。他們的聲音忽高忽低，有幾次兩人似乎爭吵起來。

那人走了以後，我丈夫變得坐立不安，吸著菸斗在屋裡踱來踱去。他發出長長的嘆息，又搖了搖頭。

「他來幹什麼？」我問耀平。

「他們準備建立一個新的國民政府，他要我也參加進去。」

「就是說，他們要給你一份工作？」

「是的。」

「是什麼機構呢？」

「文化部或是教育部。」

「做什麼事情？」

「副部長。」

「官不小啊！」

「我知道。很顯然，他們找不到幾個能勝任的人了。正常年月，哪會有人想到讓我當副部長。可我不能去爲傀儡政權效力，那樣做就是叛國，誰也不會原諒我的。想一想吧，一旦中國打贏了這場戰爭，我會是什麼下場。」

「你相信我們會打勝嗎？」

「我也沒把握，但沒把握並不是爲傀儡政權做事的理由。我不能毀了咱們家的名節。何況，我們的兒子已經在日本人手底下了。」

「我同意。你拒絕那人了嗎？」

「當然沒有。我不能直截了當地拒絕，那是找死，所以我跟他說，我會認眞考慮的。那人談了好半天曲線救國。」

「那是什麼意思？」

「他說，我們應該和日本人合作，這樣我們至少可以讓中國的一部分免遭徹底毀滅，免遭支解吞併。我沒法反駁他。」

「這種說法，前提是日本會打贏這場戰爭。」

「沒錯，可我該怎麼辦呢？」

「什麼時候你得給他回話？」

「三天之內。」

「要不你到哪裡去躲起來？到瑟爾或是路易斯他們那兒去？」

「這個麼，傀儡國民政府就要在這裡建立，所以，如果他們發現我人還在城裡，他們是絕不會放過我的。天哪，看樣子我不能再留在這裡了。」

我很高興耀平沒有受到誘惑而動搖，儘管他曾經談過多次他多麼喜歡日本，包括日本貨（他曾經有過一塊精工牌懷錶，銅蓋裡邊還帶指南針的）。可是這事不僅僅是他個人操守或我們家名節的問題。如果他爲傀儡政府效勞，他可能會被地下愛國者殺掉。就算他們不殺掉他，他早晚也會受到國民黨或共產黨的懲罰。他會變成一個人民公敵，我們全家都會因爲他而遭殃。

我們商議了好幾個鐘頭，最後定下來，他應該離開南京，到四川去投奔他們的大學。我們考慮了是不是全家都跟他去，但又想到那樣太招人注意了。還有，我也不能丟下我在這裡的工作。我催他別耽擱了，儘快上路。

第二天晚上，他動身先到南邊的牛首山去，他可以在那裡暫時先躲在一個朋友家。他隨身帶了一個手提包，裡邊裝了幾本書和兩身換洗衣服。他沒有通行證，只能步行和搭便車離開日本占領區，再設法乘船或火車去內地。我把家裡的將近八十元錢都給他帶上了，囑咐他不要喝太多的茶，免得加重他的關節炎。臨上人力車的當口，他擁抱了我、麗雅和帆帆，說他一定會想死我們的。然後他上了車，朝我們揮揮手。我們看著他瘦削的臉龐在黑夜裡漸漸模糊，直到消失。

三十三

露絲·切斯特回信了，說他們給五個盲人女孩子在上海找到了一所學校。我們十分高興，明妮派茹蓮送孩子們去。盲孩子們都不願意離開，但我們對她們講，到了特殊學校，讀書的條件會好得多，生活上也可以得到更周到的照顧。更好的是，上海比南京要安全。明妮給了她們每人三元錢——這錢是日本軍官利川少佐捐的，他曾兩次造訪金陵學院，被這裡的課堂深深感動了，說他在神戶的女兒也在上基督教學校。我們沒告訴孩子們和任何人這錢是從哪兒來的，拿到錢的五個孩子都很高興。

一月四日下午，我們坐著明妮向路易斯借來的一輛大號汽車，出發去下關火車站。明妮開車。我一向欽佩她的能力，能做普通中國女人做不到的事情：開車、騎腳踏車、打球、養狗、登山。我們開上寧漢路的時候，我提醒明妮：「記不記得你說過要教我開車？」

「我當然沒忘，會教你的。等戰爭結束，我要在這裡給自己蓋個房子，買輛小轎車。」

聽到這話，我很高興。我要是能像她那麼能幹該多好。這裡的很多人把她看做「一個眞正的男人」，敬佩她高大的體格，和她作爲領頭人的能力。

開過福建路，快到挹江門時，我們看見更多的房子被夷爲平地——這一帶比去年冬天看上去更荒涼了。過去的交通部，現在變成了一個巨大的院落，周圍由鐵絲網圍起來，裡邊排著十多座簡易房，是軍用物資的倉庫。一路上，無人的房舍大多數都被拆掉了，磚頭木料堆成山，準備拉走。不過火車站一帶卻是人聲喧鬧，小販們沿街叫賣著，街面上滿是小店鋪，賣著飲料、水果、糕點、香菸和酒。車站是一座帶圓閣尖頂的三層小白樓，幾個票販子在車站周圍轉來轉去，朝著過路的人揮著手裡的車票。

所有的火車時刻都是按東京時間，比中國時間晚一個小時。車站大廳內，買票的人排成兩隊。一條隊短短的，那是日本旅客；另一條隊長長的，足有一百多中國人。茹蓮排在長隊的末尾。可是這條隊前頭的那扇小窗一直關著，只有短隊在往前移動。離我們不遠，站著一個細瘦的日本辦事員，身穿一身藍制服，黑帽簷鋥亮。我們擔心茹蓮和孩子們會趕不上火車。明妮走到那人跟前，說：「看見那些字了嗎？」她指著大門上方的標語，上面寫著醒目的大字：「中日攜手，建立大東亞共榮圈！」

那人點點頭沒吭氣。明妮又說：「你不覺得你們對待這些中國旅客的方式，違反了日本的政策，破壞了東亞共榮嗎？」

他心裡有數地咧嘴一笑，露出被菸熏黃的牙齒，可他還是一聲不吭。然後他慢慢踱回到辦公室去，一分鐘後，另一扇小窗開了，開始向中國人的長隊賣票。

窗外，一列火車進站了，震顫著停了下來，吐出了成百的旅客。新到南京的人再也不用在來蘇兒水裡洗手，也不必用殺菌水漱口了，衛兵只對兩名出站的青年人搜了身。生活又恢復了正常——除了憲兵還是要查驗所有人的證件。

茹蓮拿著六張火車票和兩張月臺票回來了，我們一起領著盲女孩們走出大廳。辦好行李託運後，我們來到二號站臺。在月臺的最西頭，大約四百名日本士兵懶懶地在等車，有的躺在擔架上，有的坐在鋪著水泥板的地上。有幾個人揮打著胳臂，又是呻吟又是喊叫。二十來個年輕的日本婦女，有的還不滿二十歲，在這群士兵當中穿行，把飯糰和水壺遞給大家。有幾個在餵著裹滿繃帶的傷兵。他們旁邊停著一節臥鋪車，裡邊是一些受傷的軍官，在吸菸喝茶，有的在打牌。車廂的窗戶蒙著一層霧氣——裡邊一定很暖和。月臺上的傷兵雖然有人照料，可在我看來，他們還是像一袋袋垃圾，在灼灼的陽光下，被扔得到處都是。這個場面讓我想起一年多前在這裡看到的中國傷兵。多麼不同的情景啊，然而這些傷兵，多少有些類似那些被自己的將軍們拋棄的中國傷兵。這裡的每個人都有一副慘狀，像是快被榨乾的老人。

軍官的臥鋪車廂前頭，停著三輛敞篷貨車，上邊裝滿了車輛——卡車、轎車、救護車、蒸汽壓路機、吉普——等著被運往日本。此刻我明白了，日本人為什麼要沒收中國人駕駛的汽車了。

去上海的火車來了，茹蓮和五個盲人孩子上了第三節車廂。一扇窗戶打開了，他們透過窗戶朝我們揮手。明妮走近一些，對她們說：「多加小心啊。」

「我們會想你們的。」一個女孩子說著，聲音哽住了。

我也走上前去，拉起她們的手。一個火車頭鳴著笛，沉重地喘著粗氣，在另一條鐵軌上緩緩爬進車站。我們來不及再多說，一位列車員叮叮咣咣關上了車門；火車發出一縷長長的嘶聲，噴出一團蒸汽，然後開始移動。四隻手，三隻小些一隻大些，伸出窗戶，向我們揮動著。明妮朝她們飛了個吻，我也跟著飛了一個。

回來的路上，我們在挹江門被攔下了，因為明妮沒帶霍亂注射證明；沒有那張證明，新來的人是不許進城的。一個軍官把她帶進附近的一間小房，命令她打一針預防針。她不肯，堅持說她不是新來的，只是偶然把她的醫療證明忘在城裡家中了。「你看，」她對那個一臉粉刺的人說：「我車裡沒有任何行李。我住在城裡，是南京居民。」她爭辯了五、六分鐘，那人沒再要她打針就放她走了。他警告她說，從今往後，她再進出城門，必須帶齊所有的種痘證明。

三十四

中學的學生們都放寒假離開了學校。現在我們的教職員工可以放鬆一下了。唐娜和愛麗絲去上海度假期了。普萊默．米爾士新年過後離開南京一個星期。隨著國際救濟委員會的解散，他覺得這裡已經不需要他了。普萊默告訴我們，他在上海會想辦法把那六個國際救濟委員會的人從監獄裡弄出來。明妮請他把玉蘭也算在一起，他答應了，不過他說，怎麼把她也算進來，他仍是沒有把握。明妮每天都要看看有沒有信來，希望普萊默有所進展。她私下告訴我，從現在起，不論何時我們向日本人提出放人的要求，她就要把玉蘭和那六個人合到一起。我覺得，這對救出那個瘋女子，可能是一個有效的辦法。雖然沒接到普萊默的來信，我們對他為這事情的努力仍抱希望。他是一個好人，真誠，值得信賴。

天空中的滿月又開始變得越來越細瘦，天空一夜比一夜更黑了。一月裡的第三個星期，丹尼森夫人給教職員工的聖誕禮物寄到了，是一個大包裹，足有七八十斤重。每一年，老太太都會花上至少一百元，給校園裡的僱員送禮物——我們每個人，包括廚子和看門人，都會得到一份。她和明妮一樣，中文說得很流利，瞭解我們中國人，連我們的風俗習慣她都遵守。她們兩位都在中國居住了幾十年，中國人的一些特性已經滲透到她們的骨子裡。跟這位首任校長不同的是，明妮只會在春節時，給少數幾位朋友送禮物。她爲的是不去搶那老太太的鋒頭，也知道上司送禮物太多的話，會吊高僱員的胃口。她問過我想要什麼禮物，我說丈夫和兒子都不在家，想要她除夕夜到我們家來一起吃年飯。她答應了來。

收到丹尼森夫人禮物兩天後的晚上，全體教職員工聚集在南山宿舍樓，明妮爲大家舉辦了一次晚會，把禮物分發給大家。禮物中有罐裝的碧螺春，袋裝的葡萄乾和開心果，帶拉鏈的中英文對照的《聖經》，香菸，罐頭水果，豬肉鬆，甚至還有幾包鞭炮，是送給有孩子或孫子的員工的，不過，送給明妮的兩個鮮芒果已經變黑，不能吃了。可她又得到了一本教友會日曆，讓她很開心。「太可惜了。我還從來沒有吃過芒果呢。」路海說。他的禮物是一條花紋領帶。

明妮笑著對他說：「我會記著哪天給你弄幾個來。」

我得到一件絨衣，還有一條花圍巾是給麗雅的，一包芝麻軟糖是給帆帆的。丹尼森夫人在很多禮物上都標上了名字，所以我們分發起來很容易。老校長在所有事情上都是很細心的，尤其在這類小人情上。

大劉舉起一支二踢腳說：「老天，這年月誰敢放這傢伙？日本人恨不得衝來搜查武器呀。」

大家哄堂大笑。每個人都很快活，房間裡喜氣洋洋，煙霧騰騰。

明妮給我們讀了丹尼森夫人的來信。老校長表示，禮物恐怕會到得晚了，我們就把它們當作既爲慶祝聖誕節也爲慶祝春節吧。今年的春節是二月十九日，還有一個月呢。這些禮物，表達了她對我們每一個堅守金陵的員工的感謝。她還說，她很快就會回來和我們一道工作。

第四部
此恨綿綿

三十五

丹尼森夫人於一九三九年三月中旬回到金陵學院。和她一起來的還有她的助手楊愛鳳；愛鳳曾在學院裡教過不少課程，像園藝學啊，兒童教育啊，還有家庭衛生。明妮為他們舉辦了歡迎晚會，全體教職員工都參加了。大家又見到丹尼森夫人，情緒都很熱烈。

從職務上說，老太太現在只是我們學校的顧問了，可她把學校看成是她自己的。她已經六十九歲了，儘管亞麻色頭髮已經灰白，又因為慢性背疼顯得有一點點駝背，可她身體還健康，一點沒發福。對你長篇大論時，她會不停地打著手勢，長臉上不停在笑和哭之間變幻表情，一雙褐色眼睛變得火熱。而大多數時候，她總是愁眉苦臉的樣子，彷彿剛剛遭遇了什麼不幸。她告訴我們，美國很多曾經給金陵學院捐款的富有家庭，都因為學校的前途未卜，不願掏錢了。

第二天早上，我帶著她在校園裡到處看看。我們來到家禽中心，茹蓮熱情地迎接了教過她的丹尼森夫人。老太太滿意地看到，茹蓮依然在做實驗，還欣然地聽說，有些母雞一天能下兩個蛋。想想吧，要是我們國家三分之一的母雞都這麼個下法，這個實驗對於中國人的餐桌，該有多麼了不起的貢獻！突然，一隻母雞咯咯咯嗒地叫起來。「一定是『媒婆』。」茹蓮杏眼一轉，邊說邊走進雞舍。她給她掌管的每隻雞鴨都起了名兒，「媒婆」是一隻小黑母雞，經常帶著一群母雞去找公雞。

茹蓮一會兒就托著一個老大的紅皮蛋回來了。「看，這隻雞經常下雙黃蛋。」她把蛋遞給丹尼森夫人看。

老太太兩手捧過蛋。「哦，天吶，還熱乎呢。」

「給你了。」茹蓮說。

「眞的呀？」

「眞的，雙黃蛋孵不出小雞。」

丹尼森夫人掏出一條亞麻手絹，把雞蛋包起來。茹蓮找來一個糕點盒子遞給她。「這太好了。」老太太說著，把小布包放進紙盒。

我們接著來到校園後邊的花園，難民在這裡造成的損壞依然可見，好在樹葉都長出來了，一些灌木上也開出蓬蓬鬆鬆的花來。學校各處這麼轉上一遭，老太太十分不悅，整個校園內，只有從大門通向前院那條約有二百米的柏油碎石路，還算讓她滿意——那是明妮找人給鋪設的，只花了平時三分之一的價錢。

「這裡還是像個難民營。」丹尼森夫人說著，眉毛擰成了疙瘩。

我沒吭聲，知道她一定不喜歡家庭手工藝學校裡有那麼多的窮女學生。我們站在小橋上，橋下的溪水從圖書館樓後邊的池塘蜿蜒流來，流向寧漢路旁邊職工樓附近的另一個池塘。水裡有一群白鴨子，安安靜靜地划水而過。不遠處的灌木叢裡，幾隻黃鶯在快樂地嘰嘰喳喳，像是春意盈盈；可是在南邊，一隊轟炸機嗡嗡飛過，一會露出身影，一會兒隱沒進在蔥蘢的山頂之上翻捲的雲中。哪座城市今天要挨炸彈了，不知是寧波還是福州？

「我們一定要把學校恢復起來。」丹尼森夫人邊說邊搖頭。她的臉色發灰，眼裡閃著痛苦和憤怒。

「對，我們一定要。」我也重複著。

「該死的日本人——把什麼都毀了！」

「你覺得他們會讓我們恢復學校嗎？他們的方針可是反基督教的。」

她深深地嘆息一聲。「我不管那些。我只想讓金陵學院還是過去那個金陵學院。」

明妮已經把教務長的大辦公室分給丹尼森夫人了。老太太和愛鳳暫時住在南山宿舍，在一樓的一個五間房套間裡。她倆都喜歡這個安排。丹尼森夫人不必教課，但愛鳳開始在家庭手工藝學校裡教一門兒童撫育課。很多學生都是當媽媽的，她們想不出這個還未結婚、肚腹平坦、笑眉笑眼的柔弱女子，怎麼能教給她們照看孩子、讓孩子健康成長？可是聽過幾次課後，她們就對她心服口服了，都驚嘆她對這一行懂得如此之多。我喜歡愛鳳，她人很隨和，又從不搬弄是非。

明妮讓愛麗絲去美國大使館取回來了丹尼森夫人的結婚銀器。那個大皮箱，是被一個俄國潛水員從沉到江底的班乃號炮艇上打撈上來的，已經變了形，裡面的銀器都鏽跡斑斑了，可是老太太並沒生氣，只說：「如果有人出個好價錢，我就把這套東西賣掉。反正我們學校需要資金。」

我欽佩她這麼大方。明妮在把箱子送出去之前，先把學校最重要的文件都複製了一份，特別是那些後來在箱子裡被水泡壞了的，幸好有了備份。丹尼森夫人為此大大表揚了明妮。我很高興這兩個女人似乎相處得不錯。

一個星期後，老太太染上了沒有哪位醫生能診斷出來的病症。我擔心她可能中風了，因爲她的症狀是感情不能自制，甚至在來客面前，她的眼淚和笑聲都無法控制。據愛鳳說，丹尼森夫人爲學校的狀況感到心碎，一個人時，她就忍不住地嘆氣，還經常流淚。她對愛鳳說過實話：「就連我丈夫去世，我都沒有覺得這麼難過，好像我這輩子全完了。」大多數時間裡，她躺在床上，連飯都在臥室裡吃。我們都知道，她打算把金陵學院辦成中國第一的女子學院。從創辦伊始，她就強調：「我們追求的是成爲中國的衛斯理學院。」這話很討衛斯理畢業的中國第一夫人的歡心——蔣夫人和兩個姊姊一道，爲學校捐款修建了一座宿舍樓、一座練習館，以紀念她們的母親。這兩個樓房都是在明妮的監工下修建的。

在此期間，明妮收到了普萊默．米爾士的信，他說國際救濟委員會那六個人可能很快就會出獄了，不過玉蘭的事情沒有進展。普萊默信裡寫道，那個瘋姑娘被定爲精神病患者，所以日本人不會考慮釋放她，依據是，她可能會擾亂公共秩序。普萊默跟我們道了別，他馬上要返回美國了。

明妮和我又去看望了玉蘭。那姑娘看上去臉色不好，比她實際年齡要老六、七歲；顯然，他們不許她出去呼吸新鮮空氣和曬太陽。現在她關在一個小房間裡，同屋還有另外一個十幾歲的女孩子，也是個瘋子。她倆每人有一張小床，經過許可，可以有人來探視。明妮遞給玉蘭一包柿餅，瘋女人用牙齒撕開口袋，咬了一口結了糖霜的柿餅：「哎呀，太好吃了！我好久沒吃過這麼好吃的東西了。」她的眼睛發著光，因爲用力咀嚼，下巴扭過來又扭過去。天氣這麼暖和，她卻還穿著明妮那件呢子外套，不過上面的毛領不見了。我們上次給她帶來的外衣哪裡去了？我心裡疑問，但嘴上沒說。

「你喜歡吃就好。」明妮說著坐在房間裡唯一的凳子上，我則坐在另外那個女孩的小床上。

玉蘭問她的難友：「小貓貓，你要不要吃點兒？」

「不要，我只吃新鮮水果。」那女孩喃喃說道，一個勁用一根長火柴棍掏耳朵。

「其實她只吃米飯，連蔬菜也不吃。」玉蘭告訴明妮。「有時候她一連兩三天都不吃東西，他們只好把她捆起來，硬餵她吃。」

「她是什麼毛病？」明妮問。

「她是精神病。日本鬼子當她的面殺死了她父母，還一刀捅在她脖子上。」確實，那女孩的後脖頸上，有一道青紫的傷疤。

明妮問小貓：「我下次來的時候，你想不想讓我給你帶點什麼？」

「給我帶把刀來，長長的，快快的刀。」那女孩從牙縫裡迸出這句話，兩眼閃光。

「你瞧你瞧，她瘋勁上來了。」玉蘭叫起來，「不過我也可以用一把大刀，這樣就沒有哪個男人敢靠近我了。」

我們答應玉蘭會再來看她，並給她再帶件衣服和裙子來，然後就離開了。走出大門時，不知怎的，明妮說：「我恨不能在這樓裡放一把火，然後趁亂把玉蘭和小貓偷偷帶走。」

「好主意。」我說。

她咧嘴一笑，嘴角皺了起來。

我們順路到天華孤兒院去看望莫妮卡，她熱情地迎接了我們，不過她兩頰粉紅，亞麻色頭髮比以前更稀疏了，眼睛下邊的眼圈也更黑了。她承認自己患了肺結核，不過她微笑著說：「如果上帝要招我回去，我已經準備好了，隨時可以上路。」她這麼說，彷彿她渴望解脫，一咳嗽就把手巾按在嘴上。

我心想，讓莫妮卡繼續和孩子們待在一起合適不合適？她不會傳播病菌、把肺病傳染給孩子們嗎？日本人對環境和衛生講究得要命，爲什麼他們就不管她的事呢？也許，對他們來說，這些孤兒不過是些雜種而已。

我們沒碰護理員倒給我們的茶，不過跟莫妮卡談了好久。孤兒院裡的孩子現在少多了，一共只剩十七個；有十一個還不會走路說話。他們看上去都營養不良，有幾個孩子直瞪瞪地看著大人，不說話，也不眨眼。我忍不住想，他們的腦子大概都有問題。

「這男孩子的爸爸是日本人。」莫妮卡指著一個骨瘦如柴的嬰兒告訴我們，那孩子的臉有點皺縮。

「你是說，他媽媽把他扔掉了？」明妮驚訝地問。

「是的，有些中國婦女，尤其是未婚的女子，不想要這些日本軍人的孩子。」

「我不怪她們，可是拋棄無辜的孩子是一種罪孽。」

莫妮卡發出一聲嘆息。「我們有八個混血兒。」

「我分不清日本孩子和中國孩子。」明妮說。

「我也分不清。」我插嘴說。

「他們的確不容易辨認。」莫妮卡告訴我們。「有五個嬰兒是他們的媽媽送來的，還有三個是個中國警察送來的——都是他在廟門口撿到的。」

「那些大一些的孤兒哪去了？」明妮問道。

「你是說那些六、七歲的孩子？」

「是的。」

「我們把他們送到長沙的教會學校去了。」

明妮的臉上放光。「莫妮卡，你做的是天使的工作啊。」

「你以爲我不知道你在幹啥嗎？」莫妮卡修女笑了，她深陷的眼睛在閃亮，憔悴的臉龐現出皺紋，卻是十分寧靜。「千萬當心。日本人和他們的走狗都恨你呢。他們不想讓基督教在中國生根和發展。」

「我儘量不被嚇倒。」明妮說。

「對，恐懼不是生存的方式。如果靈魂是永生的，那麼死亡不過是生命的一個階段罷了，我們沒有什麼值得恐懼的。」

「你說得對。」

我被莫妮卡的話打動了。這個修女最多不到四十歲，卻顯現出這樣的沉靜，即使如此破舊的孤兒院，仍讓我聯想到惡浪中的綠洲。

回到學校，我往一個玻璃廣口瓶裡灌滿了魚肝油。約翰．馬吉很久前送給我們的兩大桶魚肝油都由我保管，自從去年冬天以來，羅伯特．威爾森在給一些女孩子做過檢查之後，指示我們每天給這裡的每個學生都服用一勺。明妮派本順把那瓶魚肝油給莫妮卡送去，並寫了一個條子，說她每天都需要吃上一些。

三十六

我丈夫來信了，說他已經離開四川到昆明去，投奔西南聯大的同事們。他沒法定期寫信，擔心那些想拉他到傀儡政權裡幹事的人，會發現他的行蹤，而來找我們的碴。只要他本人安全，麗雅和我就放心了。我的女婿萬穆也有信來。他跟著情報部門一直在各處活動，不過一切都好，正投身於對日作戰。他很想念妻子和兒子，卻又不可能回來看望他們。麗雅有時候會感到沮喪，夜裡偷偷地哭，不過在白天，她總是顯出一切正常的神情，做自己應該做的那攤子事兒。有一次她向我承認，經常夢見萬穆，擔心他們可能再也見不了面了。她問我，要是他碰見別的合意女人可怎麼好？眼下這種年月，軍人們的日子往往過得放蕩不羈，他們不會放過每一個及時行樂的機會，因爲不定哪天就沒命了。我告訴麗雅丟開這些傻念頭。萬穆是個靠得住的人，雖然我從來不是很喜歡他。他挺能幹，但算不上很出色，鼻子旁邊還有道彎曲的疤。麗雅完全可以嫁給一個比他更好的人。不過我知道，他會是個對家人盡職盡責的人，所以我同意了讓女兒嫁給他。

讓我吃驚的是，三月底我竟收到盈子的來信。裡邊有幅照片，還有一張紙，上邊用黑墨印了嬰兒手印和腳印——這些一定是阿眞的了。看來，盈子的中文還不夠寫一封短信的。從照片上看，阿眞笑瞇瞇的，眼裡閃著光，嘴巴咧得好大，那小模樣又快樂又健康。照片背面，他母親寫著：「阿眞，一百天。」看到這幾個字，我不禁熱淚盈眶。能抱一抱他該多好啊。

夜裡，帆帆睡著以後，麗雅和我坐在我們的大床上，兩人靠在一起，談著盈子和阿眞。我說，要不要給他們回個信？「媽，盈子說不定不認識中國字。」麗雅說。「也許我們應該給她寄點別的去。」

「可是我們能寄什麼去？」我自言自語道。除了弄不到好東西，我還不知道國際郵件可不可靠。

我們還是決定跟以前一樣——不給盈子寫信，我們有日本親戚這事，還得保密。要是別人知道浩文有個日本妻子和兒子，他們就可能發現他的下落，那我們就會被看作是漢奸的家屬。只要仗還打下去，我們就最好不要跟盈子通信。可另一方面，就這麼裝作沒有收到過她的來信，又讓我心神不定。

「你覺得可以接受盈子做我們家的人嗎？」我問麗雅。

「她是阿眞的母親，所以我們也許只有接受。」

我喜歡她的回答。麗雅繼承了她父親的頭腦，敏銳又理智。「更何況浩文愛她。」我說。

「不過，我希望我的弟媳是個中國人。」她一抽鼻子，下巴頦都翹起來。

「你是說浩文應該再娶一個老婆？」我從來不喜歡現在還存在的一夫多妻的習俗。

麗雅笑了，露出她的虎牙。「我也不知道。現在是戰爭時期，什麼事情都可能發生。」她把帆帆身上的毛巾被往上拉一拉，蓋住他全身，然後拉了一下燈繩，關了燈。

「睡個好覺。」我說。

格子窗戶外邊，一隻貓頭鷹在啼叫。我想著麗雅的話。她說的再娶個中國人的弟媳還眞有可能性，不過那要看浩文和盈子了。根據我對盈子的瞭解，她是個好姑娘，是個慈愛的母親。要是能對她瞭解更多就好了。我會說服她，戰爭結束後到中國來生活。

我給明妮看了孫子的照片。她仔細地端詳了他，然後對我說：「他的嘴像你。」

「麗雅也這麼說。」

「我要是你，暑假就去東京。」

「我拿不到通行證的。」我說，沒跟她解釋我是沒有這筆旅費的。我們曾經有幾幅很值錢的畫兒，但是被日本兵拿走了，家裡再也沒有其他可以變賣換錢的東西了。

「那麼你打算怎麼辦呢？」她把胳臂肘支在桌子的玻璃板上，直視著我的臉，眼神清澈又溫暖。

「我也不知道。」我嘆了口氣。

「你不能給盈子寫信嗎？」

「浩文告訴過我，她看不懂中文。要是我丈夫在家，他可以用日語給她寫信，可我覺得這種時候跟她聯絡很不安全。」

「怎麼不安全？她是你家裡的人，不是嗎？」

「要是知道我們有日本親戚，你知道這裡的人就會發瘋的。我們不能不十分小心。」

「哦，明白了。什麼事情一到中國就變得複雜了。不過，如果你們不敢用自己的地址，用我的好了，讓盈子把信寫給我收，我再轉給你們。」

「這眞是個好辦法。明妮，你眞是太好了。等耀平回來，我們會需要靠你幫忙和盈子通信，先謝謝你啦。」

「這沒什麼。需要我做什麼，只管開口。」

我不敢用中文給盈子寫信，因爲那樣她就得找人給她翻譯，那麼我們家和日本的關係就會被人知道了。經過這次和明妮的談話，我覺得和她更親密了。我知道丹尼森夫人看她不順眼，但我爲了幫助朋友，什麼都願意做。

三十七

兩個星期後，身體恢復了一些的丹尼森夫人，提出由她來爲金陵學院管帳。明妮很樂意，因爲不論她怎麼費勁，總是對不上帳。要論理財管帳，丹尼森夫人比明妮可是強得太多了。而我卻有幾分擔心，又鬧不清老太太何以這麼急於接管財務。這可能是她全面控制學校的第一步。事實上，她才是這裡有實權的人，因爲我們從美國得到的捐款，大部分要經過她的手。另外，學校裡大多數學監和系主任，都是她的學生。

自從丹尼森夫人回到南京，她就一直說，想到城裡去轉一轉。我提出陪她去一次，她欣然接受，不過，她希望走著去，不坐人力車。我們就動身去市區南面原來娛樂區的夫子廟那一帶。我們倆都挎了一個印著「金陵女子學院」字樣的書包。她穿了一條長長的綢裙子，裸露的兩臂上滿是雀斑。她這身夏天打扮讓我驚異，天氣還沒那麼熱啊。我穿了件坎肩和府綢褲子。我們剛走出大門，就迎面撞上了一群人——一百多婦女跪在那裡，都是些面黃肌瘦的窮人。明妮正站在她們面前。她們叫著：「女菩薩，救救我們吧！求您救救我們！」

「都請起來吧。」明妮喊著，「起來，都起來！」

「可憐可憐我們吧，女菩薩！」

「給我們活兒幹！」

「求您幫幫我們！」

「起來，所有的人都起來！」明妮又喊。

她們誰也不聽，還是一個勁地求她，有幾個甚至還磕起頭來。「請你們站起來，我們才好說話，」她大聲說道，「不然我就回我辦公室了。」

最後終於有人站了起來，有幾個人向前走過來。「這是怎麼回事？」丹尼森夫人問我。

「我一點也不知道。」我回答說。

明妮對幾個爲首的女人說：「你們這是幹什麼？」

「魏特林院長，你不是要開一個鞋廠嗎？」一個綁著裹腿的中年女人問道。

「請您僱些我們的人吧，院長。」一個小個子女人懇求說。「我們家裡都有挨餓的孩子要養活。」

「這裡沒有什麼『院長』。」丹尼森夫人開口說。「我們是大學，只有校長。」

女人們一臉困惑，根本弄不懂「校長」和「院長」的區別。明妮對她們說：「丹尼森夫人是對的，不要再叫我院長了。就叫我華小姐，聽見沒有？我們沒有任何辦工廠的計畫。你們聽到的是謠言。」

看她們還是不信，明妮又說：「如果這裡將來要開工廠，你們就都管我叫騙子好了。我們是所大學，不是開工廠的。明白了嗎？」

有些女人轉身離開了。另外幾人走上來，跟明妮打招呼，丹尼森夫人離她們遠遠地站著。她一直皺著眉頭打量著她們，臉上紅一陣，白一陣。

丹尼森夫人和我接著往外走，上了寧海路。因為這條路漂亮，當地人又稱它為「基督路」。我們很為這條路而自豪，這是一九二一年金陵學院動工那年，南京城為我們學校特別修建的。學校建築的私人承包商阿洪，對官方的工程師和工人很不信任，擔心他們為這條街打造的地基不夠牢固，禁不住他的卡車碾壓，所以求助於明妮。她仔細讀了《大英百科全書》上關於道路修建的每一個字，從鋪路的石子，到使用蒸汽壓路機代替人工拉的石頭滾子，都提出了詳細的要求。結果，修這條路花費了相當於最初計畫十倍的錢，但至今完好無損，而周圍同時期建造的其他街道，在兩三年內都已經破損，不得不重新鋪砌。

丹尼森夫人和我繼續朝南往瞻園一帶走，夫子廟就在那邊。她似乎對剛才發生在學校大門前的事情耿耿於懷——那種場面表明，家庭手工藝學校又是生產肥皂、蠟燭啦，又是生產毛巾和雨傘啦，可能給了那些婦女錯誤的印象。老太太一直沉默不語，弄得我挺彆扭。我知道，被那些女人稱為「女菩薩」，一定讓明妮感到尷尬；而對於丹尼森夫人來說呢，那就帶有偶像崇拜的意味了。

我們走上中正路時，老太太終於說話了：「明妮太過分了。她不應該縱容那種個人崇拜。」

「我敢肯定她根本不喜歡別人那樣叫她。」我壯起膽子說：「那些女人讓她很尷尬。」

「她應該感到羞愧。沒有哪個活著的人應該被稱為神。」

我不知道怎麼接話茬，就繼續沉默了，覺得很不舒服，還因為陪丹尼森夫人進城這事，我沒告訴明妮。一路上，我看見一些日本商店都關了門，也許因為生意不好——他們的東西太貴，也沒法運到鄉下去。我聽說，有些日本店主和餐館老闆已經離開南京。留下來的商人，有不少按照「滿洲國」的慣例，和中國人合夥做生意，或是只當保護人、中間人，好無本獲利。

我們看到很多小商販、小店鋪，有些甚至在賣盜來劫來的藝術品——畫卷、字幅、玉器、青銅器。有個小販只要兩塊錢就肯出手一對明朝小花瓶，丹尼森夫人簡直不相信自己的耳朵了。她拿起它們，轉過來又轉過去，細細地端詳了好久，最後還是放了回去，也許是不想讓我看到她買偷來的東西吧。我告訴她：「現在，只有吃的東西貴。」的確，一隻骨瘦如柴的小公雞，也要賣兩元錢。

夫子廟一帶又恢復成了集市，到處是熙熙攘攘的人群、手推車、馱著筐的驢子、牲口拉的馬車。街道兩邊，很多房屋依然沒有屋頂，有些房子上邊的一層樓都不見了，可下邊一層，商店照樣開門。這裡有餐館、菜市、茶館、鴉片館、理髮館、滿是鳥籠和金魚缸的寵物店、中藥店、當鋪，甚至還有一家澡堂子。我們走到哪兒，都聽到小販唱歌般的叫賣聲。在一個街角，一群人站在一個寬寬的布告欄前邊；布告欄上釘著今天的各家報紙，供那些買不起報紙的人閱讀。布告欄不遠，是窄窄的秦淮河，悄悄地流淌著，發綠的河水被微風吹出幾絲漣漪。河對岸，幾個中年婦人在岸邊的平坦石頭上，正在用棒槌捶打著涮洗的衣物。一條紅篷小船從拱橋下邊划過來，船上兩位先生正在下棋，船尾一個十幾歲的男孩在划著槳。

一條小巷的口上掛著兩串小小的太陽旗，我看見裡面有幾家妓院，都開在帶陽臺的最頂一層，有些妓院，從窗戶上的照片可以看出來，僱了從日本來的女人。儘管多數日本妓女已經三、四十歲了，收費卻比中國女人的同樣服務高一倍，比朝鮮妓女的收費也高百分之五十。我聽說過這樣的地方，卻沒想到在這裡親眼看見。傀儡政權裡最活躍的人物潘吉米，對這些妓院的建立起了重要作用。私下裡，中國人對他在這個問題上扮演的角色，不時地爭論，有些人說，吉米為這座城市找到了一條保護良家婦女的途徑；另一些人卻堅持說，他向魔鬼出賣靈魂，已經成為這兒的頭號賣國賊。我本人也相信，他應該為推動建立這些妓院而受到懲罰。城牆上曾經貼出過一張大海報，宣布等我們的軍隊一打回來收復南京，就會砍他的頭。

潘吉米還曾經是國際救濟委員會董事會的成員，積極投身過慈善工作。他是為數不多的外國人能夠相信的官員之一。公平地說，他最多算個三流賣國賊，跟自治政府裡其他官員差不多，而最大的賣國賊，是那些跟日本人合作，還在忙著組建傀儡政府的那些人。不管大大小小的賣國賊怎樣為自己辯護，國民黨已經做出了對叛國罪明確和無可爭辯的定義：在敵軍占領中國土地之時，為敵人做事的人，就是賣國賊。

此時丹尼森夫人的情緒好多了，已從目睹明妮的尷尬中擺脫出來，她說：「不可思議，你們中國人任何災難都挺得過去。」

「就在一年前，這裡還是一片廢墟呢，所有的房子都被搶劫一空，房頂不見了，很多建築被燒毀……誰能想像這一帶這麼快又恢復過來？」我一邊說著，心頭再一次騰起怒火。我居住南京這麼多年，已經把這裡當作新的家鄉了。

「我感覺，」丹尼森夫人繼續說：「這座城市在歷史上曾經一再被摧毀，所以這裡的人們一定習慣了各種各樣的浩劫了。」

「沒錯，這或許可以解釋爲什麼我們能挺過被日本占領這樣的大災大難。」

夫子廟已經用紅漆重新刷過，就連門口的大石獅子和門邊掛著的牌子，都被刷洗得乾乾淨淨。嵌著琉璃瓦、翹著飛檐的牌坊上垂掛著兩排燈籠，每個燈籠上都寫著「福」字，燈籠下邊，人們擠進擠出。日本人似乎打算保留這一處名勝，恢復它的聲望。

我們走進河邊一家文具店，看看能爲學校買點什麼。店主是個胖臉男人，大鼻子一側長了個帶毛的黑痣。他欣喜地說：「歡迎光臨敝店。丹尼森校長，看到您回來我眞高興。」他對她點頭哈腰，眉開眼笑。

「南京是家鄉，」她說：「我沒別處可去。」

他的話她聽了很受用，她就買了一盒金不換墨條。

我知道她不會寫毛筆字，可能買下來是要當禮物吧。

返回時我們坐了人力車。回到金陵校園時，餐廳的晚飯時間已經過了，我倆就去我家吃了雞湯麵。飯後，我們喝著普洱茶，聽麗雅念《字林西報》上的一篇文章。她上過教會學校，懂英語。文章說，日軍剛剛占領了牯嶺——江西省一個群山環繞的旅遊小鎮，外國人和中國高官過去常去那兒避暑，不過還不清楚我們軍隊這次死傷多少人。日本人宣稱消滅了五千守軍，但那絕不可能，因爲國軍已經熟悉了日本人的戰術，知道怎麼避免被圍殲。

丹尼森夫人謝了我，說她度過了一個開心的下午和晚上。我很高興，但不知道這是不是意味著她會對我好一點。要是吳校長在的話，她可以在老校長和她喜歡的明妮之間調停，化解矛盾，可我不過是個領班的，不可能有那樣的本事。我只想和丹尼森夫人保持友好關係。我不但需要保證全家能留在金陵學院這個避風港，還希望我能在老太太發火時，讓她平靜下來。

三十八

被關進監獄的國際救濟委員會那六個人，趕上裕仁天皇過三十八歲生日兩天前的大赦，在四月二十七日被釋放了五個。我們學校的那名兼職數學老師也在被釋放之列，只有一個學生的父親還在監獄裡。放回來的人都得到命令，不准把在獄中經受的折磨講出去，否則就會被再抓進去。其中一個人的手腕給打斷了；另一個，臉部已經半麻痹，再也無法連貫地講話。可他們誰也沒透露自己的遭遇，都只是說能活著回來眞算幸運。

私下裡，其中一人告訴我，他經常坐「老虎凳」——兩腿被緊緊捆在凳子上，行刑的傢伙把一塊塊磚頭塞進他腿下邊；還給他灌辣椒水，灌得肚子都快爆了。一開始他拒不承認那些指控，但到後來，他們說他犯了什麼罪，他都一律承認。他甚至招供：他幫助約翰．馬吉和霍莉．桑頓貪污救濟金，還獨自一人偷竊了一輛軍車，其實他根本不會開車。「我只是不想被那些畜生整死。」他一邊說著，一邊搖頭，頭上滿是鱗癬，讓我想起一隻退了毛的雞。

「他們相信你的口供嗎？」我問他。

「也許不信。有一次他們說，我騙了他們，就對我拳打腳踢，把我打昏了過去。」

「是誰動的手？中國人還是日本人？」

「中國的狗腿子掌管刑訊室。有時候一兩個日本軍官也會露個面。」

日本天皇生日的那天，除了官方組織的活動，其他集會一律禁止。爲了把女學生們管住，明妮宣布四月二十九日是「大掃除日」。隨後，自治政府要求我們出一百個人，到城裡參加慶祝天皇生日的活動。他們並沒限定我們學校參加的人必須是青年學生，所以明妮認爲我們應該從家庭手工藝學校選一百位婦女。可丹尼森夫人反對，說她們不是學生，不能代表金陵學院。她堅持要派女中學生。

我們一起商量這件事，所有的人，包括美國教師，都支持明妮的意見，因爲我們知道，有些女孩子一肚子怒氣，可能把「公眾慶祝集會」看作是一種侮辱。要是有人喊抗日口號，或唱抗日歌曲，就會給我們惹來大麻煩。還不止這些呢，愛麗絲和唐娜已經向我們報告，有幾個女孩子正在謀畫著抗議日本侵略的遊行。我們可不想因爲派她們去官方集會而把她們心中的怒火給點著，所以我們還是從家庭手工藝學校選了一百名婦女。

第二天早上，我們扛著寫有「金陵女子學院」幾個字的旗子正要出發，丹尼森夫人站在大門外，擋住了隊伍。她對明妮說：「我不許你們打出我們的旗子，因爲這些人都不是我們學校的學生。」

明妮做個鬼臉，但還是讓步了。「好吧，那我們就不帶旗子了。」

於是我們就把旗子留下來，繼續上路進城去了。丹尼森夫人兩手握住旗杆，一個人站在那裡，看著我們走遠了。遠遠看去，白綢子一飄一飄，遮住她單薄的肩膀。這時已是十點多鐘，太陽昇得老高，天氣很熱。女人們都知道我們是去參加慶祝裕仁天皇生日的遊行，所以她們看上去十分消沉，一聲不吭地走著，有些人還低著腦袋。

爲了防止有人抗議，也爲了控制喝醉的士兵，城裡邊已經開始戒嚴了。我們站在三層飛檐、廟宇般的市政廳前邊的廣場上，每人發了一面紙做的小太陽旗。慶祝活動開始，首先檢閱日本部隊——一千人的騎兵，三路縱隊的山炮，一個步兵團，先後經過主席臺。每名領隊的軍官都舉著閃亮的長刀，刀背抵著鎖骨，帶領自己的方陣前進。樂隊奏出了〈日本陸軍軍歌〉。隊伍經過檢閱臺時，軍人們一起高喊「天皇萬歲！」「日本必定征服亞洲！」「消滅敵人！」腳蹬高統靴的兩名日本將軍和一些中國官員站在檢閱臺上，其中就有潘吉米，他是個高個子，文質彬彬，不過兩眼有些上下不齊。他總是表白，他來當這個副市長，因爲這是他能保護本地老百姓利益的唯一途徑，但是重慶國民政府已經懸賞兩千元要取他的人頭。在整個慶典過程中，臺上一些傀儡政權官員一直眼睛望著地板，儘管不時地也得鼓鼓掌。

其中一個官員叫馮殷民，形銷骨立，一對招風耳，曾在東京大學獲得考古學碩士學位。他發表了短短的演講，雖很簡捷，卻都是空泛大話。他讚揚日本當局在城內恢復秩序和常態的努力，還強調說，所有的中國人都支持「東亞新秩序」。不到十分鐘，他就高喊「天佑天皇！」「日中合作萬歲！」下臺去了。接著，南京衛戍部隊司令天谷少將透過翻譯發表了講話，他列舉了讓南京城的中國人受難的幾條原因。其中有兩個是主要的，第一，中國軍隊要對南京被毀壞負責，因爲他們抵抗了以勇敢和無敵著稱的皇軍。一旦戰敗，中國官兵消失在平民中間，利用婦女和兒童做掩護，這是很沒有軍人道德的。還有，蔣介石給全體民眾灌輸了對偉大的大和民族如此之深的仇恨，造成大多數民眾對皇軍充滿敵意，拒絕合作或提供補給。更糟的是，城裡到處都是狙擊手，主要射擊目標是日本軍官；結果，很多指揮官只好穿普通士兵的軍服，僞裝自己。南京被攻占時，皇軍別無選擇，只能「處理掉」所有掉隊和逃跑的中國軍人。第二個原因是，從某個國家——也就是美國——來的一些外國人，賴在這裡不走，他們的在場，慫恿了中國人阻撓勝利之師。實際上是那些外國人，激怒了日本士兵去破壞軍紀，向平民發洩他們的挫傷感，所以，那些西方人才是中國眞正的禍害，應該被驅逐。

矮胖的將軍戴著圓眼鏡，胸前挎著兩行綬帶。他照著稿子念，兩眼離手裡那張紙和擴音器太近，以致聽眾幾乎看不到他那張蒼白的面孔。最糟的是，他的聲音完全被那個油頭粉面的年輕翻譯給淹沒，翻譯的中文講話倒更引人注意。

講話之後，又舉行了反共示威遊行，這個我們學校來的人沒參加，只是站在一邊當觀眾。連蔣介石都成了舉著俄國人錘子和鐮刀的頭號共產主義分子，遊行者在檢閱臺前列隊，隊伍中有人舉著蔣的畫像，上面畫了大紅叉。

慶祝活動一結束，明妮和我趕快就帶著隊伍返回了校園。美國大使館的約翰·埃里森給金陵學院打來電話，再三提醒學校裡所有的美國人都得提高警覺，這幾天暫時不要到城裡去。

我們也不許任何學生到城裡去，當天下午就在校內舉行了一次布道會。三百多人來到小教堂，其中還有女中的學生。布道會開始，先唱讚美詩〈天父領我〉；下一項是明妮帶領的禱告——爲亞洲和歐洲的和平，爲減輕中國人民承受的痛苦而祈禱。然後路易斯·斯邁思做了他在這裡的最後一次布道，兩天後他就要動身去成都了。他穿著灰色短袍，使他的肩膀顯得更窄了。他讀了馬太福音第五章第十一、十二節，論辯說，正義遭到誹謗，正是美德的象徵。他用抑揚頓挫的聲調宣稱：「眞正的基督徒，在遭到惡人誹謗的時候，應該感到喜悅，因爲主說，你們將因他的緣故被人仇恨。這種誹謗，就證明你們遵循了正道。事實上，所有邪惡的舌頭都不能眞正敗壞你們的名聲。他們能達到的，只是對你們秉承的正義不容置疑的驗證。讓誹謗者搖唇鼓舌浪費他們的唾沫吧，我們則懷著清白的良心做我們的事情。」他還講了，上帝才是唯一夠格對正義作出裁決的法官，他的裁斷永遠是公平的。

我看得出來，他仍然被那些關於他與日本人勾結的惡毒謠言所困擾。他那麼努力地爲窮人和弱者做事，應該得到尊敬，而不是中傷。他最近完成了對南京城和郊區小鎭損失情況的調查，把調查來的結果寫成一本小冊子，在上海的水星出版社祕密出版了。

布道會在讚美詩〈我是一個朝聖者〉的歌聲中結束。之後，丹尼森夫人請路易斯吃餛飩晚餐，明妮，我，還有另外四個教工也一道參加了。

那天晚上，中學的女生們都動了起來。有的戴上了黑紗，還有的在室外高唱愛國歌曲。從南邊傳來陣陣轟隆聲，同時，禮花在雲間綻放，讓人想到柳樹的樹冠、倒掛的豆芽。官方慶典鬧烘烘，讓女孩子們憤慨。美燕領頭，一群人開始唱〈大刀進行曲〉，那是一年八個月前，在守衛上海的部隊中流行的戰歌。姑娘們手挽著手站成一排，隨著節奏搖來搖去，同時放開喉嚨唱道：「大刀向——鬼子們的頭上砍去！全國愛國的同胞們，抗戰的一天來到了！」她們唱著唱著，淚流滿面，聲音漸漸鋒利刺耳。美燕在她們中間聲音最大，還用一面小國旗打著拍子。她比其他人高出半個頭。

我們從餐廳的窗戶往外看著她們。戰歌唱完，美燕喊道：「打倒傀儡政權！」百十號人一齊響應：「打倒傀儡政權！」所有人的拳頭都舉向空中。路海竟也站在她們身後，用手按摩著後脖頸，彷彿要決定加不加入。我看得出他很激動，可他爲什麼只站在周圍看熱鬧？他也參與這事了嗎？

「血債要用血來還！」美燕又喊。

所有的人又一齊跟著她高呼。

「侵略者滾出中國去！」

大家又跟著她一起喊。

丹尼森夫人說起美燕：「我喜歡那姑娘。眞衝啊，能成爲一個好領袖。」

「她是大劉的女兒，血氣方剛。」明妮告訴她。

「是呀，有一天我在街上看見她和另外兩個女孩一起在罵一個日本女人。」丹尼森夫人接著說。

「和中國男人相比，我總是更佩服中國女人。」

「我們最好制止她們。」明妮說。不等老太太反應，她就出去了。我們幾個也跟了出去。

明妮來到女孩子們跟前，說：「好啦，今天就到這裡吧。都回宿舍去。」

美燕臉上燃燒著激情，跨步向前，激烈地說：「你幹嘛那麼怕東洋鬼子？」

明妮吃了一驚，說：「我考慮的是你們的安全。要是日本人知道了，他們會開始調查，你們全都會有麻煩。」

「讓他們來好了。誰還怕他們？」

「別說大話。」明妮警告說。

「閉嘴，美燕！」我說，幾乎叫起來。

丹尼森夫人也過來干預了。「姑娘們，不要莽撞行事。聽魏特林校長的話。這都是爲你們自己好——她只是擔心你們會受到傷害。」

「這裡沒有奸細。」另一個女孩說。

「那可難說。」明妮繼續說。

姑娘們看看四周，看那幾個傀儡政權官員的女兒在不在他們中間。那幾個有錢的學生都不在，不過半個小時前還有幾個在這兒，看著絢麗的焰火她們還拍巴掌呢。其中一位甚至還嘲弄抗議者，用食指抹抹脖子。這時，姑娘們似乎被明妮的話打動；有幾個連黑紗都摘掉了，有幾個轉身回宿舍和教學樓了。人群在變小，可美燕和其他二三十人繼續高唱愛國歌曲。

我和明妮，還有丹尼森夫人，一同離開了。快到大門口時，我們看見一隊日本騎兵正沿街跑過。我們停下腳步，看著那些高頭大馬奔馳而去，漸漸消失在黑暗裡，馬蹄仍嗒嗒地敲在柏油路上。我們繼續向校園南邊走去，兩個美國女人長長的影子，交結在被月光漂白的地面上。

三十九

我發現學生們非常喜歡愛麗絲，不是因爲她們喜歡英語，而是因爲她教課的方式。愛麗絲雖然已經三十七了，卻很年輕、生性活潑，一塊方頭巾蒙在玉米鬚似的頭髮上，從背後看，你很容易把她當成個學生，尤其是她和女孩子們站在一起時。她經常教她們唱讚美詩，唱美國民歌，表演美國生活的小場景——買菜啦，問路啦，上郵局啦，拉選票啦——甚至還教她們怎麼做檸檬汽水、烤蛋糕、做蘋果餡餅。五月初的一天傍晚，明妮、愛麗絲和我在校園裡散步，一邊談著怎麼監管學生，尤其是看住那幾個不安分的，不讓她們再跑出去或招禍上身。愛麗絲答應經常跟她們聊聊天，好瞭解她們的想法。我們三人快走到南宿舍樓時，看見樓前聚集了一群人。

「對，搧她嘴巴！」有人厲聲喝令著。我聽出是美燕的聲音。

我們疾步上前，看見兩個學生正在地上滾著。一個是高個子的玉婷，她父親是被日本人逮捕的六個國際救濟委員會的人之一，最近死在監獄裡；另一個是個小個子姑娘，天皇生日那天夜晚，就是她用食指抹喉嚨，嘲弄那些高唱愛國歌曲的同學。「你這該死的，」玉婷喘息著說，揪住那姑娘的頭髮，「告訴你爸爸，我們遲早會收拾他。」

小個子姑娘把撲上來的玉婷蹬開，翻身爬起來。「他跟你爸的死毫不相干，懂不懂？你發瘋了！」

「撕爛她的臭嘴！」美燕催促玉婷。

矮個子姑娘轉向人群。「我爸爸是設計輪船的。在研究所裡他只管著十二個人。你們找錯人了。」

「他給日本鬼子造巡邏艇。」有人說。

「沒錯，你爸是條走狗。」另一個人也附和說。

「可他得掙錢養活我們全家。」那姑娘哭著說，鼻子在流血。「他又沒跟日本鬼子一起做事。」

「我今天非揍死你不可！」玉婷又朝她衝上來。

忽然間，無雲的夜幕更暗了下來，月亮漸漸消失了。我們周圍那些銀杏樹、楊樹發白的樹幹也看不見了，幾顆微黃的星星黯淡地眨著眼，好像連接它們的那些隱形的鏈子一下子都崩斷了，把它們在天空裡撒得到處都是。所有的人都被震懾得靜下來。我好一會兒才明白過來：是月全蝕了。這時，狗開始狂吠，西南邊住宅區喧聲四起，接著傳來人們敲打鍋碗瓢盆的聲音，爆竹的炸響，喇叭也哇哇叫起來。附近所有人家似乎都亂作一團，這讓女孩子們也慌了神。她們都站在原地聽著，有些人腦袋這邊轉轉，又那邊轉轉，完全給搞糊塗了。這些吵鬧聲讓我挺尷尬——可見我們中國人，在理解自然現象方面有多麼落後。

「怎麼回事？」愛麗絲謹慎地小聲問道。

「月全蝕了。」明妮說。

「這我知道。」

「大家相信天上有什麼動物正在呑月亮，所以他們要發出各種動靜把它嚇走。」

確實，這是本地人驅趕神祕飛獸的方式，趕走要呑下月亮的那條龍或天狗。如果手裡有槍枝，他們肯定還會一齊朝天開火呢。沒有辦法讓他們相信，月亮短暫的消失，不過是因爲地球轉到月球和太陽之間了。

愛麗絲用她嚴肅的女低音對女孩子們說：「你們看見沒有，天主不贊成你們像野獸一樣打架。現在，都回宿舍去。」

美燕的英語比別人好一些，她把老師的意思告訴大家。人群立刻散去，都跑開了，有的消失在黑暗裡，有的跑進不遠的宿舍。從幾個窗戶透出的黯淡燈光，照見幾片碎紙在地上晃動。

學生們一從視野裡消失，我們三人就忍不住笑起來。「你把他們嚇壞了。」明妮對愛麗絲說。

「咱們總得制止她們打架——月蝕正好派上用場。」

「你最好還是跟她們解釋清楚，那只是自然現象——根本沒有龍和天狗什麼的。」

「好吧，明天上課的時候我就講講月蝕。」

幾分鐘以後，月亮又冒了出來，金光璀璨，像一個碩大的芒果。往遠處看，一排電線杆子再度浮現，有幾處可見新電線的反光，周圍的喧鬧聲也平靜下去了。我們一起往明妮的宿舍那邊走。愛麗絲說：「我在京都經歷過一次日蝕，可沒有人這麼大驚小怪的。當地人只是走出來觀看。」

「所以有時候我就想，中國這個落後的國家，怎麼能跟日本打仗呢？」明妮說。

「你覺得中國能打贏這場戰爭嗎？」愛麗絲問。

「只有靠持久堅持了，還要靠國際援助。」

「我相信我們最終會打贏的。」我說。

我們來到白欄杆圍起來的花園，這是明妮十年前設計的。丁香花香氣濃郁，甜絲絲的，醉意襲人。愛麗絲擔心她在這裡的職位不會長久。她過去任教的那所由我們教會資助的女子學校已經關閉，她覺得，丹尼森夫人對她總是冷不冷熱不熱，可能因爲僱她的人是明妮。明妮要她放心，金陵學院需要英語老師，而且在很長一段時間裡都會需要她，所以她沒有理由著急。

「她眞是個攔路虎，」明妮說丹尼森夫人，「我都懷疑她是不是個皇太后轉世。」

我們都笑起來。我說：「明妮，你一定要避免和她發生衝突。你要記著，她都快七十歲了，很快就會退休的。」

「我覺得她不會離開中國。」愛麗絲說。

「這話不假。」我同意說：「不過，那時候她就老得干預不了學校的事務了。」

「有時候我眞難控制住自己的脾氣。」明妮承認。

「記不記得中國人的老話——多年的媳婦熬成婆？」

「我大概永遠不會有那樣的耐性。」明妮說。

「讓丹尼森消失的辦法是沒有的。」我接著說。「你能做的只有比她活得長，千萬別去刺激那老太婆。」

明妮轉向愛麗絲。「有一天我當上你的惡婆婆，天天刁難你。你還會把我供起來嗎？」

「那你先得給我找個丈夫。」愛麗絲板著臉回答說。「你在什麼地方有個已經長大的兒子嗎？」

我們放聲大笑。

四十

丹尼森夫人和明妮商量著怎麼使用手上的資金，我正好也在教務長辦公室，老校長要我加入她們一起討論。金陵學院剛收到一筆四千元的捐款，是專門資助幫助窮人的教育計畫的。我聽著兩個美國人的議論，沒有表示自己的意見。丹尼森夫人興奮地說著，她一貫喜歡制訂財務計畫，尤其喜歡中國人的俏皮話，「錢是賤種，越花越有。」

老太太一直在監督校園內的修繕和建築工程。她想把東院旁邊沒建完的公寓房給建完，再把所有的樓房翻修一下。此外，她還想把四個池塘裡的水草和水藻清理乾淨，把蓮花和水葫蘆也都拔掉。她只想要一個清澈的池塘，裡邊只養些金魚。需要工作的人很多，所以勞力十分便宜，她急於立刻完成這些計畫。

明妮呷了一口我倒給她的綠茶，然後說：「我們最需要做的是給鄰里的孩子們辦一所小學。」

「辦小學，哪來教師？」丹尼森夫人問。

「我們不需要另外僱人。可以讓中學的學生教課，不會有太多開銷的。」

「誰去管理呢？」

「您看讓美燕負責小學怎麼樣？」明妮建議，「這樣可以訓練那姑娘的領導能力。」

「她多大了？」

「十七歲。」

「這個嘛，我不知道。」老太太說。「我覺得現在不應該辦什麼街坊小學。我們必須盡最大努力恢復大學。」

「我們的教師不回來，我們的大學就無法恢復。」

我擔心老太太要聽聽我的意見。我覺得我們應該爲周圍的窮孩子辦一所學校，由於小學校大多關了門，很多孩子都跑野了。可另一方面，我又怕得罪老校長。還好，她沒問我。

丹尼森夫人認爲，如果我們把員工宿舍和公寓修繕一新，就更有可能吸引教師們回來。修繕計畫還包括所有的教學樓，這樣名義上就可以使用以教育爲目的的資金。我同樣懷念過去的大學，尤其懷念正常的日程，安靜的校園生活，那和目前亂糟糟的狀況不可同日而語。我理解丹尼森夫人爲什麼總是強調，閒怡是教員們提高才智和專業能力的關鍵因素。明妮似乎也看法相同，於是同意擱置辦小學的計畫。

不過，明妮和我對修繕計畫還是感到不安，因爲學校的未來仍是未知數，花這麼大精力可能完全得不到回報。

三年前，我們學校決定給明妮修建一處房子，讓她能在自己家裡接待老師和學生。可是戰爭爆發後，資金短缺，她主動提出暫緩建房計畫。有幾位員工已經住上獨家獨戶的房子，像牛津畢業的宗教和歷史教授伊娃．斯派塞，目前她在武昌教課，一時回不來。她的房子被三百名難民住了半年，造成了些損壞。根據伊娃的要求，丹尼森夫人決定把房子修理一番。這個決定讓明妮挺快活，因爲伊娃是她的朋友，曾經常託英國炮艇給她帶來鳥飼料，還寫信說，暑假裡明妮可以借住她的房子。明妮跟我說過好幾次，她實在膩歪了跟八十多個學生一起住在宿舍樓裡，天天聽她們的喧鬧，還有早上六點的起床鈴聲。

一隊工人來了，開始修繕伊娃的洋房，換掉房頂上的碎瓦，重鋪了地板，修好漏水的管子，把玻璃窗用膩子重新膩過，屋裡屋外也又粉刷了一遍。一個星期後房子煥然一新，明妮興奮地整理好行李，準備搬家。她不在乎油漆的酸味兒，等不及地要睡到伊娃的大床上去。可是，下午在她就要運第一批家當時，路海來了，告訴我說，丹尼森夫人剛剛帶著愛鳳搬進那房子裡了。我趕快去找明妮，通知她這個消息。她懵了，非常生氣。

南邊一直在響著炮聲，雲彩鑲上了紅邊，天際線彷彿在跳動。從昨天開始，城外一直在打仗。據說，共產黨的隊伍——因爲紀律嚴明而受老百姓喜歡的新四軍，在南京郊外活動，和日軍交起火來。那天下午，三卡車日本傷兵被送回城裡。我們還聽說，很多日本婦女兒童正在撤離南京，這對占領者可能是個不祥的徵兆。有傳言說，日軍就要放棄南京了，不過我們誰也不相信會有這種事。

那天晚上，我們拜訪了丹尼森夫人。她情緒正高，熱情地迎接了我們。坐在皮沙發上，我四下看了看，這明亮寬敞的客廳真讓人羨慕。屋裡擺著雕花家具，一尊高高的明代花瓶立在門邊。地板鋥亮，剛打完蠟，嵌進牆裡的書架剛剛新刷了漆，上邊仍然擺著幾百本伊娃的書。這個地方招待朋友多漂亮啊！

丹尼森夫人眞幸運。我瞟了明妮一眼，她此刻一定妒火中燒，故意不跟老太太對視。

不知丹尼森夫人是不是一開頭就盤算要搬進來。難道伊娃跟她也講過可以住進這房子嗎？不可能。伊娃是個仔細的人，不會犯這種錯誤。我應不應該告訴老太太，伊娃早就答允把房子借給了明妮呢？可這麼說有什麼用？明妮不可能把丹尼森夫人和愛鳳趕出去。若能如願的話，我希望她們很快就發現這個地方太孤單，離哪兒都太遠，也許她們又會搬回公寓去。此刻什麼也做不了。

拜訪過程中明妮一直悶不作聲，而老太太則侃侃談起洛克菲勒家族，雖然美國股票市場十分低迷，他們還是許諾了，一旦戰爭結束，就給我們學校捐更多的款。可是，戰爭何時能結束？

丹尼森夫人得此新居太高興了，以致開始每星期請幾次客，還總是邀請明妮。明妮開始時還挺感激，但不久就對我說，老太太可能是在利用她的聲望吸引來客。

怪不得丹尼森夫人在客人面前總顯出一副對她好得不得了的樣子。明妮對老太太的飯局越來越不耐煩，在丹尼森夫人不斷的打擾下，她越來越焦躁了。

六月初，美國基督教聯合傳教會的莫里森先生同明妮接洽，建議她返回美國，給他們組織當副主席，負責教育事務。

「你覺得我該怎麼辦？」她問我。

「我要是你，我就接受。」

「要我離開，還眞捨不得。」

「過了這個村，可就沒這個店了。」

她認眞地考慮了好些天——這是一個擺脫這裡所有麻煩的機會。她擔心，儘管她還是會監管著爲數不少的在華教會學校，可她因此就會遠離金陵學院。去年夏天，她也得到過另一個機會——到紐約的金陵執行委員會去工作，儘管她拒絕了，她的朋友麗貝卡·格里斯特寫信說，那個職位還空著呢。所以紐約也是明妮的一個選擇。她渴望有機會再去使用哥倫比亞大學的圖書館，手裡仍然捏著一張那裡的校友卡。她是在哥大教育學院的學校管理專業獲得的碩士學位。

她考慮了很久，決定還是留在中國——她說不能拋下金陵學院，尤其是家庭手工藝學校的六百名窮學生，她們都把她視爲自己的保護人。金陵學院已經成了她的家，中國已經成了她的第二故鄉。她給莫里森先生寫了回信，聲明自己對那個重要位置缺乏訓練和經驗；她離開金陵，會給吳校長的肩頭壓上更重的負擔，她不能那樣做；而且，一個更年輕、精力更充沛的人對那個工作會更合適，因爲機構需要新鮮血液；還有，最重要的是，値此中國危難之時，她應該留在這裡。簡而言之，她不能中斷事業，一走了之。她把她的信和莫里森先生的覆信都給我看過，莫里森先生說，他理解明妮的決定並對這個決定充滿欽佩。

隨著暑假臨近，部分教師計畫到外地避暑。我們從愛鳳那裡聽說，丹尼森夫人和她很快要去上海，從那裡再乘船北上，到渤海灣的一個海灘去度假。這個消息讓明妮高興，她相信，一旦她們離開，整個夏天她就可以住進伊娃的洋房了。

一整夜小雨時下時停，雨水使校園裡枯萎的灌木和花草恢復了生機，卻並不足以灌溉稻田，兩個月前就該插的秧至今無法插下去。這個春季，農民的年景很不好。除了乾旱，戰爭的災難仍在繼續。白天裡有大量日本飛機飛過，在城外投下炸彈。據說，游擊隊在南京周邊地區十分活躍，不過日本人下了狠心要把他們趕走。整整一個星期裡，都可以聽到南邊響起的炮火聲。

幾天後，丹尼森夫人和愛鳳離開了南京，把本順也帶去了。那孩子還從來沒有去過上海，所以無兒無女的丹尼森夫人想帶他看看那個大都市。她是看著他長大的，挺喜歡他。

他們離去的當天，明妮就搬進了伊娃的洋房。現在整個房子都是她的了，讓她興奮不已，不過我第二天晚上去看她時，她說這地方讓人感到有些與世隔絕。她拿不準會不會喜歡這裡。

四十一

出乎我們意外，一個星期以後丹尼森夫人就帶著本順回來了。她的返回讓明妮很尷尬，可是馬上就搬出洋房，面子上會多難堪？

儘管有些慌亂，明妮仍然決定跟丹尼森夫人一起住在這裡——愛鳳沒回來，自己去北方的海濱勝地會未婚夫去了。丹尼森夫人倒沒有對此表示出任何不快，只是跟我們說：「這兒要做的事情太多，我最好還是不要走開——我就不度暑假了。反正我也習慣這兒的熱天了。」房子裡仍有她的私人用品，她幾乎不必打開行李。

這麼跟老太太待在一個屋頂下，每天一起吃早飯、晚飯，明妮很快就受不了。她感到沒法這麼度過整個暑假，就去市政府的旅行辦公室申請了通行證。

通行證一個星期後下來了，她決定從上海去青島，因爲從上海乘船旅行比較容易。我們對她突然決定外出過暑假都感到意外。茹蓮在家禽中心爲她安排了一個歡送野餐會，請來了七位年輕教師和我。主食是粽子，用粽葉包住糯米，還摻雜了紅棗、花生和火腿，包成金字塔的形狀——用粽葉包，是要吸入草葉的那種清香。除了粽子，還有蒸蝦、炒菜和鮮棗。明妮很喜歡粽子，她把棕葉剝開，卻不肯像我們一樣去蘸碟子裡的紅糖，說她更喜歡天然的味道。桌子中央擺著一個玻璃罐，裡邊插了一束菊花和狗尾巴草，那花朵十分嬌嫩，毛茸茸的，每一朵的白色花瓣開成個圓盤，中間是金色花蕊，發出淡淡的幽香。茹蓮想得眞周到，花是她特地叫老廖給剪來的。

昨夜下了一場不小的雨，天空被蕩滌一新，亮亮堂堂，幾隻飛蟲忽隱忽現。茹蓮沒有邀請丹尼森夫人。明妮喜歡跟年輕的同事們交往，若是丹尼森夫人在場，明妮就吃不成安生飯了。這些天裡，這兩個人一碰到一起，老太太就露出一副得意的笑臉，也許在享受著她的小小勝利——把明妮從大房子裡趕了出去。我還注意到，每當明妮離得不遠，丹尼森夫人便會提高嗓門，強作高興，彷彿所有人都是她的朋友。我知道那老婆子是故意要刺激她。

明妮走了一個星期後，我又收到了霍莉的來信。讓我意外的是，她現在到了鎭江那一帶，在一個難民救濟中心工作。她邀請我到她那裡去看看，說她住在高資鎭外——那是個郊區小鎭，從我們這裡向東，不到一百里地，有個火車站。我有一年多沒有見到她了，很想去看看她，於是幾天後我就動身，坐上了一大早那班火車。這天陰雲密布，我帶上兩斤麥芽糖，還夾了一把雨傘。

難民救濟中心設在高資鎭外面一個小村子裡，很容易找到。霍莉見到我欣喜若狂，抱住我足有半分鐘，彷彿她一鬆開手，我就可能不見了。她把我帶進一個破舊不堪的農舍，來到她和一個叫秀芹的年輕女子合住的房間，她在給我的信裡提到過她這個朋友。不多一會兒，秀芹來了，拎來一暖瓶開水，倒進一個瓷壺裡沏茶。她個子挺高，方臉龐，二十四五歲。霍莉解開細紙繩，打開了我帶來的紙包，往搪瓷盤子裡倒出來一些麥芽糖，每塊糖都黏滿芝麻。我仔細端詳她，發現她老了一些，一笑起來就顯出更多的皺紋，但是十分健康，眼睛更明亮，寬寬的臉龐更生動了。秀芹要去接著做完包碘片的活兒，她告訴霍莉，午飯她安排，說完抓了一把糖就出去了。

上午已經過了大半，霍莉和我一邊聊著兩人都認識的人，一邊大嚼黏牙的麥芽糖。我通常不太喜歡甜東西，不過看霍莉吃得津津有味，受她的感染，我也跟著吃了一塊又一塊。霍莉滿懷深情地回憶起明妮，說她心地火熱善良，還直來直去。霍莉還稱讚了茹蓮，說她是一個好姑娘，溫柔有禮。我看見霍莉的小提琴，裝在天藍色琴盒裡，掛在牆上，下方就是放在她床上的一本《聖經》，床上只有一條單子蒙在一條毯子上，而床是三個小架子支起幾塊板子，再鋪上稻草墊子。摩洛哥羊皮封面的《聖經》是這間屋裡僅有的一本書，是標準美國版本，我還從來沒有讀過這個版本呢，我總是用英王詹姆斯欽定版。我驚奇地問：「你現在屬於一個教會了？」

「沒有，我還是獨立一個人。」霍莉笑著，骨骼分明的臉上還是一樣的無所謂表情。「到目前為止，我一直跟著一個傳教會，好求得保護。」

「可你在閱讀經文了。」

「有時候讀經文是一種樂趣。」

「那你為什麼不入教會呢？」

「我和上帝對話必須要透過一個機構嗎？」

我閉上眼睛，唸道：「我就是道路，就是眞理，就是生命。不透過我，無人可以直達天父。」我停了停，睜開眼睛看著她。

「哎呀，你聽上去像個牧師。」

「眼下我就是個主教。」我輕聲一笑，接著又說：「即使你不需要教會，你還是需要耶穌，對不對？」

「這就是為什麼我一直在尋找他。」

「所以你一直四處遊走，去尋找上帝？」

「我也在用心去尋找。」

「你是個很奇特的女人，霍莉。」

「這個我不否認。出乎意料的是，日本人燒了我的家，倒讓我自由了。」

「你這話怎麼講？」

「沒有那所舊房子了，我就可以想去哪裡就去哪裡，過一種不同的生活。」以前我也聽她這麼說過，所以我把話題轉了一下。「我欽佩你為我們同胞作出的奉獻。你已經成為我們中的一員了。」

「並不是這樣的。我只屬於我自己。」

「可你是中國公民，對吧？」

「國籍只是一張紙。我既不屬於中國，也不屬於美國。我說過的，我是獨立一人。」

「可你一直在投身於我們的事業。」

「那是因爲我相信這是應該做的。我只跟隨我自己的心願走。」

「好啦，霍莉，你過著艱苦的生活，你朋友秀芹也一樣。你不能說你們倆爲了這個國家沒有作出一點犧牲。」

「我們這麼幹，只是因爲我們相信這些事情值得我們付出。一個人不必因爲熱愛某個國家，才做應該做的事情。」

「也就是說，你喜歡這樣一種生活，你會永遠這樣當一個寡婦？」

她放聲大笑。「我知道和一個我愛的男人一道生活是怎麼回事。人一生愛一次就足夠了。」

「你還在思念你丈夫嗎？」

「是的，思念。我丈夫哈里是一個詩人，雖然他發表得不多。他是一個好人，我們互相太喜歡對方了，所以，來生如果還能相遇，我們願意還做夫妻。」

我咯咯笑了，覺得她這個想法挺逗——這話像個信佛的人說的。「所以他去世以後，你再也找不到更好的人了？」

「是的。我跟幾個男人交往過，不過他們都沒法跟哈里相比。我的心就漸漸對男人關上了。」

「那麼你的朋友秀芹呢？她也不想結婚，不想有個家嗎？她還那麼年輕呢。」

「她未婚夫也死了，他一定也是個了不起的人，要不她不會這樣生活的。」

「你跟我講過她的不幸。」我知道秀芹的未婚夫是個軍官，死在跟日本人作戰的陣地上。

「她經常說，爲他去死她都樂意——她愛他愛到那個程度。我勸她在什麼地方安頓下來，可她願意四處漂泊爲教會做義工。這樣的生活讓她感到比較安全。」

秀芹走進來，說該吃午飯了。她已經讓廚子準備了一份肉菜，我們應該在開午飯之前去吃，不然的話，就可能讓其他人眼饞，給廚房帶來麻煩。我跟著她們走出門，來到充當餐廳的小棚子。一小盆米飯，兩盤菜——一盤是青蔥豆腐炒小白菜，另一盤是豬肉丁燉扁豆——放在一張簡易桌子上，那桌子就是六根短木頭上邊釘著兩塊板子。飯菜味道一般，但我喜歡豆腐，挾了一些到我的碗裡，用筷子拌一拌。霍莉用了把勺子，有滋有味地吃起肉來。看得出來，這是她和秀芹不常吃到的好菜。

空氣中蕩漾著一股牛糞和新割下的青草味兒，遠處稻田邊一個小池塘，閃現著點點白鵝。我們正一邊吃一邊聊，忽然冒出一群孩子，個個瘦得皮包骨頭，用被飢餓磨尖了的眼神盯著我們。不過都不出聲，也沒一個人往前邁步。一個六、七歲的女孩，一隻赤腳踩在另一隻腳上，小嘴半張，嘴角流下口水來。我正拿不定主意，該不該給他們點飯吃，霍莉和秀芹交換了一下目光。接著，秀芹站起來，走到五個孩子跟前說：「你們都回去拿碗筷，過幾分鐘再來。我們會給你們留一點。不過，每個人都要保證：不要爲搶飯而打架，聽見沒有？」

他們點點頭，然後跑開了。我們趕快吃完碗裡的飯，離開了座位。秀芹用塊毛巾蓋上剩下的米飯，在菜盤上倒扣了一個竹笸籮，擋住飛來飛去的綠頭蒼蠅——有幾隻蒼蠅，翅膀脫落了，在桌上爬著。霍莉交代廚子幫孩子們看住那些剩飯。「好的，」那男人說：「要是你又想慣著他們，我還能說啥呢？」

「要讓他們一起分著吃。」

「我會的。」廚子說話時，把巴掌罩在耳朵後邊，看他那樣子，耳朵不太好使。

霍莉和秀芹下午要工作了，因爲剛從安徽來了一些難民，所以我又待了個把小時之後，就告辭了，動身去火車站。開始下雨了，大大的雨點子落在樹梢、屋頂和我的雨傘上。我向北走去，一路上都在琢磨她兩人的生活。我欽佩她們，但是不能說她們的生活方式比我的或明妮的更好。就算想和她們過一樣的生活，我們也沒那個自由了。就拿明妮來說，她肩上壓的是對金陵學院那些窮困婦女和女孩子們的責任，她們都把她看作是自己的保護者。

四十二

夏天幾乎平淡無奇地一天天過去，直到七月初的一天，從洛陽來了一封信。裡邊有一張手寫的字條和一張報紙剪報，上面有我兒子的照片。報上那篇短文的標題是：〈游擊隊嚴懲漢奸賣國賊〉，我讀著文章，心頭開始狂跳，不得不坐下來。文章說，浩文是在洛陽一家劇院門前被刺殺的。「大快人心！又一個漢奸得到了應有的下場。」作者寫道。

麗雅念了用鉛筆寫成的紙條，上邊說：「高阿姨，你的兒子浩文被殺死了。他是一個好人，是出去到郊區給一個老百姓看病時，被他們用刀刺殺的。也許是因爲一個被俘的中國團長死在他手上。浩文確實盡了最大努力搶救那個人，可是那人腹部的傷實在太重了。對您失去親人，我深感悲痛。」奇怪的是，寫信人沒有寫下他的姓名，不過從信上流暢的筆跡，可以看出他一定是個中國人——也許是浩文的同事，也在日本軍隊裡服務，所以不敢簽名。

我和麗雅都哭出聲來，把帆帆嚇壞了，也跟著嚎啕大哭。麗雅把他抱起來，用手捂住他的嘴，「別哭，別哭，帆帆……媽媽給你好吃的。」她一邊說著，一邊把他抱到客廳，把半袋奶糖全給了他，他這才止住了哭聲。

我家的天塌了，可我們不敢發出太大的聲音，我把門閂插上，又關上了窗簾。我和麗雅哭得死去活來，癱倒在床上，兩人的頭挨著，頭髮混在一起，都被淚水打濕。「媽，我們爲什麼會遭這樣的大難？爲什麼啊？」她不停地哀號著。

我心裡也湧起了同樣的問號，可是我已經悲慟欲絕，說不出個囫圇句子。我們本能地知道，絕不能讓鄰居聽見我們的哭聲，所以使勁壓低哭聲，用巴掌捂住嘴巴。

要讓我和麗雅隱瞞家裡這場巨禍，是太難了。我覺得自己已經半死不活了，第二天不可能去上班。我們怎麼跟別人說親人去世這件事？我們不能提浩文是被游擊隊刺殺，那就等於承認他是個漢奸，罪有應得。可是，他的死不是已經登了報，廣爲人知嗎？沒錯，不過也許只是在河南那邊當地傳開了。而在這邊，除了明妮，沒人知道他在日本軍隊裡當醫生。即使大家看到我們爲他的去世而悲痛，他這個身分的祕密，或許還是能保得住。我和麗雅商量好，只對大家說，浩文是在回中國的路上被日本人殺害了。這是撒謊，但這個謊言能保護我們，也能讓浩文的名聲清白。

浩文的後事我們不能去料理，只能讓他在什麼地方當個無名無姓的孤魂野鬼了。日本人並不把他們的陣亡士兵運回日本，頂多一個屍體切下一根指頭，把所有這些指頭一起火化，再把骨灰分給每個家庭一點。兒子的屍體不能妥善埋葬，這個念頭像帶著尖刺的爪子，猛然攫住了我的心，我又哭了。

夜裡，帆帆睡著了以後，我和麗雅談起浩文遠在東京的妻子和兒子。越想他們的前景，我們越感到無望。此時此刻，我們根本沒法幫到盈子和阿眞。事實上，只要戰爭仍在繼續，我們就連他們的存在都不敢公開。我們相信，日本軍方一定已經把她丈夫的死通知盈子了。我禁不住地想像那些等待她的守寡日子。從現在起，阿眞就沒有父親了，可能會被別的孩子當作「中國小雜種」，那些孩子會嘲笑他、欺負他。我的五臟六腑好像被幾隻巨手在擰絞著，我在床上打滾，又痛哭了起來。

第二天，我起不了床，四肢酸軟無力，覺得已經半癱了。麗雅煮了米粥，端到床邊，可是我嚥不下去，喉嚨裡又紅又腫。下午，丹尼森夫人來了，見我病成這樣，她顯得十分不忍。我對她說，我兒子在回家看我們的路上，剛剛被日本人殺害了，所以我需要幾天時間才能從悲痛中恢復過來。她聽說浩文一直在日本，感到很意外，但她知道，我只有這麼一個兒子，她可以看出，浩文的死對我們全家的打擊是巨大的。她一邊嘆息一邊痛罵日本人，說她眞恨不能踏平東京。

「好好休息，安玲，」丹尼森夫人說：「我會叫茹蓮接替你一段時間。」

我堅持說，自己很快就能下床。我生病期間，可以叫麗雅替我幹事，因爲反正我的工作不需要太多經驗，我可以指點她該做些什麼。老太太考慮了一下我的建議，然後說：「那倒是眞的。你在床上也可以安排事情，那就讓麗雅當幾天你的副手吧。」

我在床上躺了一個星期。在日記裡，提到浩文之死時，我只說成是日本人犯下的罪惡，現在我和耀平沒有兒子了，我擔心我寫下眞話來可能被別人看到，這樣的可能性是存在的。我胡思亂想了很多，沉浸在對過去的回憶裡。記得二十年前，我們經常在秋天裡到紫金山去採蘑菇。那時候，紀念孫中山的宏偉陵寢還沒有建立，因爲孫中山當時還在世。我們會帶上一小籃子吃的，水果啊，幾瓶水啊，在湖邊，或在明孝陵裡的大石頭動物和大楓樹下野餐。天氣好得不得了，藍晶晶的天空，秋高氣爽，不時吹來和煦的微風，輕拂著青枝綠葉。我們還到長江裡去划船。耀平在這種時候往往興致極高，常常吹起笛子，我則坐在租來的小船的船尾，用一支獨槳靜靜地划著。浩文和麗雅玩著浮水，在淺水中漂流。浩文發明了一種游泳姿勢，他說叫「蛙刨式」：胳臂的動作是蛙泳，腿的動作是蝶泳。他把這個游法教給麗雅，可她的胳臂和腿就是不會像他那樣配合協調。那些快樂的時光，遙遠得就像是上一輩子的事了。

我還回憶起在堤岸上放風箏的情景。耀平手很巧，會做各種各樣的大風箏，老鷹啦，花蝴蝶啦，鳳凰啦，蜈蚣啦。人們都很眼紅地看著他放這些大風箏。每當這時，浩文總是興奮異常。有一次他事後發了兩天高燒，因爲他在酷暑裡跑了幾個小時。現在他死了，屍體在哪裡我們都不知道。就算他還活著，我想他也永遠不再是那個快活的孩子了……

如果他不是個顧家的人，也許他會拋棄妻子，回到中國以後，會很快從「皇軍」開小差，然後可能會參加抗日部隊，倖存下來。人們甚至可能把他當成一個捨家爲國、奮力抗敵的眞漢子去尊敬。可是，他善良、忠誠、平凡的天性，卻注定了他的毀滅。

四十三

一個星期後，我回去上班了。麗雅和我都沒戴黑紗，生怕讓別人注意到我家的處境。我戴上了浩文送給我的金手鐲，不再管它來路正不正了。現在，它成了兒子留給我的遺物，變得珍貴了，所以我一天到晚戴著它，不過我把它藏在袖子裡。

七月底的一天早上，丹尼森夫人把我叫到她的辦公室。整個暑假裡，她依然忙著房屋修繕的事，現在，原來建了一半的公寓樓完工了，只是還沒有住人。我在她那張桃花心木辦公桌前剛一落座，她就說：「安玲，我想讓你幫我們裁減一些家庭手工藝班的學生。」

「爲什麼？」我驚訝地問。

「咱們下一個階段的工作是恢復大學。」

「可是讓那些窮人婦女到哪兒去？」

「那就不是我們的事了。這裡不能永遠是難民營。」

「明妮知道這事嗎？」我問。

「她無權過問這事。我們在紐約的董事會已經作出決定，他們給我來信了，同意我們學校的計畫。」

「什麼計畫？」我佯裝不懂，做出迷惑不解的表情。

她嘴張得老大，好像含了什麼難以下嚥的東西。「別繞圈子了。安玲，我瞭解你——你非常聰明，什麼都明白。我需要你的幫助。」

我嘴上一言不發，腦子裡卻轉個不停。如果我拒絕合作，老太太完全可以把我解僱。不知怎麼的，明妮走以後，沒給我來過隻言片語。現在我該跟丹尼森夫人說什麼呢？

「安玲，」她接著說：「你跟我們十年了，我不想看著你離開。可是這一次，你必須幫助我們恢復大學。」說著說著，她淚水湧了上來，眼裡含著怒氣。

「我會盡力而爲。」我囁嚅道。

她繼續解釋說，我們在家庭手工藝學校上的經費已經少了很多，這樣我們就必須勸說一部分學生離開。她要我去宣布：我們將不再爲大部分人提供以工助學的計畫，所以她們得另謀出路。我別無選擇，只能答應去執行這一方案。

我跟大劉談了丹尼森夫人的指示，指望他有明妮在青島的地址，可他也沒收到過她的來信。我們都不知道怎樣才能阻擋老校長這麼幹。

我向大家宣布了秋季要減少學生的計畫，她們都蒙了，有些人求我別把她們攆走。我對她們說：「你們看，我只是個具體辦事的，這個事兒我說了不算數，我不過是把上面的意思傳達給你們。姊妹們，我幫不了你們。你們有話應該找丹尼森夫人去說，她直接跟紐約有聯繫。」

我說話時，努力不帶任何感情色彩，可我感覺很不好，也不忍看到她們那麼絕望。我知道她們在老校長面前誰也不敢出口大氣，她聽都懶得聽她們說。不到一個星期，就開始有人離開金陵學院。我深感歉疚，送給她們每人一條毛巾或一塊肥皂，當個小小紀念品，可有的人碰也不碰這些小禮物，也不跟我說話。她們一定把我看成女魔頭了。

雪上加霜的是，姍娜報告說中學裡很多女生都退學了，因爲城裡傀儡政權出資辦的學校都是免費的，把我們的學生吸引去了，尤其是那些交不起一年四十元學費的學生。我眞不知道怎麼才能向明妮報告所有這些變化。

明妮直到八月中才回來。我安排了一輛車去接她，也親自去了車站。她曬黑了，人也瘦了——在那個濱海城市，一定沒少游泳。她的箱子裡裝了兩千元現款和一百管牙膏。她生怕被衛兵發現，把錢給沒收了，可是我們走出下關火車站時，沒有誰讓她打開箱子。那些現款多半是青島和上海的金陵校友們捐的，牙膏是那五個盲人孩子送的，她們都很好，不過都說她們很想念金陵學院。其中有三百元錢，是賣掉丹尼森夫人的銀器得來的，也捐給我們學校了。不過，過挹江門時，一個軍官把明妮攔下來，因爲她的傷寒疫苗證明過期了。他把她帶到附近小房子裡，那裡有個護士會給她打預防針。屋裡已經有好幾個中國人在等著注射，護士給所有人打針都用同一個針頭，每次用了之後，只是用酒精棉球擦一下。一根針頭反覆使用的場面把明妮嚇得夠嗆，可她什麼話也沒說就打了這一針。

明妮把兩千元交給丹尼森夫人，老太太高興極了，說金陵的優勢就在這裡：我們總可以弄到捐款來推行校內的計畫。有了足夠的資金，我們學校在不遠的將來就可以重新獲得聲望。明妮察覺到，新學期裡兩個學校的學生都少了很多。便問我：「我們現在的學生怎麼少了？」
「丹尼森夫人說，我們不再出錢資助那些婦女了，所以她們不走不行。」
「那中學的女生少了又是怎麼回事？」
「有些人退學了，因爲城裡的學校都是免費的。」
「我倒不擔心那些到別處也可以上學的女孩子。可是那些窮人，離開這裡會怎麼樣？有的人還帶著小孩子吶。」
「我也覺得對不起她們。」
「家庭手工藝學校裡還剩多少人了？」
「不到一半了，二百七十三人。」
「這不是背叛嗎？我覺得這是對我本人的侮辱。」明妮瞪著我的眼睛裡噴出火來。
我很窘迫，但還是回嘴說：「你看，明妮，你沒給我寫一個字來。大劉和我都爲這事急死了，可是不知道怎麼跟你聯繫。憑我一個人怎麼能違抗丹尼森夫人？她可以想都不想就讓我捲鋪蓋走人。」
明妮一聽這話便住了嘴。她垂下眼睛說：「對不起，安玲。我在床上病了幾個星期，沒法寫信。」
「你怎麼了？」我問。
「我覺得沮喪，打不起精神，下不了床。不過後來游了兩個星期的泳，我現在好了。」
「咱們該怎麼辦呢？」我接著說，希望能夠找到良策以減緩兩個學校裡的減員。
「我去找丹尼森夫人，去討一個說法。」

「別，你別去。她說是奉了董事會的指令。另外，我們也沒法把走掉的人再找回來。」

「簡直亂了套！這讓我眞恨自己。」明妮說。「我覺得自己眞小心眼兒，怎麼就那麼在意自己的個人面子，獨自跑到青島去了？就因爲不能在那幢該死的洋房過暑假，我就把兩所學校給斷送了。」

「你別太內疚了。」我說。「你又不是鐵打的，你需要度假。沒人會責怪你，已經做了的就做了。咱們還是保持冷靜，看看可以怎麼補救吧。」

「從現在起，我們要加倍小心。」

我把兒子的事情告訴給她。她擁抱了我，擦去滿眼淚水。

「安玲，」她說：「你眞是個堅強的女人，像雕像一樣沉穩。我要是能像你就好了！」

我不知道怎麼回答，也淌下了眼淚。從這時起，我覺得我們兩人比過去更親近了。在她沮喪或受到挫折時，她常常會向我傾訴眞情。我向明妮保證，給吳校長寫信通報這兒的情況。我們兩人都可以斷定，吳校長不會站在丹尼森夫人一邊的，別看老太太曾經是她的導師。如果得到吳校長的理解和支持，我們就能夠對付丹尼森夫人。

秋季開學之前，明妮和我打算去看看瘋玉蘭。我們驚愕地發現，醫院竟不見了。整座樓正在翻修，已經搭起了竹子鷹架，要變成軍方的招待所。明妮向施工隊的一個工頭詢問，醫院的病人和醫生護士都到哪裡去了。那人搖搖剃光的腦袋說：「我聽說他們都走了。」

「你知道他們去哪裡了嗎？」她問。

「這個我可不知道，夫人。他們可能都回家了。你知道日本人——他們的計畫每個月都在變。」

我拉拉明妮的袖子。「咱們走吧。」

很多醫護人員都是日本人，戰爭還在進行，他們不可能回國去，更不要說中國的病人了，他們根本無家可歸。

我們離開工地，又去了天華孤兒院，想看看莫妮卡知道不知道醫院解散的情況，可是，比上次更蒼白的莫妮卡，也完全不知情，她連醫院沒影了都沒聽說，一個勁向我們道歉。「千萬別自責啦。」明妮說。她給莫妮卡留下了一盒核桃酥——本來是給玉蘭帶去的——並要她對自己的身體多加小心。看上去她的病情更重了，兩頰下陷，雙眼無光，可她還是心情很好，看到我們來了，高興得眉開眼笑。我卻擔心她很快就無法工作了。

回到學校，明妮給楚醫生打了電話，問他現在日軍醫院在哪裡。「你可不可以幫我打聽打聽，病人都到哪兒去了？」她問。

他答應去查一查，明妮還邀請他來我們這裡喝茶。

第二天下午楚醫生來了，他看上去身體不很好，眼神呆滯，面容消瘦。我給他倒了烏龍茶，又在茶几上放了一碟小麻花。他坐在辦公室正屋裡的帆布沙發上，說，醫院解散一事他查到了，不過，拿不準工作人員究竟去了哪裡。「他們可能被合併到別的醫院去了。」

「那麼病人呢？」明妮問。

「從一開始就沒多少病人。」

「我想知道玉蘭去哪裡了。」

「讓我說什麼呢？」他嘆了口氣，放下茶杯。「我聽說他們把一些病人送到了滿洲去。」

「爲什麼送到那裡？」

「有一個專門研究細菌戰的機構需要用人體做實驗。」

「『細菌戰』？太可怕了。他們被送去的地方是個實驗中心嗎？」明妮問。這是我第一次聽說「細菌戰」這個詞。

「我瞭解得也不多。」他回答，「不過我聽說，東北那邊有一個日軍機構，用人體做細菌和病毒實驗。他們一直在收集『人體圓木』，供做實驗用。」

「也就是說，送去的人都不會活著出來了？」明妮問他。

「眞抱歉，是的。在某種程度上，玉蘭和另外那個瘋姑娘死得越早，對她們本人就越好。」

「這個說法太可怕了！」

「她倆都得了性病——據我所知，非常嚴重。兩人實際上被當作了性奴隸。那是一種什麼日子？很多中國人相信『好死不如賴活著』，我不喜歡這個說法。如果活著就是受罪，那還不如結束這條命。我必須說，如果我是她們，早就自殺了。」他盯住我，彷彿在看我是不是想反駁他。我卻只想說贊成他的看法。

「可是她們兩人頭腦都不清楚了。」明妮說。

楚醫生沒有回答。他在腿上把兩手絞在一起，移開了他悲傷的目光，好像對自己的話感到羞恥。明妮又說：「我要請你幫個忙。你能找到那個機構的名稱和具體地點嗎？」

「你是說，做細菌實驗的那個？」

「是的，請你幫我找到。」

「我盡力。」

這次談話讓明妮更陷入了抑鬱。一連幾天她不停地說，如果她早點度假回來，說不定會把玉蘭給救出來。她認定了，玉蘭的遭遇打一開始就有一部分是源於她的過失。要是她留在這裡過暑假就好了。她可以搬回到自己的宿舍去住，這樣就不必和丹尼森夫人每天抬頭不見低頭見了。明妮責難自己，太在意自己的個人感受和丟臉不丟臉。她怎麼能夠因爲私人意氣之爭而誤了更重要的事情，比如營救一個女子的性命和保護兩所學校呢！她至少可以給大劉或我寫信來，好對學校的情況有所掌握啊。她陷在對自己心胸太狹窄的自責中難以自拔。她怎麼彌補呢？她越想自己的過錯，就越對自己感到失望。

她的自責令我不安。不管我怎樣努力勸她不要內疚，她都不停地談論玉蘭和我們失去的那些婦女。我覺得明妮有些鑽進牛角尖出不來了，對她說，就算她當時在這裡，可能也根本沒有能力救出玉蘭——日軍怎麼會讓一個美國女人來橫插一桿子？

我知道明妮和大劉關係很密切，可能也對他談過這些問題。他還是一個星期教她兩次古代漢語。可是這些天來他忙得不可開交，因爲美燕再一次打算逃出南京，去四川參加國民黨部隊，或去共產黨在北方的根據地延安。美燕憎恨這裡的一切，甚至這裡的空氣、這裡的水、這裡的一草一木，更不用說這裡的人了。她把金陵學院稱爲「耗子洞」。不再去教堂，把《聖經》也扔了，說她看透了，上帝對人類的苦難壓根兒沒放在心上。她告訴麗雅說，再也不信基督教了，在她看來，基督教就是要削弱人們的抗爭意識。大劉曾對女兒寄予厚望，她的頭腦像刀鋒一般銳利，可是現在，她變得讓他越來越痛心。更糟的是，有流言說她開始跟路海眉來眼去，總是在外邊待到下半夜才回家。丹尼森夫人已經跟路海談過話，他答應不再見美燕了，還說他們兩人之間絕對沒有什麼事兒，可是，別人仍然看到過他倆一起溜出校園。

四十四

九月十八日那天，約翰．埃里森邀請明妮到美國大使館去吃午餐。她問他可不可以帶我一起去，他表示歡迎。我們到的時候，埃里森還在開會，但叫人把我們帶到餐廳。餐廳裡好亮堂，寬闊的窗戶，螺旋花紋的天花板，黃銅大吊扇，屋角裡還有兩盆仙人掌。不多會兒他走了進來。

午飯是奶油菠菜和通心粉拌海鮮。我們吃起來後幾分鐘，主人打開他的公文包，拿出一個織錦小盒，把它放在明妮面前。「我應該把這個交給你。」埃里森說，朝小盒子攤開巴掌，他的無名指上戴著一枚精緻的戒指。

「給我的？」她問。

「對，打開吧。」

她打開盒子。絲綢襯裡內，躺著一枚向日葵形狀的金色勳章，勳章中心鑲嵌著晶瑩的藍玉。「我們中有多少人得到了這樣的勳章？」她指著那個金花冠問埃里森。

「只有你和活菩薩約翰．拉貝。」

「霍莉．桑頓也應該得到一枚。」

埃里森咧嘴一笑，露出結實的牙齒。「霍莉可能會在下一批得獎的人裡吧。依我所見，路易斯・斯邁思也應該得獎。」

「約翰・馬吉也應該得一枚。」明妮加上一句。

我拿起獎章，翻過來看看，明妮的名字刻在背面。與獎章一起還有一張證書，嵌在皮面夾子裡。我打開證書，是中華民國中央政府頒發的一張嘉獎令，表彰她拯救了上萬名南京市民的生命。「太好看了。」我說。

埃里森微笑著放下手裡的叉子，渾圓的前額閃閃發光。「這獎章叫作采玉勛章，是中華民國政府頒給外國人的最高榮譽。」

「它有什麼意義嗎？」我問他。

「它意味著，獎章得主是中國最尊貴的朋友，在這個國家的任何地方居住都受歡迎。」

我對明妮說：「恭喜你！」

「我不過是做了我應該做的。換了我們中的誰，在那種情況下，都會那麼做的。」

埃里森接著說：「我希望你們兩位對獎章這事不要聲張。戰爭沒有結束之前，這件事千萬不要公開。」

「好的，我不會透露出去的。」我說。

「你覺得戰爭會很快結束嗎？」明妮問他。

「我想不會。俄國剛剛入侵了波蘭。歐洲的形勢看來十分險惡，很可能會爆發戰爭。」

這是我們第一次聽說俄國的入侵，以前倒是知道，德國已經占領了波蘭西部。我們驚駭不已，不由得倒抽一口涼氣。

窗外的蟬鳴高一陣，低一陣。大街上一頭驢叫起來，還氣急敗壞地甩動著挽鈴。「人們這是瘋了還是怎麼了。」明妮嘆息道。

「為什麼邪惡總是占上風呢？」我說。

「我們每天都為和平祈禱，」她接著說：「顯然禱告不管用。」

「歐洲誰也沒有能力阻止希特勒，」埃里森說：「我擔心會有一場世界大戰。」

「斯大林會怎麼樣？」明妮問。

「他跟希特勒狼狽為奸。」

飯桌上我們也談到中國的形勢，入侵的日軍似乎已經陷入了泥潭，然而和平解決是不可能的。共產黨的部隊一直在騷擾國軍，這就迫使蔣介石同時還要與共產黨作戰。國民黨軍隊去年在花園口掘開了黃河大堤，試圖以這種辦法來阻止日本部隊的前進；蔣委員長仍被這個醜聞所困。根據最新公布的數字，共計八十萬平民死於水災——用任何軍事計畫的名義也無法為此辯護。更愚蠢的是，國民政府對北方各省的貧苦農民徵那麼高的稅，完全不顧他們已經陷於乾旱造成的饑荒中。有報導說，由於付不起沉重的賦稅，鄉下有人開始擁護日本人了。

飯後，埃里森擁抱了我們，爬著鋪了地毯的樓梯去三樓開會了。我們步行回金陵學院，一路談著前途未卜的歐洲——德國和俄國入侵波蘭，使歐洲的前景凶多吉少。我們知道丹尼森夫人計畫了明夏訪問德國，她也許不得不取消她的德勒斯登、維也納和布拉格之行。我逗明妮說，她現在最好還是找個安全的地方藏起她的勳章吧，不然可能會被人偷走呢。

「要是能賣的話我會把它賣掉，」她說：「如果丹尼森夫人聽說了，會嫉妒得發瘋。」

「那是一定的。必須得保密。」

這個話題讓明妮感到不快，她話鋒一轉，談起我們在秋季必須著手進行的幾件事情，比如，爲兩個學校儲存足夠的大米和燃料，爲周圍窮苦人家的孩子提供冬衣和鞋子。

第一場霜凍之前，我們得購買大量蔬菜，讓家庭手工藝學校的婦女們醃製起來。我們還得組織她們縫棉被和棉衣棉褲。我得多弄些煤來，因爲丹尼森夫人有指示，一棵樹也不得再砍——如果需要，我們將僱人來看守，防止偷伐。她說長成一棵樹要很多年，而砍倒一棵只需要幾分鐘，我們應當保護它們。

爲買到煤，我找了幾家煤場都沒弄成，因爲除了供應管制，日本人還把開採出來的原煤大量直接運回日本。一連幾個星期，我見到的煤商都告訴我，他們只能零售，一次兩三百斤。我估計，他們這麼賣一定是爲了賺得更多的利潤。

一個月後，我終於弄到十二噸無煙煤。也就是說，至少我們的辦公室冬天裡可以取暖了。

楚醫生給明妮捎來了信，說日本實施細菌戰研究計畫的部隊代號叫七三一部隊，領頭的是石井四郎少將，尊稱「博士將軍」。七三一部隊駐紮在哈爾濱城南的平房區。不少外國人，像俄國人、朝鮮人，也被囚禁在那裡，被用做活體實驗的標本。由於這一研究項目屬於最高機密，楚醫生讓本順把信直接帶到金陵學院，並叮囑他，如果在路上被日本人扣留，一定要把信毀掉，吞到肚子裡或全部撕碎。他還囑咐明妮，看完以後一定要燒毀，千萬不要對任何人洩露信的內容。明妮看了兩遍，然後給我看了，因爲想聽聽我的意見。等我讀完，她畫了根火柴，把信燒掉了。一連幾天，她都在考慮親自去一趟東北，幻想著她的造訪可以把玉蘭從那裡救出來。這些想法明妮對誰也沒說，只告訴了我。

我激烈地反對她的打算。「你這是發瘋了。」我對她說：「爲什麼要冒這麼大風險？你出現在那裡，會給你自己和其他人都帶來極大的危險。」

「怎麼會呢？」

「日本人會把你也關起來，你不說出來是怎麼知道他們祕密計畫的，他們就不放你走。其實，他們也許乾脆把你殺掉滅口，除掉見證人。」

「我不在乎自己會怎麼樣。一切都在上帝的手裡——如果我該死，我就死好了。但你不覺得，我到了那裡可能有助於把玉蘭救出來嗎？」

我搖頭嘆息。「說句老實話吧，我看你是鑽進牛角尖了。我們連玉蘭是不是還活著都不知道。一旦他們把她弄進去，她就不可能活著出來了。」

「那我就這麼放棄了？」

「不放棄你還能怎麼辦？而且，你必須考慮你這一去的後果。學校裡找不見你，會引起種種猜測，各式各樣的謠言會滿天飛。更糟的是，就算你運氣好能夠回來，丹尼森夫人也一定饒不了你。你這麼一走，只會造成醜聞。」

明妮終於明白了我這番話的邏輯，所以她同意打消這一計畫。可是關於玉蘭的念頭卻一直在吞噬著她。她情不自禁地想像其他營救她的可能性，並經常和我商量這些辦法。「你別走火入魔了，」我提醒她，「有時候我們必須學會忘記，才能繼續活下去。」

儘管如此，她還是不斷地折磨自己，身邊一沒旁人，她就忍不住要跟我談玉蘭。

四十五

楊愛鳳暑假之後一直沒回來，雖然秋季新學期都開學三個月了。七月分以來，就再沒人得到過她的音訊。根據美國大使館提供的消息說，她參加了一些抗日活動，被日本人逮捕了。十一月初，丹尼森夫人終於收到了愛鳳的信，說她本人倒沒事，但她的未婚夫，原是北京的一個記者，現在被關押在天津，日本憲兵說他「從事間諜活動」。她說他根本不是間諜，這其中一定有誤傳、誤解，或是遭到某些中國人的陷害。她暫時還必須留在那邊，爲營救他奔走，不過她許諾，他一旦獲釋，她立刻就返回南京。丹尼森夫人搖著亞麻色頭髮的腦袋，對我們說：「愛鳳是個聰明人，很有辦法，她會平安的。」我們的學生減少了，倒是並不缺她來教課。

一個星期後，我們收到吳校長的來信，她很高興家庭手工藝學校減少了人數——她一定認爲這是向恢復大學邁進的一步。

自從暑假回來，明妮一直感到很容易疲倦。有時候，她在辦公桌上就睡著了，有一次還誤了跟《芝加哥論壇報》一位記者的會見。每個星期一早上，她會把一週日程交給大劉一份，這樣他就可以每天向她提醒有哪些重要的事情和安排。

到我們學校參觀的日本人也多起來。大多數是平民，有些是基督教徒，有一位甚至把他的孩子都帶來了。來訪的人中間，有一位四十歲上下，叫與口的，微微有些駝背，尖瘦的臉，笑起來眼睛就不見了，好像挺怕光。他來得很勤，一有機會就跟我們攀談。他在滿洲居住了不止十年，中國話帶有尖銳的口音。一開始，他不肯相信我們告訴他的那些日本兵所犯下的罪行，但明妮帶他去見了家庭手工藝學校的一些婦女，讓他跟她們去談。她們給他講了自己的遭遇，使他逐漸相信起來。在她們情不自禁痛哭起來，說不下去時，他甚至還對她們鞠躬道歉。

一天下午，與口對我們說：「軍隊採取了措施來控制他們的人，要確保他們的供給。我可以肯定，不會再發生放火強姦和虐殺的事了。」

「你這話是什麼意思？」明妮問他。

「有位軍官告訴我，從去年冬天開始，每次軍隊占領一座城市，在軍人之前會派憲兵先進駐。而且，軍官們都接到命令，要像對待兄弟那樣對待部下，這樣他們就不會像兩年前那樣，對著老百姓發洩怒氣了。你看，軍隊在想辦法防止野蠻行爲。」

這話聽起來滑稽——與口是個平民，卻試圖爲皇軍辯護。

明妮說：「你認爲他們能夠一下子煞住暴力嗎？」看他一臉惶惑，皺起來的腦門上現出兩道豎紋，明妮又補充說：「那些暴行會烙刻在受害人腦海中很多很多年。那是一些不能被輕易忘掉的東西。就像愛收穫愛一樣，仇恨也會種下仇恨。」

與口臉紅了，接著是一陣沉默。然後他說：「對不起，我從來沒從那個角度想過。」

他沒有再提這個話題。他想向家庭手工藝學校訂購三件棉袍，好送給他的孩子們當聖誕禮物。這事情我替他安排了，不過我沒告訴做針線活兒的婦女們是誰要的，我擔心，一旦知道是給一個日本家庭，她們會拒絕做這樁活兒的。

明妮和我很高興看到與口的轉變。這更加讓她確信，只有透過在日本的基督教徒，才能說服日本民眾看到戰爭的罪惡，才能實現和平。與口又把其他日本基督教徒帶到金陵學院來，他們對教學樓、圖書館和花園都留下深刻印象。明妮對他們說：「春天再來吧，到那時候，我們的校園就像一個美麗的公園。事實上，我剛到這裡來工作時，就想好了，要把它變成一個花園。」

與口建議金陵學院派人到日本去，給那邊的基督教徒講一講南京發生的事，這樣對增進中國和日本之間的相互瞭解，可以是一個很好的步驟。這個主意讓我們驚嘆，不過明妮並沒有當場答覆。等與口走後，我們商議了這個建議。我坦白地說：「要不是我的孫子和兒媳都在那邊，你就是砍斷我的兩條腿，我也不會跨進那個國家一步的。」

「你是說你不想去？」明妮問道。

「我當然想去。如果知道他們的地址，我想見到盈子和阿眞。」

「那麼我們就讓你來當這個代表團的領隊。」

明妮還問了愛麗絲，看看中國人在日本旅行是不是安全。「那是不成問題的。」愛麗絲很肯定，「那裡的日本人跟這裡的日本兵完全不一樣。」

受到愛麗絲的鼓勵，明妮又找到瑟爾·貝德士。他三年前曾經在日本待過一個夏天，很喜歡那個國家，儘管他一直在記錄日本的戰爭罪行，還揭露他們操縱毒品交易，要從精神上和身體上搞垮中國人。他眼下在南京大學任職，負責掌管學校的房地產，因爲他是個外國人，能夠與日本人面對面地打交道。瑟爾認爲到日本去一次是個好主意，並補充說，如果去的中國人能夠在日本的神學院和大學裡做些演講，也許會更有成效，不過對於我們能不能得到旅行許可，他沒法確定，因爲日本軍方有意掩蓋南京暴行的眞相，不想讓國際社會知道，所以，他們也許會拒絕讓南京市民去日本。這場戰爭在日本被宣傳爲「聖戰」，是一場天皇親自統帥、反對共產主義和西方殖民主義的戰爭。

令明妮驚訝的是，年輕的中國員工很熱烈地贊同這個動議，樂意去做一次傳播眞相、增進瞭解的旅行。姍娜和茹蓮對有機會訪問日本十分興奮，她倆的英語都說得不錯，是跟我同行的合適人選。與口再一次來造訪時，明妮和我便同他一道商議了這件事。他微笑著說：「不必擔心旅行許可的問題，我們會去設法弄到，我們在大使館裡有人。你不是認識田中先生嗎？」

「認識，他比別的人好得多。」明妮回答，不過我們有好幾個月沒見過他了。

「田中是個基督徒——這話別往外說。」與口瘦骨嶙峋的手放在一個大包裹上，那是長崎一個教會的幼兒園送給金陵學院幼兒園的禮物。他今天就是送禮物來的。

「哎呀，怪不得田中幫了這麼多忙。」我說。「一定的，他的事我們當然一個字也不會往外說。」

我們又商量從哪裡籌來旅費。與口說他可以向一個基督教協會申請些錢來，不過那些錢可能不夠全程費用。明妮對他說，她也會去找些基金。「我們暫且說定，」她說：「你們和我們各自負責一半開銷吧。」

「可以。希望我們能把事情辦成。」

我們覺得金陵學院應該資助這次旅行，我們此時還有些活錢。我們把想法報告給丹尼森夫人，先沒提起我也參加，她卻一口回絕：「不行，咱們一分錢也不會出的。要是姍娜和茹蓮想到日本去訪問，她們就應該自己掏腰包，要麼就是日本方面負擔開銷。我們的每一元錢都必須用在恢復大學上。」

「我也想跟她們一起去。」我突然脫口而出。

老太太吃了一驚。「你為什麼要參加這事？這裡邊有你什麼事？」

「我想看看那個國家什麼樣。」我囁嚅著說：「知己知彼，百戰不殆。」

「你又不是軍官。」

明妮說：「茹蓮和姍娜都是你的學生，丹尼森夫人。」她一定是以為自己同年輕員工們的密切交往，讓老太太反感了。

「所以我才不會對她們有偏心。」老太太回答。

「咱們現在有不少現款，我不明白為什麼不應該資助這樣的旅行？」明妮說。

「別忘了，我們都說好過，要把全部精力和資源都用在學院的重建上。」

「她們對日本的訪問，會有助於增進交流，在日本人和中國人之間加強相互理解。對於實現和平，那才是更有意義、更為必要的。另外，我們的代表團還會找到與那邊教會建立聯繫的渠道，從長遠來看，能夠直接和日本聯絡，只會鞏固我們學校的地位。換句話說，這同樣是在重建金陵學院。」

「我就是不想跟日本人打交道。他們造成的破壞夠大的了。我也要警告你，不要過多地跟他們攪和到一起。」

「你這話是什麼意思？」明妮問道。

「日本人是中國人的敵人。如果你和他們太過親密，是會在我們同事中間引起不滿的，會讓我們遭到質疑。你在接待日本人來訪的問題上，需要更加謹愼才是。」

「這眞夠荒唐，」明妮將手向上一揮，「中國人知道我熱愛中國，只爲他們的利益工作。」

「那麼你就應該把精力集中在恢復學院上。這是我們能對這個國家做的最好的事情。」

「你太執迷於恢復學院了。」

「坦率地說，你缺乏的正是執迷。你總是想得到所有人的讚揚，但是你不明白，沒有哪個人是可以讓所有的人都高興的。更糟的是，你根本沒做成什麼事——一天到晚瞎忙。」

「你是說，我沒有效率？」

「而且還不稱職。」老太太眼睛裡火星滋滋直冒，臉上卻毫無表情。

恰在這時候，本順出現在門口，探頭往裡看。「怎麼，你有什麼事？」丹尼森夫人問他。

「與口先生要見魏特林小姐。」

明妮瞥了一眼老太太冷笑的面孔，還是站起身來，走出去見客人。我想應該跟著她出去，但又忍住了。丹尼森夫人似乎事前就知道我們的旅行計畫，現在是有意要阻止。戰爭之前她去過日本，對那裡印象很好，用她自己的話說：「那裡乾淨，迷人，井然有序。」而且，她對思想和信息的交流是贊同的，所以她總是鼓勵大家在暑假期間多到其他國家訪問，甚至，在她當政那陣子，還爲此目的拿出過專款呢。爲什麼她對這次旅行抱有這樣的敵意？看樣子她決心已定，不論明妮打算做什麼，她都叫它擱淺。我大失所望，坐在那裡一句話也沒說。我多麼希望能去看看我的孫子阿眞。

最後，丹尼森夫人終於開口了：「這裡沒法再留明妮·魏特林了。她已經成爲咱們的障礙。」

這話讓我震驚。我把老校長的話告訴了明妮，她皺著眉頭，若有所思地說：「下一步該是什麼？你說她還可能怎麼樣？」

「我看不出來。」我說。「不過，你不要惹她。記得我跟你說過的話嗎？耐心等到媳婦熬成婆的那一天。」

「好吧，我儘量保持冷靜。」

儘管不太情願，明妮還是力爭與丹尼森夫人和解。不論好歹，在吳校長從成都返回之前，她倆還是要一道工作，我們學校可不能因爲她們的矛盾而分成兩半。明妮還說，她覺得跟老太太吵架實在有失身分。確實，在大家眼裡明妮就像個聖人，是慈悲女神，她不能因爲瑣碎的爭吵而有損自己的形象。

我們沒有阻止與口去爲茹蓮、姍娜和我申請旅行許可。明妮說，必要時她會爲我們籌款。目前聖誕節快到了，事情太多。如果我們要去日本，也只是明年暑假的事情。

四十六

聖誕節的前一天，是個星期天，大劉來到校長辦公室，一屁股坐到一把椅子上。「美燕跟著路海跑了！」他粗聲粗氣地說。「我並不想攪亂你過節，明妮，可我覺得應該告訴你，你好找人頂替路海扔下的工作。」

「天哪！你是說他倆私奔了？」明妮問道。

「我也不知道他倆的關係像不像兩口子。顯然是路海把她帶壞了。這孩子自從被日本人抓去之後，狀況就一直糟糕透了。」

「她精神上一定受了創傷。」

「她也夠可氣的，她一直在說，中國如果想打敗日本的話，就得來一場革命。」大劉的臉扭曲了，像是在忍住胃疼引起的呃逆。

「你看她眞的是喜歡路海嗎？」我問。

「我看不出來，不過她自己說，他們只是朋友。路海一定跟抗日隊伍有聯繫。誰能想像他連家小都不要了？我只希望他對美燕好一些，可那人賊眉鼠眼，一看就是個靠不住的傢伙。」

「你會出去找他們嗎？」明妮說。

「我到哪裡去找？她也不小了，可以選擇自己的人生道路了。」

「路海的家裡一定塌了天。」明妮轉頭對我說：「我們要不要爲她的妻子和孩子們做點什麼？」

「也許應該。」我說。

門開了，唐娜走進來，拿著一封信。「明妮，」她氣喘吁吁，「給你的信。」

「誰來的？」明妮接過來。

「一個男孩子交給我的，說是本順要他給你的，本順跟著路海走了。男孩子託我立刻把信交給你。」

「你是說本順也跑了？」我問唐娜，只見她的臉通紅。

「看樣子是跑了。」

明妮展開黃色信紙，看到信是路海用英文寫的。我知道他經常翻閱《字林西報》等英文報紙，但我從沒聽他講過英語，也弄不清他看不看得懂。也許他用字母寫這封信，是爲了讓中國同事看不懂內容。不管怎樣，明妮把信讀給我們聽：

親愛的魏特林院長：

美燕、本順和我決定逃出南京。我們想參軍，為保衛祖國而戰，所以我們準備犧牲一切，包括家庭。要是國家亡了，我們的小家也不會安寧，我們個人的成功也毫無意義。請您不要麻煩自己來找我們，因為我們要去很遠很遠的地方，使用化名。但我要請求你幫我個忙——請照顧我的妻子和孩子們，從今天起，我就什麼也沒法替他們做了。總有一天，我會像一個戰士、一個英雄那樣凱旋。發自內心地感謝您！我會永遠記住您的好心。

唐娜放聲大笑，「這算是什麼胡言亂語？」她嗤之以鼻，「一個男人，拋棄了太太和孩子們，還要以爲國犧牲來做藉口。」

「這個無賴眞無恥。」大劉憤憤地說。

「這信怪怪的。」明妮應聲說：「但爲什麼本順也跟他們跑了呢？」

「那孩子恨日本人。」我說。

「你們覺得他們會去哪裡？」明妮問。

「我不知道。」大劉回答。「我希望他們不是去投奔共產黨的根據地延安。美燕說只要她能離開南京，參加什麼樣的抗日部隊她都無所謂。」

「可是爲什麼他們三人要一起逃呢？」我說。

「路海對自己的婚姻不滿意，因爲他老婆是他父母給包辦的。」大劉回答。

唐娜嗤笑，略顯肉多的臉上泛著光。「所以，解決婚姻麻煩的高招就是去打侵略者。」

「別這樣，唐娜。」明妮制止她，「別這麼冷嘲熱諷的。我覺得路海出逃不是因爲想擺脫家庭。他不是那種人。」

「沒錯。」我也贊同，「他想去打日本，美燕和本順也一定是這樣。」

我們一致同意，不管怎樣，應該去幫一下路海的妻子。於是明妮和我去見了丹尼森夫人，簡單向她報告了一下幾人逃走的事情。讓我們大鬆一口氣的是，老太太提出來，金陵學院拿出一百元，送給路海的妻子福婉，然後勸她回鄉下老家去。我倆都覺得這是合理的解決辦法。

「這個渾小子！」丹尼森夫人說的是本順，「他一句話都沒給我留下就跑了。」

我沒費什麼勁，就說服了福婉回她父母家去。可憐的女人，眼睛都哭腫了，說她反正也受不了城裡的日子了——如果她再待下去，兩個小兒子也可能長成他們父親那樣的壞人了。再說，南京是這麼一個可怕的地方，經常讓她感到灰心喪氣，她一點也不在乎回到鄉下去。

不料，一個星期後，路海的父親從瀋陽來接他的兩個孫子。他是個修長的人，長著一對濃眉。他說，誰也不能把他孫子跟他們老兩口分開。福婉就帶著孩子悄悄地跟他走了，這讓我們摸不著頭腦，丹尼森夫人好後悔，那麼輕易地就給出去了一百元。

經過老太太同意，明妮把路海留下來的商務經理一職給了大劉，但是大劉不肯接受，說他還是願意去教書。他當老師的口碑很好，過去是語言學校的教員，可惜那所學校早就停辦了。因爲南京城現在的外國教授和外交官多了起來，他若出去教漢語，可以比他現在的薪水——每月五十元——掙得要多；我們現在全都只能領取正常薪水的百分之八十。幾天後，他告訴明妮，他還是繼續當金陵學院的中文祕書，因爲他覺得這份工作更有意義，全家人住在校園裡也比較安全，我們這才大鬆了一口氣。經理助理容先生被提升，接替了路海留下的位置。

新年之後，路海的一個叫伯仁的朋友，來拜訪丹尼森夫人和明妮。這位脖子粗粗的漢子就住在附近，對金陵學院和本地傳教人士一直懷有敵意，曾經常來看看路海。伯仁作爲一個社區領袖一類的人物，在本地人中間很受尊重，對傳教工作也直言不諱，他認爲傳教這事在中國造成了混亂。他很討厭婁小姐，指責她老在拍外國人的馬屁，和我也從來沒有和睦相處過。可是，這次在校長辦公室落了座之後，他便笑容滿臉，我用一把紅泥茶壺給他倒了茶，他居然向我道謝。他告訴我們，南京的陷落使他改變了態度，因爲在他去湖南照料臥床不起的老母親期間，他全家七口受到金陵學院的庇護，在這裡住了四個月之久。他家那三百年的老屋，被日本人燒毀了，他那些古董家具，有一大半在他院子當中被付之一炬。現在他想賣給我們學校一塊地，因爲需要現金。他的狗咬了一個日本兵的後腳跟兒，給主人闖下了大禍。咬得其實一點也不嚴重，只在腳上留下兩個小洞，可是日本憲兵傳訊了伯仁，他答應殺掉那狗給他們吃肉，可他們還是把他痛打一頓。「我把什麼都給那幫畜生了，包括狗皮，」伯仁說：「可他們還是不放過我。他們說我把一個士兵弄殘疾了，必須承擔全部後果。」

「這話是什麼意思？」明妮說。

「我問了一個朋友。他讓我花些錢去安撫一下日本人。可我手上一點現金也沒有。這年月所有人手頭都沒活錢。我一個鄰居在一家工廠上班，薪水就是鍋和勺子，因爲他們沒法把產品運出南京，每天晚上他都得進城沿街叫賣這些東西。若是你們學校肯從我手裡買一塊地，你們就是救了我和我一家子。」

這眞讓人意外。丹尼森夫人和明妮都動了心。建校之初，老校長想從伯仁的父親手上買一塊地，結果無功而返；現在這事很可能是個好機會，不過，丹尼森夫人和明妮打算先去看看那地方再做決定。

四十七

幾天之後，我們去了金陵學院的西南端，去看伯仁要賣給我們的那塊地。蘋果樹、梨樹都很粗壯，儘管樹枝上的葉子都已掉光，果園深處，幾隻烏鴉在拚命地呱呱直叫。老廖出現了，用獨輪手推車推著一車磚頭。就連在這樣寒冷的冬日裡，老花匠幹活也沒停手。他似乎不知道什麼叫閒散，是個典型的農民。丹尼森夫人指著他用磚頭新鋪起來的一條小徑說：「眞不錯。」他笑著沒說話，然後又向明妮點點頭。

伯仁要賣的那塊地高低不平，長滿了荊棘，跟我們預想的不一樣，必須先平整地面之後才能使用，而且它和金陵學院中間還隔著一條小溪，所以，要想把它併入校園不太容易，除非那一段溪流也歸我們學校。丹尼森夫人皺起眉毛，外眼角也垂下去了。我看得出來，她心有顧慮。

「我們得跟董事們商量一下，很快會給你答覆。」丹尼森夫人這麼告訴伯仁。

「當然，不必太急。」他說。

當丹尼森夫人和明妮兩人又商量起這塊地時，丹尼森夫人反對購買，說那只是幾畝荒地。其實，那片地足有七畝，只要半價——四百元。儘管地面不平，又跟校園隔開，明妮還是認爲我們應該趕快抓住這個機會。她對丹尼森夫人說：「咱們回頭再從從容容地盤算怎麼使用這塊地，先把它拿到手。」

「不。在這種時候，我們不要買任何不需要的東西。」

「我們有這筆錢。」

「那也得省著花。整修工程要花不少錢，你不知道哪裡就得增加額外的開銷。」

「請再考慮一下：只要四百元，多便宜啊！」

「不，我不想要。」

「我是代理校長，我的意見完全不算數嗎？」

「這個嘛，我不必非聽你意見。」

「你忘了爲一小片地跟那些地主討價還價有多費勁了？」

「那是當初，現在不一樣了，我們必須先對付當務之急。」

「你什麼時候變得這麼目光短淺了？」

「我很清楚自己在做什麼。」

「你難道看不出來機會難得嗎？爲了將來的發展，我們需要大片的土地。」

「我不想現在就把錢花掉。」

「那可不是你的錢。」

「也不是你的。要是你那麼喜歡那塊破地，你自己買去好了。」

丹尼森夫人最後這句話點醒了明妮，她要自己買下那塊地。她來和我商量這事。她是打算在這裡度過自己後半生的，可以在潺潺的小溪邊上給自己蓋一所家園嘛。從那裡可以看到很大一片校園，同時又可以享受安寧和清靜。要是學校將來給她建一座洋房，那塊地也完全不會浪費——她可以把它捐給金陵學院，或是在上面建一所小型的平民學校。從去年冬天開始，她一個月能拿到一百元薪水，現在已經攢下一千一百元了，自己蓋房子是少了些，但她還會繼續攢的，可以先把地買下來。

她的盤算很有道理，我贊成她買下地來。用這麼低的價格買下來，她什麼時候想賣都可以賣掉，賺回本錢。三天後，我們找到伯仁，買下了那塊地。他十分高興，明妮告訴他，這地她是給自己買的，他聽了甚至管明妮叫「散財女菩薩」。這話又讓她不安起來。「請你別這麼叫我。」她說。不過他只是嘻嘻一笑，露出板牙。

四十八

莫妮卡·巴克利在二月初去世了，所有的傳教會，不管是哪個教派的，都來到石鼓路大教堂參加她的葬禮。教堂正廳是圓拱形屋頂，彩繪的玻璃窗又高又窄，伸向穹頂，玻璃的色彩像孔雀的羽毛五彩繽紛。出席葬禮的還有二百多中國人。

韋牧師主持了儀式。大家起立，一起唱了讚美詩〈平安殿宇〉。然後，丹尼爾·柯克牧師朗讀了《聖經》中的〈詩篇〉第二十三章。明妮被莊嚴、寧靜的詩句深深感動了，她說以前從來沒覺得這詩句那麼令人肅然起敬。接著，莫妮卡的幾位朋友先後走上擺滿蠟梅的講壇，娓娓敘說對她的頌揚和追憶。其中一個是愛麗絲，她和已故的女人儘管屬於不同教派，卻都是在安徽一道開始傳教生涯的。她告訴大家，莫妮卡常常懷念她在賓夕法尼亞老家的田園風光，但她永遠仰望著上帝的殿堂，那是她眞正的家，因爲她相信，我們實際上都是地球的外鄉人或過客。愛麗絲之後，一個頭髮花白、兩腮下陷的高個子美國人發了言，他說認識莫妮卡快二十年了，她雖然外表無精打采，卻富有幽默感，記憶力超人——她喜歡講故事，尤其是講給孩子們聽。有一次，他給大家講了一段童年的趣事，說的是一個人喝醉了，用自己的厚呢子外套換了一條小鯰魚。幾個星期之後，他聽見莫妮卡把這個故事講給一群小女孩聽，卻加上了一個更爲誇張的戲劇化結尾：那人用兩匹騾子和馬車，換了一條鮭魚，所以現在他再也不能回家了，就露天睡在大雪裡——他幾乎凍死了，凍掉了兩根指頭。原來，在他講這段軼事時，莫妮卡在隔壁屋裡無意間聽到了。「現在，」那人最後說：「我希望她正在天堂裡，把她優雅自如所創造出來的所有笑話和故事，講給天使們聽，供大家開心。」

這話引來外國人一片笑聲，而大多數中國人都沒有吭聲，莫名其妙。是啊，葬禮是一個寄託哀思的肅穆場合，那些外國人怎麼能說些俏皮話，還捧腹大笑呢？

追憶之後，瑟爾走上了講壇。他容光煥發，新刮的鬍子，頭髮向後梳得溜光，做了追念莫妮卡的布道，題目是「基督徒在戰爭時期的職責」。他用中文講到日本對亞洲一些國家的併吞，講到日軍的殘暴。我知道，因爲他那些關於日本開發毒品生意的文章，日本人一直在監視他，還要求他交出國際救濟委員會的所有文件，包括南京陷落之後一個星期內，日本士兵在國際安全區內犯下的殺人、強姦、縱火案件的九百份紀錄，可他告訴他們，所有文件已經都被愛德華·施佩林帶回科隆了。瑟爾談到歐洲的形勢，他說：「面臨一場世界大戰，我們基督教徒應該怎麼做呢？首先，我們必須力爭和平，反對戰爭。兩年前，南京陷落的時候，在座的有些人正在南京，親眼看到了戰爭是個什麼樣子。如果把人類放入戰爭的極端環境裡，他們可以比野獸還要凶惡，可以不講任何法則，釋放出所有的邪惡。戰爭是我們人類能產生出的最具毀滅性的東西，所以我們一定要盡全力防止戰爭。

「可是，如果回顧人類歷史，我們不難看到，有些時候戰爭是不可避免的，甚至是必要的。確實有一些戰爭可以被稱爲正義戰爭。比如，如果人們拿起武器，抵抗外國侵略者，我們能責備他們嗎？我們應該勸阻他們與民族敵人作戰嗎？當然不應該。所以，這些國家裡的基督教徒應該和其他公民一同作戰，履行基督教徒的職責，應當同他們爭取民族的解放結合起來。至於那些侵略國家裡的基督教徒，他們應當做的是起來反對戰爭，盡自己最大力量去爭取和平。」

聽到瑟爾這麼說，我可以斷定，從現在起日本人絕不會放過他，但他一定已經習慣跟他們交鋒了。瑟爾最後說：「至於那些沒有捲進戰爭的國家裡的基督教徒，比如你們當中的美國人，我們必須站在弱小的受害一方，就像我們已故的莫妮卡姊妹爲南京孤兒院裡的孩子們所做的那樣。這是我們應該採取的唯一道德立場。眞正的基督教徒，應該置身於人道和無視一切的暴力之間。」

聽眾喜歡他的布道，尤其是中國人。瑟爾的話音剛落，有幾個人就鼓起掌來，馬上又停住了，意識到這不是鼓掌的場合。

韋牧師做了結束禱告，懇求上帝接受莫妮卡的靈魂，賜予她永生的快樂。接著，人們唱了〈求賜太平歌〉。

葬禮過後，明妮說希望自己死的時候，也能享有類似的儀式；它充滿了溫暖和莊嚴，彷彿我們剛剛聚首於莫妮卡的葬禮，是爲了祝福她靈魂升天。那位故去的女人，現在一定安寧了。

第二天早上，婁小姐來到校長辦公室——鄰里的一些家庭斷了糧，孩子們都在餓肚子。我從裡屋走出來見她。明妮坐在椅子裡，桌上放著沒寫完的學生獎學金報告，哈欠連連。「對不起。」她說著用巴掌捂住了嘴，「我最近很容易疲倦，時不時就睡著了。眼睛疼得直跳，看東西都是重影。」她最近經常打趣說自己看上去像六十，但感覺像八十。

「你工作太拚命了。」婁小姐說：「你需要休個長假。」

「就是，你欠自己一個長假。」我表示同意。

「夏天我應該休假，不過不太可能，我脫不開身。」明妮說。「我得留在學校裡照料好多事情。婁小姐，我們該為那些沒飯吃的人家做點什麼？起碼保證他們在除夕夜吃上一頓像樣的年飯。」

「我就是為這事來的，還想看看你們學校有沒有多餘的被子。昨天下午，有個婦女丟了她唯一的一床被子——被溜進她家的竊賊給偷走了。她丈夫失蹤了，她又病得太厲害，實在維持不下去了。她把自己的全部積蓄，總共十元錢，都縫進被子裡了，這不，錢也沒了。」

明妮轉向我。「我們還有大米可以分出一些來嗎？」

「有的。」我回答。去年秋季，我以二十五元一擔的價格買了十一馬車大米，這只是現在價格的三分之二，所以我們可以分出一些給窮人。「不過我們去年秋天做好的被子可能全都送人了。」我說。

「我得去找找看。」

我們來到主宿舍樓，發現沒有多餘的被子了。於是明妮就轉到自己家裡，從自己的床上抽出一條來。「把這個拿去。」她對婁小姐說。

「你自己還有被子嗎？」婁小姐問道。

「我有鴨絨被，還有一條厚毯子。」

婁小姐高興地告辭了，說她明天會推個獨輪車來取大米。

四十九

三月中旬，與口通知我們，田中先生沒法替我們三人弄到旅行證了，因爲負責發放證件的官員，那位田中的同鄉，離開了南京。而且，官方不鼓勵本地居民，尤其是基督教徒，訪問日本。這次旅行的取消，令我大失所望，也讓我的脾氣變得暴躁了，我對姍娜和茹蓮的反感再次加劇起來。如果她們惹煩了我，我會毫不客氣地回敬她們幾句，出出氣。我知道她們背後在說我的壞話，但是我才不在乎呢。明妮說，有時候我是故意找茬跟她們吵架。這話也許不假，但她並不瞭解關鍵的原因：我心裡窩著火，因爲取消行程，把我到日本看孫子的希望打碎了。

茹蓮大體上還過得去，但我發現姍娜讓人難以忍受。她出身於富裕的家庭，養成了鋪張的習慣——每個週末她都去下館子，回來就炫耀她在城裡的餐館吃過的飯菜。有一天課間休息，我聽見她在對一群家庭手工藝學校的婦女，大談一家叫「大阪亭」的日本餐館。「信不信由你，」她說：「我第一次吃壽司時，光想吐，那滋味就像嘴裡含了條肉蟲子——尤其是金槍魚做的。可是我朋友鼓動我接著吃，很快我就喜歡上壽司了。現在，什麼樣的壽司我都吃，最喜歡鱔魚的。」

「老天吶，就是倒找給我錢，我也不吃生魚。」一個矮個子女人說。

「其實生魚更有營養。」姍娜答道。

「好邪乎啊。」一個纖柔苗條的女子說。

「你不相信我嗎？」

鈴聲響了，女人們都回教室去了。等大家全走開以後，我對姍娜說：「你不應該在她們面前誇耀什麼日本美食。」

她拉長了臉。「是她們先問我的。」

「可你不該給日本飯館當推銷員。」我邊說邊火氣上升。

「您猜怎麼著？那飯館是中國人兄弟倆開的。」她的蒜頭鼻子翕動著，眼睛卻避免直視我的臉。

「那又怎麼樣？你太過分了。南京城裡多少人在餓肚子？你卻在吹噓什麼生海鮮！」

「這不干你的事。」

「不許你在大家面前顯出一副賤相，這就是我的事！」

「神經病！」她轉過身大步走開了，兩手插在法蘭絨上衣的口袋裡。

這類的爭吵經常在我倆之間發生——我無法容忍她的揮霍和愚蠢。她一越界，我就痛加回擊，不過我通常還是不當著別人的面說她。

接著，一天下午，姍娜來見明妮，說她決定立即辭職。明妮吃了一驚：從來沒有見過哪位校長在學期結束前辭職，可是不管她怎麼勸，姍娜堅決不改初衷。我在辦公室裡間聽見她說：「我受不了這些了，我家人也要我回去。」她說父親已經臥床不起了，想要她回上海去。

明妮一籌莫展。姍娜兩天後離開了，明妮只好自己來接管家庭手工藝學校的行政這一攤子。唐娜雖然是中學的校長，可是她不懂中文，連女生們在登記表上的名字也看不懂，所以需要別人幫她很多忙。明妮的工作量大增，只好每天加班，經常到凌晨才能睡覺。

這種情況不能拖下去。要是愛鳳能回來就好了，可她的未婚夫還關在天津的監獄裡，她不能半路離開，那會使得營救他的各種努力都前功盡棄。丹尼森夫人來找明妮，商量著怎麼才能把姍娜再請回來。老太太也很擔心，眼看著明妮一個人怎麼也處理不過來那麼多事務。丹尼森夫人想幫一把，但是管帳和房屋整修的事情就讓她喘不過氣了。我幾乎一聲也沒吭，把臉依在拳頭上，只是聽她們說。經過權衡利弊，兩個負責人決定派愛麗絲代表金陵學院去上海，懇求姍娜回來。「我們早應該多培養些領導人才。」丹尼森夫人嘆氣道。

事實上，金陵學院有不少畢業生在中國各地當中學校長，不過她們誰也不會回到日本占領的南京來工作。丹尼森夫人一走，我就衝著明妮說：「你不應該提那個建議！」

「你在說什麼呢？」

「你不應該派愛麗絲到上海去求姍娜回來。你這樣做，那個無禮小娼婦就更不知道自己幾斤幾兩了。」

「我們這裡需要她。」

「那好吧，要是這樣，等這個學期結束了，我走。」

「行啦，安玲，我知道你不高興，也很懊喪。這裡的每個人都面對壓力，都有碰不得的神經，可我們還得一道工作，共渡難關，防止這裡淪落成精神病院。」

「我走定了。別說我沒提前通知你。」我站起身來，朝門口走去。

明妮沒把我的話當眞。她明白我是不可能辭職的，因爲我們全家都住在校園裡，我在別的地方大概沒法找到安全的住所。她經常說，我是「刀子嘴，豆腐心」，是個只在外表嚴厲的人。她認爲中國最大的障礙不是戰爭，不是腐敗，而是所謂的臉面——每個人都生怕丟臉，誰都不願意讓步，結果，很多能量和時間都浪費在瑣事上了，這一點讓她痛心疾首。爲此她很同情蔣介石，他得不斷地顧及自己的和別人的臉面。

四天後，愛麗絲隻身從上海回來了，她沒能勸回姍娜，不過她在上海見到吳校長了。校長是作爲中國婦女的代表，到新德里去參加一個會議，路經上海。吳校長給我寫了一封信，委婉地批評了我，要求我幫助明妮把校園裡的一切打理好。至於丹尼森夫人，她說我們應該遷就她一些，避免任何衝突。明妮去找了茹蓮，請求她暫時接替一部分姍娜留下的工作。茹蓮答應了，並且保證不會再跟我爭吵了。她和明妮便一起來管理家庭手工藝學校了。

我對自己造成的麻煩感到懊悔，對明妮說，我再不發脾氣了。

丹尼森夫人對失去了姍娜也感到煩心。老太太儘管不喜歡家庭手工藝學校，她仍明白我們必須把這一學年堅持下來。爲了安撫大家，她在家裡舉辦了一次聚會，邀請了全體教師和大部分員工。

明妮比大家到得晚一些，因爲要陪幾個來訪者參觀一堂做松花蛋的課。在伊娃的客廳裡，掛著一幅長長的橫軸書法，上面寫著：「治家有方」。這在以前的房裡沒有見過，是丹尼森夫人掛上去的。中國教師都稱讚那橫幅上的書法，有人嘖嘖連聲：「勁若虬枝，逸如流雲！」另一個人應和：「氣派啊，大師風範！」大多數人以爲那是孔夫子的語錄，因爲孔夫子也有過「修身，齊家，治國」一類的教誨，但我知道，那句話是從《聖經．以賽亞書》中的「把你的家整頓妥當」演變來的，不過我沒吱聲。

大家享用了自助晚餐，我感到心平氣和了，便與茹蓮聊了好一陣。我們還吃著蘋果和蜜棗這些飯後甜點，這時，唐娜拿出來了一大堆剛收到的寄給金陵學院的信件。她一封封地拆開，給全屋子的人唸了信中內容。大多數信是對救濟工作感興趣的人寫來的，表達了欽佩之情和良好祝願。有幾封詢問中國傳教的情況。有一封是新澤西州坎登鎮的一名高中一年級學生寫來的，讓大夥兒動容。寫信人名叫梅根．斯蒂文斯，她聽到明妮的事蹟，說明妮是她心目中的英雄。她還說，他要學會速記，提高打字水平，因爲她夢想有一天當上明妮的祕書。

「再聽聽這一段。」唐娜用悠揚的語調繼續唸道：「上個月，我們鎮上的報紙上發表了一篇關於您的事蹟的文章，我們教堂的人都知道您的名字了。您是一個偉大的女人，對那些一心追隨主的道路的年輕姑娘們來說，您就是榜樣。我們都愛您！」

「我的天，你是個國際名人啦，明妮。」愛麗絲說。

「得啦，別讓我尷尬了。」

在附言中，梅根問道：「聽說傳教女人是不可以結婚的，這是眞的嗎？我父母這麼告訴我，可我不全相信。除了爲上帝服務，我還想建立一個家庭和生幾個孩子。」

「好可愛。」唐娜說著，把信放在八仙飯桌上。

「也許我們應該面試她一下，」明妮俏皮地說：「要是她不錯，我們可以僱她當祕書。」

「還是不要吧，」丹尼森夫人不陰不陽地哼了一聲，「我們可不能沉湎於個人崇拜。」

明妮厚厚的眉毛擰了起來，突然怒火衝頭，她大聲說道：「你乾脆直說是拜偶像得了。」

「確實有那種味道了。一個凡人，不應該奢望成爲聖母馬利亞，或成爲菩薩。」丹尼森夫人直盯著明妮的臉。

「你不能容忍任何人比你做得好。你是個妒忌的化身。」

「至少我從來沒有利用個人的破名聲來把我們校園弄成難民營。」

「是誰讓那些可憐的女人們到這裡來的？是我還是日本人？」

不等丹尼森夫人答話，明妮走開了。我不住地偷看老太太，她的臉紅一陣白一陣的，最後又變黃了。沒有一個人吭聲，屋裡的空氣充滿火藥味，緊張得我都噁心起來。明妮進了廚房，在裡邊待了片刻，就從側門悄悄離去了。

五十

總算有個名叫嚴寧的合適人選，接受了家庭手工藝學校校長的職位，四月底會到南京來赴任。她在福建有很豐富的成人教育經驗。我們都感到鬆了口氣——只要我們能把這個學期對付下來，就可以有整個暑假的時間，再去找合適的教師和行政人才。

四月初的一天早上，也就是汪精衛爲首的傀儡國民政府在南京成立的三天後，我接到丹尼森夫人的通知，說她立刻要見明妮和我。我來到明妮在宿舍樓的住所，然後兩人一道去了伊娃的洋房。薄霧在樹梢上繚繞，溫暖濕潤的空氣，把小鳥喧囂的啼鳴都浸濕了。一隻雨蛙呱呱叫得像個漏了氣的風箱。我們一路聊著，驚起幾隻林鶯，撲棱棱地飛走了。

明妮和我對丹尼森夫人爲什麼要見我們毫不知情。老太太聽說明妮從伯仁手上買地了？聽說我們取消訪問日本的計畫了？要是這樣，明妮說，她應該表現出平靜與和解的姿態。如果有必要，她願意向老太太道歉，因爲前幾天那次，是她明妮失去了自我控制的。

「對，」我說：「記住那句話，媳婦終會熬成婆。」

明妮笑了，拍打了一下我的肩膀。

丹尼森夫人陰沉著面孔；沒有化妝的臉看去鬆弛且多皺，脖子上的雀斑顯得比平日更多，喉嚨旁一塊贅肉看得很清楚了。我們剛一坐下，老太太就拿出一張《紫金山晚報》，遞給明妮。「第二版上有一篇文章，」她說：「好好看看。我非常憤慨。」

明妮開始瀏覽，我喝著茶，不時瞥她一眼。她的臉色陰暗下來，接著變得蒼白，彷彿一下子老了很多。同時，丹尼森夫人怒氣不減，發狠的目光直瞪著我，我的心頭顫抖起來。我做錯了什麼嗎？一時想不起來。她幹嘛這個樣子死盯著我？

終於，明妮坐直了。「胡說八道！」她說著把報紙扔到玻璃茶几上，怒視著丹尼森夫人，眼睛裡充滿壓不住的火氣。

老太太輕蔑地一撇嘴，上唇起了皺，下垂的眉毛壓出了褶。她說：「我看得出來這篇文章裡或許有一些誇大，但是這件事情你在寫給董事會的報告中隻字沒提。看到說你竟然讓日本人選走一百名婦女，我覺得眞是駭人聽聞。」

「不，當時的情況不是那樣的。」

「不要狡辯。我問了好幾個人，他們都說你是失誤，錯誤地相信了日本人。但是對我來說，因爲你一直試圖掩蓋，那就不是失誤，而是罪孽，是罪行，是不可饒恕的！」

明妮目瞪口呆，竭力想說出點什麼，卻一句能說出的話也沒有找到。她站起身來，慢慢向前門走去。

我抓起報紙看那文章。只見文章的標題是〈眞正的罪犯〉，矛頭對準在南京的西方人。文章譴責以前安全區內建立的那些難民營，說那些難民營把婦女集中到一起，爲日本人玷污她們大開方便之門。結果，連拉皮條的中國人都領著日本兵到那裡去找姑娘。「這是一種卑鄙的美國方式，誘使中國婦女爲日本人提供性服務。」作者這麼聲稱。他還特別點出明妮，說她是一個主謀。自稱「眞相衛士」的作者還回憶了一九三七年十二月二十四日那天的情況，說：「金陵學院代理校長明妮·魏特林，同意向日本人提供一百名漂亮女人，在那黑暗的一天裡，他們帶走了二十一人。她像一個妓院老鴇，後來還不斷向日本軍人道歉，答應讓他們再選走七十九人。不僅如此，她還向他們保證，學校的大門永遠都會對他們敞開。難怪金陵難民營在日本兵強姦了那裡的姑娘們之後，還在每天夜裡用熱茶、肉餡餅、炒花生之類款待日本憲兵。兄弟們，姊妹們，現在是重新評估發生在我們南京的悲劇的時候了，讓我們看穿那個所謂的慈悲女菩薩吧。明妮·魏特林其實是一個人販子，一個出賣中國人的叛徒。我們必須揭露她，必須把獻給日軍的那些婦女和姑娘們的帳算到她頭上。」

我放下報紙，對丹尼森夫人說：「這是一派胡言！我當時就在現場。明妮盡了最大的努力保護那些婦女和姑娘們。」

「我知道在這樁罪案中她和你狼狽爲奸，」她指著我的鼻子說：「我做過調查了。你作爲幫凶，再也別想掩護她了！」

我意識到，再也沒辦法和這個老瘋子理論，我站起身來，大步走出門去。

明妮不眠不休地工作了三天。她什麼也不吃，也不上床，整夜爲失眠所苦，可她不停地忙這忙那，以排遣悲傷的情緒和念頭。到了第四天，她終於垮了，不得不躺下來。從那一刻起，她就再也沒有走出自己的宿舍一步，整天穿著一雙氈拖鞋，一身棉睡衣。我們給她熬了雞湯和紅薯粥，可明妮幾乎碰也沒碰。她無數次地試圖給中學排出一份課表，可是她的精神無法集中。有時候，她會談起金陵學院遭受的挫折和災難，堅稱自己應該負大部分責任，尤其是對不起被日本兵帶走的那些婦女和姑娘們。她不停地對我說：「我早就有預感了。現在我走到頭了，再也沒有力氣往前走了。我失敗了，可悲地失敗了。」只要一睡著，她就會做惡夢。

大劉經常來看她，甚至表示要去找丹尼森夫人，談談那二十一名「妓女」的眞相，談談當時的處境，明妮爲什麼沒法拒絕日本人。可是明妮堅決制止他去爲她辯解，說丹尼森夫人也得了狂躁病，會對他發作的。我也覺得他去說情並不聰明。老太太似乎失去理智了，聽不進任何辯解的。

四月十日，明妮向丹尼森夫人遞交了辭職報告。此後，除了大劉、愛麗絲和我三個人，她拒絕了所有人的來訪。我們都勸她收回辭呈，然而不論我們說什麼，她只是回答：「我對她們的死亡負有責任。我得對上帝有個交代。」

每天晚上，她都收聽上海電臺的廣播，聽到了德國入侵丹麥和挪威，還有英國海軍和德國艦隊激戰的消息。這個世界怎麼了？她不停地自言自語。一切似乎都在崩潰。她也談及自己去過、或是想像中去過的那些國家，說會有很多的人遭殺戮，會有很多城鎮被夷平。她的腦筋開始沒有條理了。

四月中旬的一天下午，愛麗絲拿來了她的信件。有一封是嚴寧寫來的，通知明妮，因爲家庭的原因，她決定撤回接受校長一職的決定。明妮把信扔到地上，喊道：「我受夠了，受夠了這一切！」

愛麗絲默默地在花瓶裡插進一束白杜鵑，就走出了房間。

一天早上，丹尼森夫人來了，可是明妮拒絕跟她說話。老太太告訴她，楊愛鳳要回來了，她營救未婚夫的努力沒有結果——那人死在監獄裡了。明妮對這個消息毫無反應。後來，老校長和我簡單地談了幾句，她要我多花些時間陪著明妮，時刻盯緊她。

明妮的情況一天比一天糟糕。我們請來一位美國醫生，他和楚大夫一起，診斷明妮精神崩潰的原因是更年期期間的壓力、勞累、創傷和營養不良。幾天的荷爾蒙注射之後，明妮就拒絕打針了。她變得更加沮喪，對我們說，她對金陵學院面臨的所有問題，對難民婦女和姑娘們所遭受的全部苦難，都負有責任；她感覺自己是一個徹底的失敗者，她自己都對自己感到厭惡。我們徒勞地勸她，說她比我們誰都能幹，是大家都仰慕的領頭人，她是我們熱愛的好校長。

丹尼森夫人向在紐約的金陵學院董事會，和在印地安那波里斯市的聯合基督教傳教委員會都報告了明妮的病情。明妮除了在密西根州的謝潑德鎮有個關係疏遠的兄弟之外，她沒有直系親屬，而且兄弟對她在父親臨終前沒有回家照顧老人至今耿耿於懷。現在明妮要回美國去治療，這兩家機構同意分擔她的醫療費用。愛麗絲受命陪她返回美國，可是在學期沒有結束之前，明妮拒絕離開。直到丹尼森夫人向她保證，家庭手工藝學校和中學都不會解散，工作由她和愛鳳兩人負責，明妮這才同意了離開。

她動身的那天，儘管已是仲春，樹木全綠了，花兒開得一團一團，地上蒙了一層茸茸的綠草，空氣中顫動著鳥鳴，可是天色灰暗，下著雨，還冷颼颼的。十二三個人在大門口爲她送行，多是她的朋友和同事。我忍不住流了眼淚，哽咽著說：「明妮，你一定要回來。記住，你和我說好了的，要在南京共度晚年。你還答應了要教我開車。」我旁邊站著唐娜和茹蓮，她們含淚的眼睛都緊盯著明妮。她倆旁邊是老廖，也目不轉睛地看著她。他脖子向前伸得老長，紫銅的臉膛繃得緊緊的，彷彿在努力理解眼前發生的事情。

「我們等你回來！」茹蓮哭喊道。

明妮沒有回答，茫然地微笑著，好像所有的情感都從她體內漏走了。大劉沉默地注視著她，嘴唇擰動著，眼鏡片一閃一閃。他朝她揮揮手，可她毫無反應。

丹尼森夫人把手搭在黑色轎車的門上，臉色沉鬱地說：「明妮，一定要好起來。記住，你是我們中的一員，金陵學院就是你的家——我們永遠都會讓你回來的。」

明妮神情恍惚地看著她，嘴角起了些皺紋。她沒有聽懂老太太的話。接著汽車就開動了，留下了一陣廢氣的味道，還有濛濛細雨中所有揮動著的手臂。

尾聲

五十一

愛麗絲給我寄來關於明妮病情的報告，由我轉給吳校長。以下都是她寫的：

一九四〇年五月八日（上海）

我們去上海的旅行平靜又愉快。我聽說，美國「呂宋號」軍艦曾經是亞洲揚子江巡邏艦隊的旗艦，艦隊的司令格拉斯福德就在「呂宋號」上。他是一個很好心的人，到我們船艙裡來過兩次，看我們是否一切都好，需不需要什麼東西。大多數時間裡明妮都很安靜，但一開口就是責備自己，說她已經變成我和大家的負擔了。她對自己的病似乎很清楚，跟我說她很快就會康復，就會返回她丟下的工作。晚餐時，明妮顯得很高興，我們和艦隊司令坐在一桌。

一九四〇年六月二十日（愛荷華城）

我們回美國的航行挺艱難。事實上，我們三個星期前上了「亞洲女皇號」，先駛往英屬哥倫比亞的維多利亞港。我們碰上了約翰．馬吉，他去年返回中國從事救濟工作，現在是回家去。有他在旁邊，明妮似乎很自在，可是她暈船，這就使她的病情惡化了。她對我說，如果不是有我陪著他，她早就跳海了。這話把我嚇壞了，而且她多少有些自殺跡象，不肯吃也不肯喝。馬吉牧師和另外兩個傳教士，加上我，大家輪流照看她，從來不讓她一個人單獨待著。

昨天，明妮住進了愛荷華州立大學的精神病院，我住在附近的一家旅館裡。明妮由伍茨醫生負責治療，一個人住在一間乾淨的病房裡，從窗户可以俯瞰一個小公園。醫生診斷她得的是抑鬱症，還說，大多數罹患這種病的患者都在兩個月內康復，所以我們應該有信心。

一九四〇年七月九日（愛荷華城）

我每天都去看明妮。我們一起外出散步，或是拜訪當地的教會。我們還到一片小樹林裡走走，在那裡自己做一些令人愉快的小禱告。今天下午，她要一個護士給我打電話，說她想要我帶她去火車站，好永遠地離開愛荷華。護士當然不聽從她。今天晚上我去看明妮的時候，她感到很慚愧，不停地說：「我怎麼能做這麼自私的事情？」我跟她說，這件事過去了，只要她不再那麼做就行了。

「我一定要好起來，不再當別人的負擔。」她說。

她一直在好轉。我希望她很快就能康復，這樣我就可以回德克薩斯州看望父母了，不過目前我還是應該守在朋友身邊。

我剛收到金陵董事會麗貝卡·格里斯特的來信，說他們為明妮籌得一千二百美元。這太好了。明妮一直擔心金陵學院在她身上花錢太多，我明天就把好消息告訴給她。

一九四〇年八月十三日（愛荷華城）

明妮經常說：「我在一個錯誤的地方建了一個錯誤的家——一個容易破碎的家。我早應該知道，一個家不必非是一個物質實體。」可是接著她會糾正自己，說：「我不該抱怨太多。成百萬的中國人，在戰爭中不僅失去了家園，而且失去了親人。和他們相比，我幸運多了！」

她想儘快把病治好，早點回到金陵學院去。她在美國沒有家人，她兄弟拒絕來看她。另一方面，她的家鄉，伊利諾州的塞科爾鎮，正在為她準備一個盛大的歡迎會，歡迎她回家，他們已經把八月二十二日定為明妮．魏特林日。明妮對此一無所知，塞科爾鎮的人們也不知道她精神崩潰的事。伍茨醫生認為，目前要明妮回家鄉還是太冒險，因為任何情緒激動都可能讓她陷入更深的抑鬱。我給塞科爾鎮那邊打了電話，解釋了明妮的情況。他們好失望，甚至要派代表到愛荷華城來看望明妮，但這是伍茨醫生所不允許的。

一九四〇年八月二十九日（愛荷華城）

有時候，明妮完全是個正常人，有時候，她又非常鬱悶。她密切關注著戰爭新聞，為中國和歐洲的形勢擔憂。她要大家為她祈禱，說她如同相信藥物一樣相信祈禱，需要大家幫助她「走出陰影的狹谷」。昨天，她說她應該準備下學年就返回中國。我每天夜裡都為她祈禱。

一九四〇年九月二十六日（印地安那州布朗郡州立公園）

根據伍茨醫生的建議，我們一週前來到了印地安那的州立公園。醫生相信，新鮮空氣和周圍美麗的自然風光對明妮有好處。她很喜歡這裡的安寧和寂靜。每天早上，我們沿著林間小徑散步，還沿著歐歌湖遛彎，湖裡有很多水鳥——牠們都不怕人，還直接從你手上叼麵包吃。明妮很喜歡餵牠們。

醫生停止了可拉唑，因為服用此藥使她背疼，也讓她肩膀酸疼得更厲害。目前沒有任何治療，她似乎仍在不斷地好轉。

一九四〇年十月二十日（德克薩斯州阿爾派恩鎮）

我們在印地安那的州立公園待了不到一個月。伍茨醫生同意讓我帶她去我父母在德克薩斯州的家。這是我看望父母的同時還能照看她的唯一辦法。明妮喜歡這裡的暖和天氣，開始在花園裡幫我父親幹活了。她希望自己「有點用處」。

她經常提到南京的那個瘋女孩玉蘭，說：「誰能想像我最終也精神錯亂了呢？」有時候她會自言自語：「我很想知道日本人為他們在南京的所作所為，會有什麼報應。」

一九四〇年十二月十八日（德克薩斯州阿爾派恩鎮）

明妮經常宣稱，她會被永久地關在精神病院裡。她已經準備了聖誕節的禮物。她在這邊交了不少朋友，所以想用自己的禮物給大家一個驚喜。上個星期，她賣了兩打她從中國帶來的畫片，把所得的款子——十二·五美元——全部捐給了中國救濟會。伍茨醫生吩咐說，我們不可把任何責任交給她，也不要喚起她對戰爭暴行的記憶。

一九四一年一月二十五日（德克薩斯州阿爾派恩鎮）

傳教士協會的羅伯特·多恩夫人來看望明妮。她對我說，覺得明妮幾乎和正常人一樣，兩天後她就離開了。她和明妮似乎意趣相投，兩人經常在一起談笑風生。有一天我們在一家墨西哥餐館吃飯，明妮甚至自己給自己點了菜，這可是她自從去年夏天以來就無法做到的，因為決定任何事情對於她來說都很困難。多恩夫人離開以前，明妮讓我們別替她擔心，說她很快會好的，好了就回中國去。

一九四一年二月二日（德克薩斯州阿爾派恩鎮）

我離家兩天去看我姊的雙胞胎。我不在的時候，明妮去了一家百貨商店，買了三十片安眠藥。我回來時發現，她的情緒很惡劣，還指責我拋棄了她。我說，我才離開了兩天去我姊姊家。「你看，我不是又回來陪你了嗎？」我對她說。

可是她不相信。她拿出安眠藥，一把都塞進嘴裡。我嚇壞了，無論我怎麼求她，她就是不肯把藥吐出來。我只好叫來救護車，送她去醫院。

我立刻把這事件報告給伍茨醫生，他要我帶明妮到印地安那一家精神病院去。醫生強調說，路上我絕不能隻身一人陪伴明妮，所以多恩夫人會來的，我們將一起到印地安那波里斯去。

一九四一年三月五日（印地安那波里斯市）

明妮沒去精神病院，因為多恩夫人為她另外找了一個醫生，卡特醫生。他為明妮檢查之後，說她正在恢復。醫生重新開始給她注射荷爾蒙。明妮就住在多恩夫人在城中的公寓裡，上午她去多恩夫人的辦公室，幫她包包裹，貼地址標籤，給中國的難民寄去。晚上她們在一起讀書，聊天，看電影。有時候我也和她們在一起。從各方面看，她都是在好起來。

多恩夫人今天晚上告訴我，她會給明妮分派一項更複雜些的工作：搜集關於傳教士教育方面的文章，並將其一一存檔。明妮喜歡這個主意，覺得這是讓她的大腦完全恢復的好辦法。

一九四一年四月二十日（印地安那波里斯市）

明妮對自己不久就會返回金陵學院去工作很有信心。在她給朋友的信中，她不斷地請求人人為她祈禱。伍茨醫生和卡特醫生都相信她正在康復。他們甚至允許她出席在本城召開的國際耶穌信徒會。她十分欣喜，正在準備代表金陵學院在會上簡短發言。

一九四一年五月十四日（印地安那波里斯市）

今天，明妮獨自一個人留在傳教士協會的祕書吉娜維芙．布朗小姐的公寓裡時，她把爐子上所有灶眼都打開，用煤氣毒殺自己。我趕到醫院的時候，她已經去世了。我們把她的遺體運到郊區一座小教堂，那裡的主管牧師是多恩夫人的朋友。明妮留下一個紙條，說她決定這樣結束自己的生命，是因為她肯定永遠也不可能完全康復。她還提到在銀行的保險箱裡有份遺囑。

明妮盼著金陵學院給她來信，邀請她返回中國，盼了幾個月。兩個星期前只盼來一封信，是她在密西根的侄女寫來的，說願意接明妮過去，並照顧她。很顯然，有人和她侄女商量好了，這在明妮看來，就意味著學院已設法拋棄她。看完侄女的信，明妮不屑地一笑。她是個自尊心強的人，不願成為別人的累贅。

一九四一年五月十六日（印地安那波里斯市）

昨天下午，我們為明妮舉行了葬禮。來了六個人。牧師讀了〈詩篇〉第二十三章。沒唱聖歌，因為只有我們六個人。多恩夫人簡短地講了話，說：「明妮．魏特林也是戰爭暴行的受害者。她勇敢地戰鬥，像戰士一樣倒下。」我真希望多恩夫人說「像英雄一樣倒下」。

今天早上，明妮的遺囑被打開了。她在上海一家銀行裡有一些存款，總共七百一十元，她把這筆錢捐給金陵學院，作為獎學金的一筆基金。她還把自己去年買的七畝土地也捐給了我們學院。在遺囑的結尾，她寫下：「金陵永生！」

五十二

明妮死後半年，日本帝國海軍襲擊了珍珠港，美國開始對日作戰。日本沒收了我們學校，將丹尼森夫人、唐娜和愛麗絲驅逐出境。我們的校園在後來的幾年裡，成了日軍騎兵的營房。

我們全家搬到郊區，麗雅和我幹各種雜活兒來維持生計。我丈夫耀平直到日本投降後才回來，牙齒掉了一半。這期間，我女婿也回來過一次，看他的老婆和兒子，可他跟著國軍，在共產黨一九四九年奪取政權之前逃到台灣去了。後來他從香港給麗雅來了一封信，要她改嫁他人，因爲他再也回不了大陸了。他在信裡暗示，他在高雄會組織一個新家庭。「人生苦短，耗不起這樣無限期的等待。」他寫道。麗雅臥床了幾個星期，兩年以後她還是和一個商店職員結了婚，從此過著平靜的日子。

由於過去同美國教授們的關係，我丈夫被共產黨定爲不被信任的人，不過他仍然在南京大學當講師，在政治運動中沒有受到多少衝擊。大劉就沒這麼幸運了。瑟爾．貝德士一九五〇年春季離開中國時，幾十個中國人把他送到學校大門口，大劉當著所有人的面高喊：「瑟爾，將來再回來啊。我們會想念你的！」那些話作爲他反動世界觀的證據被報告上去了，七年以後，他被打成了「右派」，說他總在夢想著美帝國主義還會回來統治中國。爲了這個，他受了幾十年的罪。

本順也很倒楣。他跟著路海和美燕逃出金陵學院，在湖南參加了國民黨的部隊。在國共內戰中被共產黨俘虜，遣送回來，在一個磚窯勞動改造。我在一九五一年夏天見過他——他長高了，卻像個老人一樣駝了背，頭髮花白，已經開始謝頂，其實他還不滿三十歲。他叫我阿姨，我只點了點頭，難過得說不出話來。路海和美燕雙雙死在戰爭中，也許那倒比本順幸運些。路海死於日本炮火，美燕是在救護傷員時被冷槍打死的。她父親雖然有她的烈士身分，但因爲與外國人關係密切，卻還是要受苦。時代的變遷對婁小姐倒還沒有太大影響——她在莫妮卡去世之後的孤兒院工作了幾年，後來，共產黨掌權之後，她當了一名幼兒園老師。

吳校長沒有跟著國民黨去台灣，儘管他們反覆催促她。因爲這一點，她受到了共產黨重用，重新當上了金陵學院的領導。後來我們學校併入南京師範學院。她成爲知名人士，受到尊重，我又重新爲她工作。

日本投降以後，作爲日本戰爭罪行的見證，我的日記中的一部分內容被《南京日報》連載了，我作爲幫助明妮．魏特林管理金陵難民營的中國女人，也出了點名。一九四七年夏天，國民政府有關部門召見了我，然後把我送到東京當一個目擊證人，在審判日本戰犯的法庭上作證。這是我第一次踏上日本的國土。

所有的聽證會都在一座大白樓內舉行，每一次都有上千人出席。中國方面並沒有爲審判做太多準備，以爲作爲戰勝國，我們能夠任意懲罰那些戰爭罪犯，而日本方面卻進行了充分的準備。每一名被告都被分配了兩名律師，一名美國人，一名日本人。絕大多數日本律師都一聲不吭，可是那些美國律師卻又張狂又自大，甚至嘲弄證人，好像是我們在接受審判。結果，法官只能把一些律師趕出法庭。

八月中的一天，我和一群中國證人正要走進法庭，忽見一個身穿白色和服三十歲上下的女子，帶著一個男孩子朝我鞠躬。我立刻認出了她，趕快離開眾人，把她拉到一邊。盈子一個勁鞠躬，用帶著口音的中文說：「母親，這是您的孫子。」

眼淚湧出我的雙眼，可是我不敢說得太多。她把阿眞推上前來，對他說：「叫奶奶。」

「奶奶。」孩子訥訥地說，前額上現出一團細小的皺紋。

我蹲下身，抱住他使勁地親——連他的味道都像他父親。「你上學了嗎？」我問。

「嗯。」

「幾年級了？」

他沒聽懂，盈子幫他說：「二年級。」

「你生日是哪天？」

他母親替他答道：「十二月四日。」

「我會記住的，阿眞。」我說著，在他的眉心又親了一下。

聽證會下午一點半繼續進行，只剩幾分鐘了。一位中國官員走出法庭大廳，招手讓我快進去。我該怎麼辦？我絕不能讓別人知道我在這裡會見家裡人。我現在代表全體遭到日軍殘害的南京婦女，根本不可能公然地對盈子和阿眞認親，那樣做無異於自招大禍。情急之下，我摘下腕子上的金手鐲，塞給盈子。「浩文想把這個交給你。」我說，兩手把她的手握緊。「不要再到這裡來了。你這樣不安全。」

不等她答話，我掉頭朝法庭走去，覺得兩腿發抖。我並不清楚我們住的是什麼地方，因爲所有中國證人都是被半隔離的，從法庭到隅田川上的木屋旅店，都是集體行動。不然，我就會告訴盈子再到哪裡去見面的。

有幾個美國傳教士也來到東京出席戰犯審判：瑟爾、馬吉牧師、威爾森醫生、霍莉．桑頓。見到他們我很高興，只是因爲剛遇見了盈子和阿眞，我心裡正難過。

「你怎麼了？」一天晚上霍莉問我，「怎麼情緒這麼低落？」

「身體有點不舒服。」我說。「這種悶熱我眞受不了。」

「聽證會也一定夠你受的。」

「這些天裡都睡不好。」

她仔細觀察我，眼角泛起皺紋。我不敢什麼話都告訴霍莉。她不像明妮，儘管她心地善良，卻可能不夠謹愼。

中國方面並沒有太多實物證據來支持我們的指控，因爲戰爭期間，沒誰想到會有這一天，在法庭上面對這些罪犯。但是多虧了美國人的細心，尤其是瑟爾保管的安全區委員會紀錄、馬吉拍的照片，還有威爾森手上的醫療紀錄，也多虧那些德國大使館發給納粹政府的關於南京暴行的祕密報告，法庭對於皇軍犯下的罪行能夠作出適當的評估。馬吉向我透露，他帶來了他拍攝下來的電影膠片，不過法庭不接受膠片作爲證據。事實上，美國政府爲了把日本變成一個反共產主義的盟友，有意低調處理戰犯審判，以避免引起日本民眾的敵意。在受審的二十五名甲級戰犯中，只有七人被判處了死刑。

當法官問到松井石根認不認罪時，他咕噥說不認罪。但在宣判死刑的那一刻，這位戴著眼鏡、已是骨瘦如柴的高級將領，哭泣著癱坐在座位上，無法站立起來。他的禿腦袋不停地搖擺著。兩名戴著白色頭盔，胳臂上別著「軍警」袖章的高個子衛兵走上前，把他架起來，拖出了法庭。

八月末的一個悶乎乎的早上，我們動身離開東京。大家走出旅店，朝送我們去機場的汽車走去，這時候，我又看到了盈子和阿眞。他倆站在大門旁邊，她穿蘋果綠的旗袍，顯出曲線清麗的身段，阿眞穿了件白色襯衫，海軍藍短褲。他們身後立著一株栽在石甕裡的大盆栽；遠處，藍瑩瑩的河上，一群海鷗在飛翔，叫個不停。母親和兒子朝我揮著手，帶有幾分怯生，我的同行和官員們都扭過頭去看她倆。我無法向盈子和阿眞走過去，只能朝他倆點點頭，然後慢慢地挪進汽車。車開動了，我用雙手捂住了臉。

那是我最後一次看見他們。

作者手記

本書的故事是虛構的。其中的信息、事實和史實細節則源於諸種史料。我感謝眾多的作者、編輯和譯者。

首先是耶魯神學院圖書館提供的電子版《明妮・魏特林日記》（*Minnie Vautrin's Diary*, 1937~1940）。此外，這部小說也得益於以下出版物：

Terror in Minnie Vautrin's Nanjing: Diaries and Correspondence, 1937-38 (University of Illinois Press, 2008); and *They Were in Nanjing: The Nanjing Massacre Witnessed by American and British Nationals* (Hong Kong University Press, 2004), both edited by Suping Lu。

Hua-ling Hu's *American Goddess at the Rape of Nanking: The Courage of Minnie Vautrin* (Southern Illinois University Press, 2000)

The Good Man of Nanking: The Diaries of John Rabe, ed. Erwin Wickert (Alfred A. Knopf, 1998)

Eyewitnesses to Massacre: American Missionaries Bear Witness to Japanese Atrocities in Nanjing, ed. Kaiyuan Zhang (M.E. Sharpe, 2001)

Iris Chang's *The Rape of Nanking* (BasicBooks, 1997)

Honda Katsuichi's *The Nanjing Massacre: A Japanese Journalist Confronts Japan's National Shame*, trans. Karen Sandners and ed. Frank Gibney (M.E. Sharpe, 1999)

Documents on the Rape of Nanking, ed. Timothy Brook (University of Michigan Press, 1999)

Mary Bosworth Treudley's *This Stinging Exultation* (Taipei: The Orient Cultural Service, 1972)

Ginling College, coauthored by Mrs. Lawrence Thurston and Miss Ruth M. Chester (New York: United Board for Christina Colleges in China, 1955)

The Rape of Nanking: An Undeniable History in Photographs, coauthored by Shi Young and James Yin (Chicago and San Francisco: Innovative Publishing Group, 1997)

吳廣義所著《侵華日軍南京大屠殺日記》，北京社會科學文獻出版社，二〇〇五年。

孫宅巍所著《澄清歷史》，江蘇人民出版社，二〇〇五年。

Tamaki Matsuoka's *Nankin-sen tozasareta kioku o tazunete* [*Battle of Nanking: Searching for the Closed Memories—Witnesses of 102 Japanese Soldiers in China*], translated into Chinese by Meiying Quan and Jianyun Li, and edited by Weifan Shen, Zhaoqi Cheng, and Chengsha Zhu (Shanghai Reference Books Press, 2002)
（《南京戰：尋找被封閉的記憶：侵華日軍士兵一百〇二人的證言》，松岡環編著，全美英、李建雲譯；沈維蕃、程兆奇校訂。上海辭書出版社，二〇〇二年。）

《南京大屠殺史料》（第7卷：東京審判），江蘇人民出版社，二〇〇五年。

《南京大屠殺史料》（第28卷：歷史圖象），江蘇人民出版社，二〇〇六年。
紀錄影片《奉天皇之命》，導演：崔明慧和湯美如，香港，一九九五年。

謝詞

衷心感謝我的編輯丹．弗蘭克總是堅持嚴格的標準；感謝黛博拉．加里森提出寶貴的意見；感謝我的代理萊恩．扎卡里的耐心和不懈的熱情；感謝陸束屏允許我複製金陵女子學院的地圖；感謝蔡榮和李長聲幫我保證了若干細節的準確；感謝陳愛敏和陳婉瑩寄給我需要的資料；感謝麗莎和金文不斷給我的愛護和支持。

南京安魂曲

大師名作坊 125

作　者—哈　金
譯　者—季思聰
主　編—嘉世強
編　輯—邱淑鈴
美術設計—莊謹銘
責任企劃—張燕宜
校　對—陳錦生、邱淑鈴

董事計—趙政岷
出版者—時報文化出版企業股份有限公司
10803台北市和平西路三段二四〇號三樓
發行專線—（〇二）二三〇六—六八四二
讀者服務專線—〇八〇〇—二三一—七〇五
（〇二）二三〇四—七一〇三
讀者服務傳真—（〇二）二三〇四—六八五八
郵撥—一九三四四七二四時報文化出版公司
信箱—一〇八九九臺北華江橋郵局第九九信箱

時報悅讀網—http://www.readingtimes.com.tw
電子郵件信箱—liter@readingtimes.com.tw
法律顧問—理律法律事務所　陳長文律師、李念祖律師
印　刷—勁達印刷有限公司
初版一刷—二〇一一年十一月十五日
初版二刷—二〇二〇年一月七日
定　價—新台幣三三〇元
（缺頁或破損的書，請寄回更換）

時報文化出版公司成立於一九七五年，
並於一九九九年股票上櫃公開發行，於二〇〇八年脫離中時集團非屬旺中，
以「尊重智慧與創意的文化事業」為信念。

南京安魂曲 / 哈金著；季思聰譯. -- 初版. -- 臺北市：時報文化,
2011.11
面；　公分. --（大師名作坊；125）
譯自：Nanjing Requiem
ISBN 978-957-13-5462-0（平裝）

874.57　　100022397

NANJING REQUIEM by Ha Jin
Complex Chinese translation copyright © 2011 by CHINA TIMES PUBLISHING COMPANY
This translation published by arrangement with Pantheon Books, an imprint of The Knopf Doubleday Group, a division of Random House, Inc.
All rights reserved.

ISBN 978-957-13-5462-0
Printed in Taiwan